Erich Maria Remarque

Après

*Traduit de l'allemand
par Raoul Maillard
et Christian Sauerwein*

Gallimard

Titre original :

DER WEG ZURÜCK

© 1931 by New York University,
successor-in-interest to the literary rights
of the Estate of the Late Paulette Goddard Remarque.
© Éditions Gallimard, 1931,
pour la traduction française.

Né le 22 juin 1898 à Osnabrück (Allemagne), Erich Maria Remarque, de son vrai nom Erich Maria Kramer, était fils d'un relieur et comptait dans ses origines une ascendance française. Il se destinait à la profession d'instituteur et fit ses études à l'université de Munich. Mais, dès 1916, à l'âge de dix-huit ans, il est appelé sous les drapeaux et participe à la Première Guerre mondiale. C'est cette expérience qu'il relatera dans *À l'ouest rien de nouveau*.

Après la guerre, il exerce divers métiers : instituteur, coureur automobile, pilote d'essai, rédacteur sportif, critique dramatique.

À l'ouest rien de nouveau va connaître un succès mondial et sera porté à l'écran en 1930. Le livre s'inscrivait dans la vague de romans d'inspiration pacifiste que connaissait alors l'Allemagne traumatisée par la défaite. Mais il dépassait la simple évocation des horreurs de la guerre pour déboucher sur la dénonciation d'un système d'éducation et des lâchetés ou mensonges sociaux. Ses héros — à la différence de ceux du *Feu* et des *Croix de bois*, romans homologues de ce côté-ci de la frontière — sont des adolescents de dix-neuf ans, presque des enfants, qu'on a entraînés à s'engager dans la guerre.

On retrouve cette amertume dans *Les camarades* et dans *Après*. Dans le désarroi de l'après-guerre, les personnages essaient de sauver au moins l'amitié fraternelle qui était née entre eux, sur le front.

Hitler arriva au pouvoir, et *À l'ouest rien de nouveau* figura sur la liste des autodafés. L'auteur se réfugia en Suisse où, dès 1938, il fut privé de la nationalité allemande.

Quand éclata la Seconde Guerre mondiale, Erich Maria Remarque se trouvait en France. Il partit pour les États-Unis. En 1943, il apprit que sa jeune sœur avait été condamnée à mort par un tribunal allemand et exécutée.

En 1947, Remarque devint citoyen américain. Mais il termina sa vie en Suisse, dans un petit village tranquille, au-dessus du lac Majeur, près d'Ascona. Il mourut en 1970. Il avait épousé en troisièmes noces l'actrice Paulette Goddard.

Prologue

Ce qui reste de la deuxième section est affalé en arrière des lignes, dans un bout de tranchée qu'a ravagé le bombardement. Torpeur...

« Drôle d'obus, dit Jupp, tout à coup.

— Comment ? demande Ferdinand Kosole, en se redressant à demi.

— Écoute donc ! » répond Jupp.

Mettant la main en cornet, Kosole prête l'oreille avec attention. Nous écoutons de même dans la nuit. Mais on ne perçoit rien d'autre que le grondement sourd des « départs » de pièces et le chuintement aigu des obus. De la droite nous arrivent encore un crépitement de mitrailleuses et, de temps à autre, un cri. Mais ces bruits nous sont familiers depuis des années et ce n'est vraiment pas la peine d'ouvrir la bouche exprès pour les signaler.

Kosole lance à Jupp un regard soupçonneux.

« Ça vient justement de s'arrêter », fait l'autre avec embarras, pour se justifier.

Kosole, l'œil pénétrant, le toise encore une fois. Mais comme Jupp ne réagit pas, il se détourne et se contente de grommeler : « Tes sifflements d'obus, ce sont les crampes d'estomac qui te travaillent la panse. Tu ferais mieux de piquer un roupillon. »

Ce disant, il confectionne, en tassant la terre, une sorte d'appui pour sa tête et s'allonge avec précaution de manière que ses bottes ne puissent glisser dans l'eau. « Ah, vieux ! dire qu'à la maison on a une femme et un lit à deux places..., murmure-t-il, les yeux déjà fermés.

— ... Doit bien y en avoir un autre dedans », réplique Jupp, de son coin.

Kosole ouvre un œil et lui lance un regard sévère. On le croirait prêt à se relever, mais il se borne à bougonner : « Eh ben, je ne lui conseille pas, à la bourgeoise. Va donc, eh, oiseau de malheur ! » À peine a-t-il dit le dernier mot qu'il ronfle déjà.

Jupp me fait signe de venir le rejoindre. J'enjambe les bottes d'Adolf Bethke et je vais m'asseoir à côté de lui. Il jette un coup d'œil circonspect sur le ronfleur et remarque avec amertume : « Je te dis, ça n'a pas pour deux sous d'éducation. »

Avant la guerre, Jupp était scribe chez un avoué de Cologne. Bien qu'il soit déjà soldat depuis trois ans, il a encore des sentiments délicats et attache une importance singulière, ici, au front, au fait de se conduire en homme bien élevé. Ce que cela signifie exactement, il n'en sait rien lui-même, mais, de tout ce qu'il a pu entendre autrefois, l'unique mot d'« éducation » est resté gravé dans sa tête et il s'y cramponne comme un naufragé à son épave, pour ne pas couler. Du reste, tout le monde ici a sa planche de salut : l'un a sa femme ; l'autre, ses affaires ; le troisième, ses bottes ; Valentin Laher, sa gniole, et

Tjaden, l'envie de bouffer encore une fois des haricots au lard.

Par contre, le seul mot d'éducation exaspère Kosole. Il l'associe de toute manière à l'idée de faux col et cela lui suffit. Même en ce moment, le mot n'a rien perdu de son pouvoir. Sans interrompre son ronflement, il éructe, bref : « Sacré fumier de gratte-papier ! »

Jupp secoue la tête, magnanime et résigné. Pendant un certain temps nous restons l'un contre l'autre pour nous tenir chaud. La nuit est humide et froide, des nuages passent. De temps en temps, il pleut ; nous tendons alors au-dessus de nos têtes, tant que l'averse dure, les toiles de tente sur lesquelles nous sommes vautrés.

Les « départs » flambent à l'horizon. On a l'impression, tant cela paraît confortable, que la région, là-bas, doit être moins froide. Comme des fleurs multicolores et argentées, les fusées grimpent au-dessus des éclairs de l'artillerie. La lune, une pleine lune rouge, flotte dans l'air brumeux, au-dessus des ruines d'une ferme.

« Crois-tu qu'on rentrera chez soi ? » chuchote Jupp.

Je hausse les épaules. « On le dit... »

Jupp soupire : « Ah... une chambre chauffée..., un divan... et sortir le soir..., tu te représentes encore ça, toi ?

— À ma dernière permission, dis-je, pensif, j'ai essayé mon complet civil. Il est beaucoup trop étroit, maintenant ; il me faudrait en commander un autre. »

Complet civil, divan, soir... Tous ces mots rendent ici un son bizarre. D'étranges pensées remontent en nous ; un peu comme ce café noir qui sent parfois si fort la tôle et la rouille de la gamelle, qu'on le recrache brûlant, la gorge barrée...

Jupp cure son nez, l'esprit absent. « Mon vieux... des vitrines, des cafés, des femmes...

— Ah bien..., tu pourras déjà t'estimer heureux quand tu seras sorti de cette chierie..., dis-je en soufflant dans mes mains glacées.

— T'as raison. » Jupp tire la toile de tente sur ses épaules maigres et voûtées. « Et toi, qu'est-ce que tu feras, quand t'en seras sorti ? »

Je me mets à rire. « Moi ? Probable qu'il faudra que je retourne à l'école. Moi, Willy, Albert... et même lui aussi, là-bas, Ludwig. » Et je fais un signe en arrière, vers l'endroit où un corps, couvert de deux capotes, est allongé devant un abri démoli.

« Ah... sacré nom !... Mais vous n'allez pas faire ça ? dit Jupp.

— Sais pas, répliqué-je, probable qu'il faudra bien. » Et je me sens devenir furieux, sans savoir pourquoi.

Un mouvement se dessine sous les capotes. On voit apparaître un visage maigre et blême qui gémit doucement. C'est notre chef de section, le sous-lieutenant Ludwig Breyer, mon camarade d'école, qui est couché là. Depuis des semaines, il souffre d'une diarrhée sanguinolente, de la dysenterie certainement, mais il ne veut pas se faire évacuer sur l'hôpital. Il préfère rester ici, avec nous, car nous n'attendons tous qu'une chose : la paix, et alors nous pourrons l'emporter aussitôt. Les hôpitaux sont pleins à craquer ; personne, là-bas, ne s'occupe de vous sérieusement et dès qu'on est couché dans un de ces lits, on se sent tout de suite plus près de la mort. Les gens crèvent autour de vous ; c'est contagieux quand on est tout seul là-dedans... et on y passe, en un clin d'œil. Max Weil, notre infirmier, a bien procuré à Breyer une sorte de liquide plâtreux ; Breyer l'a avalé pour cimenter les intestins et couper la diarrhée, mais il est obligé, malgré cela, de baisser culotte vingt ou trente fois par jour.

Précisément, la nécessité s'en fait sentir encore. Je l'aide à s'accroupir dans un coin.

Jupp me fait signe : « Tu entends ? Voilà que ça recommence !

— Quoi donc ?

— Les obus de tout à l'heure. »

Kosole se remue et bâille. Puis il se lève, considère son énorme poing d'un air significatif, louche vers Jupp et déclare : « Mon vieux, si cette fois encore, tu t'es foutu de nous, tu peux numéroter tes abattis. »

Nous écoutons avec attention. Le sifflement et le chuintement des trajectoires d'obus invisibles sont traversés par un son bizarre, rauque et prolongé, si rare et si nouveau que j'en ai la chair de poule.

« Obus à gaz ! » crie Willy Homeyer en se dressant brusquement.

Tous réveillés, nous écoutons maintenant, de toutes nos oreilles.

Wessling indique du doigt, dans l'espace.

« Les voilà... des oies sauvages ! »

Dans la grisaille trouble des nuages file, plus sombre encore, un vol triangulaire. L'angle aigu pointe vers la lune. Le vol traverse maintenant le disque rouge et nous distinguons nettement les silhouettes noires, un vol d'ailes nombreuses, un vol aux cris étranges, aigres, sauvages, qui se perd dans le lointain.

« Voilà l'hiver », dit lentement Heinrich Wessling, en regardant dans la direction du vol des oies. C'est un paysan, il s'y connaît. Ludwig Breyer, faible et triste, s'est adossé au talus et murmure : « C'est la première fois que j'en vois. »

Mais Kosole, tout à coup, s'est animé au-delà de toute expression. Il se fait rapidement expliquer le phénomène de la migration par Wessling et demande, avant tout, si les oies sauvages sont aussi grosses que les oies domestiques.

« À peu près, dit Wessling.

— Par ma gueule, s'exclame alors Kosole, dont les joues tremblent de convoitise, quand on pense qu'il y a, volant dans les airs, quinze, vingt rôtis superbes !... »

Un fort bruissement d'ailes se fait entendre à nouveau, juste au-dessus de nous ; les cris gutturaux et rauques nous entrent dans le crâne comme des coups de bec d'oiseaux de proie et le claquement des ailes se mêlant aux cris qui passent et aux rafales du vent soufflant plus fort de minute en minute compose une soudaine et prodigieuse symphonie de liberté et de vie.

Un coup de feu claque. Kosole abaisse sa pétoire et regarde fiévreusement le ciel. Il a visé en plein milieu du vol. Tjaden se tient à son côté, prêt à filer d'un saut comme un chien de chasse, au cas où l'un des oiseaux tomberait. Mais la bande passe intacte.

« Dommage, fait Adolf Bethke. C'eût été le premier coup de fusil raisonnable de cette pouillerie de guerre. »

Kosole jette son fusil, déçu. « Si seulement on avait des cartouches de chasse. » Il s'abîme dans une rêverie mélancolique à l'idée de tout ce qui pourrait en résulter. Ses mâchoires remuent, instinctivement.

« Pardi…, fait Jupp qui l'a observé, avec de la compote de pommes et des pommes de terre sautées, hein ? »

Kosole lui jette un regard venimeux. « Ta gueule, toi, le gratte-papier !

— Tu aurais dû te faire aviateur, ricane Jupp, tu les aurais prises au filet.

— Trou du cul, va », répond Kosole catégorique, et il se réinstalle pour dormir. C'est aussi ce qu'il y a de mieux à faire. La pluie redouble. Nous nous asseyons dos à dos, recouverts de nos toiles de tente. Dans notre bout de tranchée, nous sommes accroupis comme des tas de terre sombre. De la terre, des uniformes, et un peu de vie dessous.

Un chuchotement énergique me réveille. « En avant ! — En avant !

— Qu'est-ce qui se passe ? demandé-je, ivre de sommeil.

— Faut monter en ligne, grogne Kosole en rassemblant ses affaires.

— Mais on en revient tout juste… », dis-je, étonné.

J'entends Wessling marmonner : « Quelle idiotie — la guerre est finie, tout de même.

— Allez, en avant ! » C'est Heel, lui-même, notre commandant de compagnie, qui nous talonne. Impatient, il court dans la tranchée. Ludwig Breyer est déjà debout. « Rien à faire... faut y aller », fait-il résigné en prenant quelques grenades.

Adolf Bethke l'examine. « Tu devrais rester ici, Ludwig, tu ne peux pas monter en ligne avec ta dysenterie... »

Breyer secoue la tête.

Les ceinturons raclent, les fusils cliquettent et du sol monte à nouveau brusquement l'odeur fade de la mort. Nous avions espéré lui avoir échappé pour toujours car l'idée de la Paix avait jailli devant nous comme une fusée. Pourtant, nous n'avions pas encore pu croire à cette idée, ni même la comprendre pleinement. Mais elle était chargée d'un tel espoir que les brèves minutes au cours desquelles les rumeurs s'étaient fait jour avaient déjà suffi à opérer en nous des changements qu'une période de vingt mois, auparavant, n'eût pas été à même de réaliser. Jusqu'à présent, les années de guerre s'étaient accumulées, les années de désespérance s'étaient ajoutées aux précédentes et lorsqu'on faisait le compte du temps écoulé, on s'étonnait presque autant que cela ait pu paraître si long — et que cela n'ait pas duré davantage...

Mais maintenant que l'on sait la paix possible, d'un jour à l'autre, chaque heure semble peser mille fois son poids, et chaque minute sous le feu paraît presque plus lourde et plus longue que tout le temps déjà écoulé.

Le vent miaule à travers les vestiges des parapets et les nuages passent, rapides, sur la lune. La lumière alterne sans cesse avec l'ombre. Nous marchons collés l'un derrière l'autre, un groupe de revenants, une deuxième section pitoyable, réduite à quelques hommes — c'est à peine si la compagnie entière atteint encore l'effectif normal d'une section. Mais ceux qui restent sont de choix. Nous avons même avec nous trois vieux bougres de 14 : Bethke, Wessling et Kosole, qui connaissent tout et parlent parfois des premiers mois de la guerre de mouvement comme s'il s'agissait du temps des vieux Germains.

Chacun, dans la nouvelle position, s'assure son coin, son trou. Un calme relatif. Des fusées éclairantes, des mitrailleuses, des rats. D'un coup de botte bien ajusté, Willy lance un rat en l'air et le coupe en deux, au vol, d'un revers de pelle.

Quelques coups de feu claquent. De la droite, nous arrivent, éloignés, des éclatements de grenades.

« Espérons qu'il n'y aura rien ici, fait Wessling.
— Oui... en prendre encore un coup sur la cafetière, maintenant !..., dit Willy en secouant la tête.
— Celui qui a la poisse se casse le doigt rien qu'en se curant le nez », grommelle Valentin.

Ludwig est couché sur une toile de tente. Il aurait vraiment pu rester à l'arrière. Max Weil lui donne quelques comprimés et Valentin tâche de le persuader de boire un peu de gniole. Ledderhose essaye de raconter une cochonnerie bien obscène, mais personne ne l'écoute. Nous sommes couchés, en tous sens. Le temps passe.

Tout à coup, je tressaille et je lève la tête. Je vois que Bethke s'est redressé également. Tjaden lui-même s'agite. L'instinct acquis au cours des années nous annonce quelque chose ; quoi ? personne ne saurait encore le définir — mais il se passe sûrement quelque chose d'extraordinaire. Les têtes sortent, prudentes, et nous écoutons avec attention, les yeux rapetissés, perçant la nuit. Tous éveillés, sens tendus à l'extrême, muscles bandés, nous sommes prêts à accueillir la chose encore inconnue qui s'approche et qui ne peut être qu'un danger. Les grenades avec lesquelles Willy, notre meilleur lanceur, se porte en avant raclent légèrement. Nous sommes agrippés au sol, comme des chats. Près de moi, j'aperçois Ludwig Breyer. Sur ses traits crispés, toute trace de maladie a disparu. Il a la même figure que nous tous — la figure impassible et cadavérique des tranchées. Une tension terrible l'a figée, si inhabituelle est l'impression transmise par notre subconscient, bien avant que nos sens aient pu la définir.

Le brouillard flotte, mouvant. Et soudain, je comprends ce qui nous a jetés dans cette alarme extrême. Le silence s'est fait — simplement. Un silence absolu.

Plus de mitrailleuses, plus de coups de départ, plus d'arrivées ; plus de sifflements d'obus, rien, plus rien, pas une détonation, pas un cri — le silence simplement —, un silence intégral.

Nous nous regardons, sans comprendre. Depuis que nous sommes au front, c'est la première fois que le calme est aussi total. Nous flairons, inquiets, essayant de deviner ce que cela signifie. Une vague de gaz ? Mais le vent n'est pas favorable, il la refoulerait. Une attaque ? Mais alors, elle aurait déjà été prématurément trahie par le silence même. Que diable se passe-t-il alors ? La grenade dans ma main est moite, tant je transpire, surexcité. Mes nerfs semblent devoir se rompre. Cinq minutes. Dix minutes. « Ça fait déjà un quart d'heure », crie Laher. Sa voix résonne, creuse, dans le brouillard, comme sortant d'un tombeau. Et il ne se passe toujours rien — pas d'attaque, pas d'ombres bondissant brusquement de l'obscurité...

Les mains se détendent, puis se crispent encore. Ce n'est plus tenable ! Nous sommes tellement habitués à la pression écrasante du vacarme du front que sa brusque disparition nous fait craindre d'éclater comme des ballons et de voler en morceaux.

« Attention, les gars, c'est la Paix », dit Willy dont la voix éclate soudain, comme une bombe.

Les visages se détendent, les mouvements deviennent flottants, incertains. La Paix ? Nous nous regardons, incrédules. La Paix ? Je laisse tomber ma grenade. La Paix ? Ludwig se recouche lentement sur la toile de tente. La Paix ? Les yeux de Bethke prennent une telle expression que sa figure parait sur le point d'exploser. La Paix ? Quand Wessling qui se tient debout, planté comme une souche, tourne son visage vers nous, on dirait qu'il va partir tout de suite et continuer à marcher jusque chez lui...

Cependant, tout d'un coup — et nous l'avons à peine remarqué dans l'agitation de notre fièvre, — il n'y a plus de silence... Les coups de canons grondent à nouveau, sourds et menaçants, et comme le bec d'un pivert dans l'écorce d'un arbre, une mitrailleuse lointaine s'est remise à tirer par courtes rafales. Notre excitation tombe et, presque joyeux, nous prêtons de nouveau l'oreille au tumulte familier de la Mort.

Pendant tout le jour nous sommes tranquilles. La nuit suivante, nous devons nous reporter un peu en arrière, comme souvent, déjà. Mais ceux d'en face ne se contentent pas de nous suivre ; ils attaquent.

En un clin d'œil, un feu terrible s'abat. Derrière nous, des torrents rouges inondent le crépuscule. Toutefois, sur notre position même, c'est encore calme. Willy et Tjaden découvrent par hasard une boîte de singe et l'engloutissent sur-le-champ. Les autres se couchent, en attendant. Les longs mois passés les ont trempés ; tant qu'il n'y a pas à se défendre, ils sont à peu près indifférents.

Heel, notre commandant de compagnie, rampe jusqu'à notre entonnoir. « Avez-vous tout ce qui faut ? » demande-t-il dans le vacarme. « Pas assez de munitions ! » crie Bethke. Heel fait un geste d'impuissance et lui tend une cigarette, pardessus l'épaule. Bethke incline la tête en avant, sans se retourner. « Faut que ça aille comme ça ! » crie Heel ; et il saute dans l'entonnoir voisin. Il sait que cela ira comme ça. Chacun de ces vieux soldats pourrait commander une compagnie aussi bien que lui.

La nuit tombe et nous sommes pris sous le feu. Nous n'avons guère de protection. Avec nos mains et nos pelles, nous creusons des trous dans la terre de l'entonnoir pour abriter nos têtes. Albert

Trosske et Adolf Bethke sont à mes côtés, aplatis comme moi, sur le sol. À vingt mètres, ça dégringole. Nous ouvrons la gueule toute grande, quand le monstre arrive en soufflant, afin de protéger nos tympans — malgré cela, l'explosion nous rend à moitié sourds. La terre et la saleté nous sautent dans les yeux et la maudite odeur de poudre et de soufre nous gratte la gorge. Il pleut des éclats. L'obus doit certainement avoir atteint quelqu'un ; en même temps qu'un morceau de métal brûlant, une main arrachée retombe dans notre entonnoir, tout près de la tête de Bethke.

Heel saute près de nous ; dans les éclairs des explosions, il apparaît blanc de rage, blanc de craie, sous son casque : « Brandt ! fait-il, haletant, en plein dedans — foutu. »

Et le bombardement continue à craquer, à gronder, à rugir ; il pleut de la boue et du fer, l'espace tonne, la terre tremble. Puis l'écran d'acier se relève, glissant à nouveau vers l'arrière. Au même instant, des hommes roussis, noirs, jaillissent de la terre, grenade au poing, l'œil aux aguets. — « En arrière, lentement ! » crie Heel.

L'attaque se passe à notre gauche. On se bat autour d'un nid de résistance, dans un entonnoir. La mitrailleuse aboie. Les éclairs des explosions de grenades flambent. Tout à coup, la mitrailleuse s'arrête, enrayée, et l'entonnoir est immédiatement pris de flanc. Encore deux minutes, il va être cerné... Heel le voit : « Merde... — Il franchit le talus. — En avant ! » Les munitions suivent. Très vite, Willy, Bethke et Heel sont parvenus à distance de jet et lancent des grenades, puis Heel bondit encore ; dans ces cas-là il est comme fou, un vrai démon. Mais la manœuvre réussit ; ceux de l'entonnoir reprennent courage, la mitrailleuse rentre en action ; la liaison est rétablie et nous reculons tous ensemble, pour gagner l'abri bétonné en arrière. L'exécution a été si rapide que les Américains n'ont pour ainsi dire rien vu de la façon dont le nid a été évacué. Des éclairs fusent toujours dans les entonnoirs abandonnés.

Cela se calme un peu. J'ai été inquiet au sujet de Ludwig ; mais il est bien là. Puis Bethke arrive en rampant. « Wessling ?

— Quoi, Wessling ? — Où est Wessling ? » La question court dans le grondement sourd des pièces lointaines. « Wessling, Wessling... »

Heel apparaît. « Qu'y a-t-il ?

— Wessling manque. »

Tjaden était à côté de lui quand on a reculé. Depuis, il ne l'a plus vu. « Où ? » demande Kosole. Tjaden, du doigt, indique l'endroit. « Sacré nom. » Puis Kosole regarde Bethke et Bethke regarde Kosole. Ils savent, tous deux, que ce combat est peut-être notre dernier combat. Mais ils n'hésitent pas un instant. « M'en fous... », grogne Bethke. « On y va », fait Kosole, haletant.

Ils disparaissent dans l'obscurité. Heel saute derrière eux.

Ludwig prend ses dispositions pour contre-attaquer immédiatement, au cas où les trois patrouilleurs seraient surpris. D'abord, le calme se maintient ; puis, brusquement, jaillissent les lueurs des explosions de grenades, et on entend claquer des coups de revolver.

Nous bondissons aussitôt en avant, Ludwig en tête, lorsque apparaissent des figures inondées de sueur : Bethke et Kosole, qui traînent un corps, dans une toile de tente.

« Heel ? » C'est Wessling, il gémit.

Heel a contenu l'adversaire, c'est lui qui a tiré. L'instant d'après, il est de retour. « Toute la bande dans l'entonnoir est nettoyée, crie-t-il, et deux encore à coups de revolver ! » Puis son regard tombe sur Wessling. « Eh bien, qu'est-ce qu'il y a ? » Mais l'autre ne répond pas.

Son ventre déchiré saigne comme l'étal d'un boucher. On ne peut se rendre compte de la profondeur de la blessure ; nous la pansons tant bien que mal. Wessling réclame de l'eau en geignant ; mais on la lui refuse : les blessés au ventre ne doivent pas boire. Puis il demande une couverture. Il est glacé, ayant perdu beaucoup de sang.

Un homme de liaison apporte l'ordre de reculer encore. Nous plaçons Wessling dans une toile de tente, on passe un fusil à travers les coins noués pour la porter jusqu'à ce que nous trouvions un brancard. L'un derrière l'autre, nous posons nos pieds avec précaution.

Peu à peu, il fait plus clair. Une brume argentée noie les buissons ; nous quittons la zone de combat. Nous pensons déjà que tout est fini, lorsque nous entendons un sifflement léger suivi d'un « tac »... Ludwig relève silencieusement sa manche, il vient d'être touché au bras. Weil le panse.

Nous marchons vers l'arrière — vers l'arrière.

L'air est doux comme un vin sucré ; on dirait non pas novembre, mais mars ; le ciel, bleu pâle et clair. Le soleil joue dans les flaques, le long de la route. Nous suivons une longue allée de peupliers, les grands arbres s'élèvent de chaque côté, presque intacts ; de-ci, de-là, seulement, une place vide. Cette région était autrefois l'arrière, elle n'a pas été ravagée comme les kilomètres de terrain qui la précèdent, et que jour après jour, mètre après mètre, nous avons abandonnés. Le soleil éclaire la toile de tente brune et, tandis que nous avançons le long des allées, jaunies par l'automne, des feuilles mortes tombent en planant — quelques-unes, même, sur notre fardeau.

À l'ambulance tout est plein. Beaucoup de blessés sont étendus devant la porte. Provisoirement nous laissons aussi Wessling dehors.

Une colonne de blessés aux bras, avec leurs bandages blancs, se prépare à partir. L'ambulance est prête à être évacuée ; le major court d'un blessé à l'autre, examinant les nouveaux arrivants. Il fait immédiatement porter à l'intérieur un homme dont la jambe pend, repliée à l'envers à hauteur du genou. Quant à Wessling, on lui fait un simple pansement et on le laisse où il est.

Il sort de sa torpeur et regarde partir le médecin.

« Pourquoi s'en va-t-il ?

— Il va revenir, bien sûr, dis-je.

— Mais il faut qu'on me porte à l'intérieur. Il faut qu'on m'opère... » Une inquiétude terrible s'empare brusquement de lui, il tâte son pansement. « Mais on devrait recoudre ça tout de suite ! »

Nous essayons de le tranquilliser. Il est devenu complètement vert et sue d'angoisse.

« Adolf, cours après lui... il faut qu'il vienne... »

Bethke hésite une seconde. Il sait que c'est inutile. Mais, sous les yeux de Wessling, peut-il faire autrement ? Je le vois parler au médecin. Wessling le suit du regard aussi longtemps qu'il peut. C'est effrayant de voir les efforts qu'il fait pour tourner sa tête.

Bethke revient de manière que Wessling ne puisse le voir, secoue la tête, montre un doigt, un seul, et sans proférer aucun son modèle sur ses lèvres : « U-ne-heu-re ! »

Nous affectons des airs rassurés. Mais qui prétendrait tromper un paysan qui va mourir ! Quand Bethke lui dit qu'il sera opéré plus tard, sa blessure devant guérir un peu auparavant, Wessling comprend tout. Il reste un instant silencieux, puis il se met à haleter doucement :

« Oui... vous êtes là... et vous n'avez rien... et vous allez rentrer à la maison... et moi — quatre ans et attraper ça... quatre ans — et puis attraper ça...

— On va bientôt te faire entrer, Heinrich », lui dit Bethke pour le réconforter.

Il refuse. « Laissez donc... »

Et puis, à partir de ce moment, il ne dit plus grand-chose. Il ne veut pas être transporté à l'intérieur, mais rester dehors. L'ambulance est installée au flanc d'un petit coteau et l'on aperçoit, en enfilade, l'allée qui nous a amenés, une allée riante et dorée. La terre s'étend, calme et tendre : elle est à l'abri ; il y a même des champs cultivés découpés en parcelles brunes, tout près de l'ambulance. Et quand le vent balaye les relents du sang et de la pourriture, on peut aspirer les senteurs âcres des labours. Les lointains sont bleus et tout est très paisible ; d'ici le regard n'atteint pas le front, les lignes sont plus à droite.

Wessling demeure silencieux ; d'un regard attentif, lucide, il détaille le paysage. C'est un paysan, il s'entend avec la campagne, mieux encore, et autrement que nous. Il sait maintenant qu'il va mourir. C'est pourquoi il ne veut plus rien laisser échapper et ne détourne plus ses yeux. De minute en minute, sa pâleur s'accentue. Enfin, il fait un mouvement et soupire : « Ernst. »

Je me penche sur sa bouche. « Prends mes affaires, dit-il.

— Y a bien le temps, Heinrich.

— Non, non, vite. »

J'étale les objets devant lui. Le portefeuille de calicot râpé, le couteau, la montre, l'argent — nous avions appris petit à petit à connaître toutes ces choses. Dans le portefeuille, à part, la photo de sa femme.

« Fais voir », dit-il.

Je la tire du portefeuille et je la tiens de façon qu'il puisse la regarder. C'est un visage pur, légèrement bronzé. Il le considère un instant, puis il souffle : « Alors... tout ça est fini », et ses lèvres tremblent. Finalement, il détourne la tête...

« Emporte-la », dit-il. Je ne comprends pas ce qu'il veut dire, mais je ne veux pas en demander davantage ; je mets le portrait dans ma poche.

« Porte-lui ça », il désigne le reste du regard. Je fais signe de la tête. « Et dis-lui... » Il me fixe d'un regard étrange, immense, puis il murmure légèrement, secoue la tête et pousse un gémissement. J'essaye encore désespérément de saisir quelques mots, mais il râle déjà. Puis il se raidit, sa respiration se fait de plus en plus lourde et lente, entrecoupée, difficile — encore un très profond soupir — et il a soudain des yeux d'aveugle. Il est mort.

Le lendemain matin, nous sommes en ligne pour la dernière fois. On tire à peine. La guerre est finie et dans une heure nous allons partir. Jamais nous n'aurons plus à revenir ici... Une fois partis, ce sera pour toujours.

Nous détruisons ce qu'il y a lieu de détruire. Pas grand-chose, quelques abris ; puis, l'ordre de retraite arrive.

C'est une minute inouïe. Debout les uns à côté des autres, nous regardons au loin. Un brouillard léger rampe sur le sol et nous distinguons parfaitement la ligne des entonnoirs et des tranchées. Ce ne sont à vrai dire que les dernières lignes, car notre observatoire, quoique toujours dans la zone de feu, fait lui-même partie des positions de réserve. Que de fois avons-nous suivi ces boyaux autant pour monter aux tranchées que pour en redescendre — les rangs éclaircis...

Le paysage uniformément gris s'étend devant nous. Au loin, ce qui reste du petit bois : quelques troncs hachés ; puis, les ruines du village, dominées par un grand pan de mur solitaire qui a résisté à tout.

« Oui, dit Bethke, pensif, on est restés quatre ans là-dedans.

— Tu parles, acquiesce Kosole — et maintenant, c'est la fin pure et simple.

— Les gars..., les gars... » Willy s'appuie contre le parapet, « c'est vraiment drôle, hein ? »

Immobiles, les yeux fixes, nous regardons la ferme, la carcasse du bois, les monticules, les lignes à l'horizon... Ces éléments d'un monde effrayant et d'une vie implacable. Et maintenant, tout cela va rester en arrière, simplement, s'évanouir derrière nous peu à peu, au rythme de nos pas. Dans une heure, tout aura disparu, et disparu au point qu'on pourrait croire que cela n'a jamais existé. Comment comprendre ?

Et nous qui sommes là, qui devrions rire et hurler de joie, nous n'éprouvons qu'une vague pesanteur à l'estomac comme si, ayant bouffé un balai, nous étions sur le point de vomir.

Personne ne trouve rien à dire. Ludwig, qui s'appuie avec lassitude au bord de la tranchée, lève la main, comme pour faire signe à quelqu'un, là-bas, en face.

Heel apparaît. « Pouvez pas vous en séparer, hein ? Oui, maintenant, la saleté va commencer. »

Ledderhose le regarde, étonné : « Pourtant, ça va être la Paix, maintenant.

— Hé, précisément, la saleté », dit Heel ; et il s'éloigne avec la figure d'un homme dont la mère vient de mourir.

« Il lui manque la croix "Pour le Mérite !" explique Ledderhose.

— Oh ! ta gueule, fait Albert Trosske.

— Là ! et maintenant, allons-nous-en », dit Bethke. Mais lui non plus ne peut pas se détacher.

« Beaucoup des nôtres sont restés là, dit Ludwig.

— Oui : Brandt, Müller, Kat, Haie, Baumer, Bertinck.

— Sandkuhl, Meinders, les deux Terbrüggen, Hugo, Bernhard.

— Assez..., mon vieux..., tais-toi... »

C'est vrai. Beaucoup des nôtres sont couchés

là. Mais jusqu'ici, nous ne l'avions jamais aussi bien réalisé ; nous étions restés tous ensemble, les uns près des autres : nous, dans nos tranchées, eux, dans leurs fosses, séparés par quelques poignées de terre. Ils nous avaient un peu devancés, un peu seulement, puisque chaque journée voyait diminuer notre nombre et augmenter le leur. Il arrivait souvent que nous ne sachions pas si nous étions encore vivants ou déjà des leurs. Il arrivait même aussi que des obus les fissent remonter vers nous : c'étaient des os délabrés projetés en l'air, des lambeaux d'uniforme, des têtes humides, décomposées, déjà terreuses qui, arrachés par le bombardement à leurs abris effondrés, revenaient encore une fois dans la bataille.

Nous n'y trouvions rien d'effrayant, nous étions trop près d'eux pour cela... Mais maintenant, nous allons rentrer dans la vie, tandis qu'eux resteront ici...

Ludwig, dont le cousin est tombé dans le secteur, se mouche d'un revers de main et tourne les talons. Nous le suivons lentement, nous arrêtant plusieurs fois encore pour regarder alentour.

Et alors, immobiles, nous nous rendons compte soudain que tout ça, là devant, cet enfer d'horreur, ce coin de terre martyrisé, crevé d'entonnoirs est attaché au plus intime de notre être ; on dirait presque — malédiction ! si seulement cette absurdité qui nous dégoûte à vomir n'était pas en jeu ! — on dirait presque que ce coin de terre nous est devenu familier comme une patrie douloureuse et tourmentée et que nous lui appartenons — simplement.

Nous hochons la tête à cette pensée... Est-ce le fait des années perdues que nous laissons derrière nous ? Est-ce encore à cause des camarades qui sont couchés là-bas ? ou enfin, est-ce la désolation qui pèse sur cette terre ? Mais une détresse profonde nous empoigne jusqu'aux moelles, si profonde que nous en aurions hurlé.

Puis, nous nous mettons en marche...

PREMIÈRE PARTIE

Les routes s'allongent à travers la campagne ; les villages baignent dans la lumière grise ; les arbres frémissent et les feuilles tombent... tombent...

Grises, dans leurs uniformes sales couleur de cendre, les colonnes cheminent pas à pas sur la route. Sous les casques d'acier, des faces incultes, hâves, creusées par la faim et la misère ; des faces épuisées, réduites aux seuls sillons qu'y tracèrent l'horreur, la bravoure et la mort.

Ils marchent, taciturnes — presque en silence —, comme ils ont déjà parcouru tant de routes, comme ils se sont assis dans tant de wagons, accroupis dans tant d'abris, comme ils se sont couchés dans tant de trous d'obus ! Presque en silence — voilà comme ils avancent aujourd'hui sur le chemin qui les ramène vers le Pays et vers la Paix.

Vieilles barbes et jeunes gens frêles qui n'ont pas vingt ans : tous camarades, sans distinction. À côté d'eux, leurs officiers, presque des enfants, mais des enfants qui furent des chefs durant nombre de nuits, durant nombre d'attaques.

Et derrière eux, l'armée des morts.

C'est ainsi que, pas à pas, malades, à moitié morts de faim, sans munitions, en maigres compagnies, avec des yeux qui ne parviennent pas encore à comprendre, ces évadés de l'enfer suivent le chemin du retour à la Vie.

I

Notre compagnie avance lentement, car nous sommes fatigués et nous emmenons des blessés. Aussi notre groupe est-il distancé peu à peu. La région est accidentée et quand la route monte, on peut voir, du haut de la côte, d'une part, le reste de nos troupes qui s'éloignent, et de l'autre, les files compactes et sans fin qui nous suivent. Ce sont des Américains. Comme un large fleuve, leurs colonnes glissent en avant, entre les rangées d'arbres, dans le scintillement mouvant de leurs armes. Cependant tout alentour s'étendent les champs tranquilles, et les sommets des arbres, graves et indifférents dans leurs couleurs d'automne, émergent du flot qui monte.

Nous avons cantonné cette nuit dans un petit village. Derrière les maisons où nous avons logé coule un ruisseau bordé de saules. Un étroit sentier le longe. Nous le suivons, en longue file indienne, Kosole en tête. Wolf, le chien de la compagnie, trotte à ses côtés en flairant sa musette.

Tout à coup, au carrefour où le sentier débouche sur la grand-route, Ferdinand bondit en arrière.

« Attention ! »

En un clin d'œil, nous mettons l'arme à la main et nous nous éparpillons. Kosole, prêt à tirer, est couché dans le fossé de la route, Jupp et Trosske se tapissent, l'œil aux aguets, derrière une haie de sureaux, Willy Homeyer porte la main aux grenades de sa ceinture ; nos blessés, eux-mêmes, sont prêts au combat.

Par la grand-rue du village, riant et bavardant entre eux, arrivent les Américains dont la pointe d'avant-garde nous a rattrapés.

Adolf Bethke, seul, est resté debout. Il sort tranquillement du couvert et fait quelques pas sur la route. Kosole se relève. Nous recouvrons également notre sang-froid et c'est avec confusion et embarras que nous rajustons les ceinturons et les bretelles des fusils. C'est vrai... depuis quelques jours, on ne se bat plus.

En nous apercevant, les Américains hésitent et leurs conversations cessent ; ils s'approchent lentement. Nous nous rabattons vers un hangar, pour couvrir notre arrière, et nous attendons — les blessés au centre du groupe.

Après un court silence, un Américain gigantesque se détache de la troupe qui nous fait face, il agite la main :

« Hello, Kamerad ! »

Bethke, de son côté, lève la sienne : « Kamerad ! »

La tension se relâche et les Américains avancent. Un instant plus tard, ils nous entourent. Jamais jusqu'à présent, nous n'en avions vu de si près, à part les prisonniers ou les morts.

La minute est étrange, et nous les regardons sans rien dire. Formant un demi-cercle devant nous, il n'y a là que des gaillards bien bâtis, vigoureux, dont l'aspect dénote, à première vue, qu'ils ont toujours mangé à leur faim. Jeunes, avec cela — pas un n'approche de l'âge d'Adolf Bethke, ou de Ferdinand Kosole, qui ne sont certes pas les plus vieux d'entre nous. Mais aucun d'eux n'a la jeunesse d'Albert Trosske ou de Karl Bröger — qui ne sont pas, non plus, les plus jeunes des nôtres.

Ils ont des uniformes neufs, des capotes neuves ; leurs chaussures ne boivent pas l'eau et sont à leur pointure ; leurs armes sont en bon état et leurs cartouchières pleines de munitions. Tous sont frais. Ils ne sont pas encore usés...

À côté de ces gens-là, nous avons l'air d'une vraie bande de brigands. Nos uniformes sont délavés par la boue des années, par la pluie de l'Argonne, la craie de Champagne et la vase des Flandres ; nos capotes sont lacérées par les éclats et les shrapnels, ravaudées à gros points, raides d'argile et parfois de sang ; nos bottes sont avachies, nos armes en mauvais état et nos munitions presque à leur fin ; nous sommes tous pareillement sales, pareillement sauvages, pareillement fatigués. Personne ne pourrait se faire une idée de ce que nous étions autrefois. Comme un rouleau compresseur, la guerre a passé sur nous...

Les troupes affluent, toujours plus nombreuses. L'endroit se remplit de curieux. Nous nous tenons dans un coin, serrés autour de nos blessés, non pas que nous craignions quelque chose, mais parce que nous sommes solidaires les uns des autres. Les Américains se poussent, en se montrant nos vieilles frusques usées. L'un d'eux offre à Breyer un morceau de pain blanc ; mais Breyer ne le prend pas, bien que la faim brille dans ses yeux.

Soudain, avec une exclamation étouffée, quelqu'un désigne les pansements des blessés ; ce sont des pansements en papier-crêpe, maintenus par des ficelles. Tous regardent, puis ils se retirent et chuchotent entre eux. Leurs visages cordiaux se font compatissants, ils voient que nous n'avons même plus de bandes de gaze...

L'homme qui nous a hélés pose la main sur l'épaule de Bethke : « Deutsch... bon soldat..., brave soldat... », dit-il.

Les autres approuvent avec empressement.

Nous ne répondons pas, c'est impossible maintenant. Les dernières semaines nous ont éprouvés, d'une manière effroyable ; il nous fallait, quand même et encore, retourner au feu et perdre inutilement des hommes. Nous l'avons fait sans discuter, comme toujours, et, pour finir, notre compagnie ne comptait plus que trente-deux hommes sur deux cents. Voilà comment nous nous en sommes tirés, sans autre pensée, sans autre sentiment que d'avoir bien fait ce qu'on nous avait chargés de faire.

Mais à présent, sous le regard compatissant des Américains, nous saisissons l'invraisemblable inutilité de tout notre effort. Devant ces colonnes interminables et copieusement équipées, nous comprenons à quelle désespérante supériorité, en hommes et en matériel, nous avons résisté.

Nous nous mordons les lèvres et nous nous regardons l'un l'autre. Bethke dégage son épaule de la main de l'Américain, Kosole regarde fixement devant lui, Ludwig Breyer se redresse ; nous serrons davantage nos fusils, nous nous raidissons, nos yeux se font plus durs et ne cillent pas. Du regard, nous parcourons encore le paysage d'où nous venons, nos visages se barrent devant l'émotion et une sorte de chaleur nous envahit à la pensée de tout ce que nous avons accompli, de tout ce que nous avons souffert et de tout ce que nous avons laissé derrière nous.

Nous ne savons pas..., mais un seul mot blessant prononcé à cet instant nous mettrait hors de nous et, que nous le voulions ou non, nous nous jetterions en avant, sauvagement déchaînés, hors d'haleine, éperdus et fous, pour combattre, combattre encore malgré tout...

Un sergent costaud, la figure animée, se fraie un chemin jusqu'à nous. Il inonde Kosole, qui se trouve le plus rapproché de lui, d'un flux de mots allemands. Ferdinand est tellement surpris qu'il en sursaute :

« Tiens, en v'là un qui parle comme nous, dit-il d'un air étonné à Bethke. Qu'est-ce que tu dis de ça ? »

L'homme parle même mieux et plus couramment que Kosole. Il raconte qu'avant la guerre il était à Dresde et qu'il y avait beaucoup d'amis.

« À Dresde ? demande Kosole, plus surpris encore. Mais j'y ai été deux ans, moi aussi. »

Le sergent sourit, comme si c'était une distinction spéciale, et indique la rue où il a habité.

« Pas à cinq minutes de chez moi, s'exclame Kosole, tout excité, maintenant. Et dire qu'on ne s'est jamais rencontrés ! Peut être que vous connaissez la veuve Pohl, au coin de la Johannisgasse ? Une grosse femme, avec des cheveux noirs ? C'était ma logeuse. »

Le sergent ne la connaît pas, il connaît, par

contre, le conseiller des comptes Zander, dont Kosole, à son tour, ne se souvient pas. Mais ils se rappellent tous deux l'Elbe et le château, et se regardent avec des yeux ravis, comme s'ils étaient de vieux amis. Ferdinand donne une claque sur le bras du sergent :

« Ah... mon vieux... mon vieux... il parle allemand comme père et mère... et il a été à Dresde !... mais alors, pourquoi qu'on a fait la guerre, nous deux ? »

Le sergent rit ; il ne le sait pas non plus. Tirant un paquet de cigarettes, il en offre à Kosole, qui avance avidement la main, car pour une bonne cigarette, chacun de nous donnerait un morceau de son âme. Les nôtres sont fabriquées avec des feuilles de hêtre et du foin, et c'est encore la meilleure qualité ! Valentin Laher prétend que les cigarettes ordinaires sont faites avec du varech et du crottin sec, et Valentin s'y connaît.

Kosole souffle voluptueusement sa fumée et nous reniflons avec envie. Quant à Laher, il change de couleur, ses narines frémissent.

« Ferdinand, laisse-moi tirer une bouffée..., dis... », implore-t-il. Mais avant qu'il puisse prendre la cigarette, un autre Américain lui offre un paquet de tabac de Virginie. Valentin le regarde, incrédule. Puis il prend le paquet, le flaire, et sa figure s'épanouit. Hésitant, il rend le tabac. Mais l'autre le refuse en désignant avec insistance la cocarde du calot qui sort de la musette de Laher.

Valentin ne comprend pas. « Il veut échanger le tabac contre la cocarde », explique le sergent de Dresde. Ça, Laher le comprend encore moins. Échanger du tabac de première qualité contre une cocarde en fer-blanc ? Ce type doit être « piqué ».

Valentin, lui, ne lâcherait pas un paquet de tabac pareil pour les galons de caporal, voire le grade de lieutenant. Il tend à l'Américain le calot tout entier et, d'une main tremblante, bourre passionnément une première pipe.

Nous saisissons maintenant de quoi il s'agit. Les Américains veulent faire des échanges. On voit bien qu'ils ne sont pas en guerre depuis longtemps ; ils collectionnent encore des souvenirs, des pattes d'épaule, des cocardes, des plaques de ceinturons, des décorations et des boutons d'uniformes. En retour, nous nous fournissons de savon, de cigarettes, de chocolat et de conserves. Ils veulent même, par-dessus le marché, nous acheter notre chien à prix d'or ; mais ils peuvent bien offrir n'importe quoi, nous gardons Wolf.

Nos blessés, aussi, ont de la chance. Un Américain, dont la bouche contient tant de métal que sa mâchoire étincelle comme une batterie de cuivres, désire obtenir des pansements *avec du sang*, pour pouvoir prouver chez lui qu'ils étaient vraiment en papier. En échange, il offre non seulement des biscuits secs, qualité supérieure, mais surtout une brassée de paquets de pansements. Puis, ravi, il serre soigneusement les bandes de papier dans son portefeuille, surtout celles qui viennent de Ludwig Breyer. Pensez donc, du sang de lieutenant ! Il a fallu que Ludwig écrive dessus, au crayon, le nom de l'endroit, son propre nom, son corps de troupe, pour que tout le monde en Amérique puisse voir immédiatement que ce n'est pas de la blague. Breyer avait refusé tout d'abord ; mais Weil est parvenu à le décider, car nous avons un besoin urgent de pansements convenables. Au surplus, pour sa dysenterie, les biscuits sont véritablement providentiels.

Mais c'est encore Arthur Ledderhose qui fait la meilleure affaire. Il amène une caisse pleine de décorations qu'il a trouvée dans un bureau abandonné. Un Américain aussi fripé que lui, avec une figure de citron comme la sienne, veut acheter toute la caisse d'un coup. Mais Ledderhose lui lance de ses yeux plissés un long regard supérieur, que l'Américain soutient de la même façon, l'air impassible et candide en surface. Et soudain, tous deux se ressemblent comme des frères. Dominant la guerre et la mort, quelque chose qui a survécu à tout se manifeste ici brusquement : le génie des affaires...

L'adversaire de Ledderhose s'aperçoit bientôt qu'il n'y a rien à faire, car Arthur ne se laisse pas rouler ; son commerce sera de bien meilleur rapport, au détail. Il troque jusqu'à ce que la caisse soit vide. Peu à peu s'amoncellent autour de lui des produits de toutes sortes : du beurre, de la soie, des œufs, du linge, si bien qu'en fin de compte, sur ses jambes en cerceau, il fait l'effet d'une épicerie foraine.

Nous partons. Les Américains nous crient adieu et nous font des signes. Le sergent surtout est infatigable. Kosole est ému aussi, autant qu'il est possible à un vieux soldat de l'être. Il grogne quelques syllabes et fait quelques gestes ; mais ces démonstrations chez lui ont encore un peu l'air de menaces. Puis il confie à Bethke :

— C'est des braves types, hein ?

Adolf approuve. Nous continuons en silence.

Ferdinand tient la tête basse. Il songe. Cela ne lui arrive pas souvent, mais quand cela le prend, il rumine longtemps avec opiniâtreté. C'est le sergent de Dresde qui occupe toujours son esprit.

Les gens des villages nous suivent du regard. Il y a des fleurs à la fenêtre d'une maison de garde-barrière. Une femme à la poitrine pleine allaite un enfant ; sa robe est bleue. Des chiens aboient après nous. Wolf leur répond. Au bord de la route, un coq coche une poule. Et nous fumons, sans pensées.

Nous marchons, nous marchons toujours. Voici la zone des ambulances de campagne ; ensuite celle des dépôts de ravitaillement. Puis, voici un grand parc avec des platanes et, sous les arbres, des brancards avec des blessés. Les feuilles qui tombent les couvrent de pourpre et d'or.

Un hôpital de gazés. Des « cas graves », intransportables ; des faces bleues, cireuses, vertes, des yeux morts rongés par les acides, des agonisants qui râlent, qui étouffent. Tous veulent s'en aller, craignant d'être faits prisonniers... Comme si l'endroit où ils doivent mourir avait de l'importance...

Nous essayons de les réconforter, en leur disant qu'à tout prendre ils seront mieux soignés par les Américains. Mais ils n'écoutent pas. Ils nous appellent, indéfiniment, pour que nous les emmenions...

Les cris sont déchirants. Les figures livides semblent irréelles, à la lumière crue du jour. Mais ce qu'il y a de plus effrayant, ce sont les barbes, car elles ont une vie indépendante et bizarre ; elles sont dures, indociles, et poussent comme un grouillement autour des joues ; c'est une sorte de fongosité noirâtre qui se développe à mesure que les faces s'effondrent. Beaucoup de ces grands blessés tendent vers nous leurs maigres bras gris, comme des enfants :

« Emmenez-moi donc, camarades, implorent-ils..., emmenez-moi donc avec vous ! »

Dans leurs orbites s'assemblent déjà des ténèbres inconnues et profondes, parmi lesquelles les pupilles se débattent désespérément comme des noyés qui sombrent. D'autres sont calmes ; ils nous suivent seulement du regard aussi longtemps qu'ils peuvent.

Petit à petit, les appels s'éteignent. Les routes défilent, lentement. Nous traînons avec nous des tas de choses, car on ne peut tout de même pas rentrer chez soi les mains vides. Des nuages flottent au ciel. L'après-midi, le soleil perce, et des bouleaux presque dépouillés de leurs feuilles se mirent dans les flaques du chemin, tandis qu'une buée, d'un bleu léger, flotte dans les branches.

En marchant, sac au dos, tête baissée, je vois dans les flaques transparentes, au bord de la route, l'image des arbres claire et soyeuse, plus nette dans ce miroir improvisé que dans la réalité même. Il y a là, enchâssés dans le sol brun, un pan de ciel, des arbres, de la profondeur et de la clarté ; et je frissonne soudain. Je sens, pour la première fois depuis bien longtemps, que quelque chose est beau, que cette image dans cette flaque, devant moi, est simplement belle, belle et pure à la fois... et dans un frisson, mon cœur se dilate et s'élève. Pour un instant, tout le reste s'efface, je sens enfin pour la première fois... c'est la Paix... ; je vois... c'est la Paix... J'en ai la perception dans tout mon être... la Paix. Je me sens libéré du poids qui, jusqu'ici, n'avait cessé de m'oppresser, quelque chose d'inconnu, quelque chose de neuf s'envole... des mouettes, les mouettes blanches de la Paix..., horizon qui palpite... attente frémissante, premier regard, pressentiment, espoir, exaltation, imminence : la Paix !

Je sursaute et je regarde autour de moi ; là-bas, mes camarades gisent sur des brancards et appellent toujours... C'est la Paix, et pourtant il leur faudra mourir. Mais moi, je tremble de joie et je n'en ai pas honte. Comme c'est étrange...

... C'est peut-être parce que les uns ne peuvent jamais ressentir complètement la souffrance des autres que la guerre revient toujours.

II

L'après-midi, nous sommes dans la cour d'une brasserie. Le lieutenant Heel, notre commandant de compagnie, sort du bureau et nous rassemble. Il vient d'arriver un ordre spécifiant que des délégués doivent être élus par la troupe. Cela nous étonne ; jusqu'à présent, on n'avait rien vu de pareil.

Et Max Weil apparaît dans la cour. Il brandit une feuille de journal et crie :

« Y a la révolution à Berlin ! »

Heel se retourne et tranche :

« Quelle idiotie ! Il y a des troubles à Berlin, c'est tout. »

Mais Weil n'a pas fini :

« Le Kaiser s'est sauvé en Hollande ! »

Cela nous réveille. Weil doit être fou.

« Sacré menteur ! » crie Heel devenu cramoisi.

Max lui tend le journal. Heel le chiffonne et regarde fixement Weil d'un air rageur. Il ne peut pas le sentir, car Weil est juif, un homme paisible, toujours assis dans son coin à lire des bouquins, tandis que Hell a du feu dans les veines.

« Ce sont des canards », grommelle-t-il, en regardant Weil comme s'il voulait le dévorer.

Max déboutonne sa veste et en tire une autre édition spéciale. Heel y jette un coup d'œil, puis il la déchire et rentre dans le bâtiment. Weil rassemble les morceaux et nous lit les nouvelles. Nous restons là, hébétés. Ça, alors, personne ne le comprend plus...

« On dit qu'il a voulu éviter une guerre civile, dit Weil.

— C'est une stupidité, crie Kosole. Et si nous avions dit ça, nous, dans le temps... Merde alors, et c'est pour ça qu'on a "tenu" ici !

— Jupp, dit Bethke, en secouant la tête, pince-moi donc, pour voir si je ne rêve pas... » Jupp lui assure que non.

« Alors, poursuit Bethke, y a pas, ça doit être vrai. Mais malgré ça, je n'y comprends rien. Si l'un de nous autres avait fait ça, on l'aurait collé au mur !

— Faut pas que je pense à Schröder et à Wessling, dit Kosole en serrant les poings. Sans ça j'éclaterai. Le petit Schröder, ce pauvre gosse, aplati comme une planche est resté sur place... et l'homme pour lequel il s'est fait tuer fout le camp ! Ah ! merde alors. » Et Kosole lance un violent coup de talon dans une tonne de bière.

Willy Homeyer, de la main, fait un geste de dédain.

« Vaut mieux parler d'autre chose, propose-t-il. Pour moi, cet homme n'a plus aucune espèce d'intérêt... »

Weil nous raconte que dans certains régiments on aurait fondé des Conseils de soldats. Les officiers ne seraient plus des supérieurs. On aurait même arraché les pattes d'épaule à beaucoup d'entre eux.

Il songe à fonder chez nous aussi un Conseil de soldats, mais il rencontre peu d'approbation. Nous n'avons plus envie de rien fonder, nous voulons rentrer chez nous. Et nous pouvons très bien le faire sans cela.

Finalement, on élit trois délégués : Bethke, Weil, et Ludwig Breyer.

Weil demande à Ludwig d'enlever ses pattes d'épaule.

« Allons... », fait Ludwig d'un air las, en se frappant le front du doigt.

Bethke écarte Weil : « Breyer est des nôtres », dit-il, sèchement.

Ludwig est arrivé à la compagnie comme engagé volontaire et y est devenu sous-lieutenant. Il ne tutoie pas seulement Trosske, Homeyer, Bröger et moi — cela va de soi, car nous sommes d'anciens condisciples — mais aussi ses camarades plus âgés, quand aucun autre officier n'est présent. On lui en tient le plus grand compte.

« Mais, Heel, alors... », insiste Weil.

Voilà qui est plus compréhensible, car Heel a souvent cherché chicane à Weil. Rien d'étonnant que ce dernier veuille maintenant jouir de son triomphe. Nous, cela nous est tout à fait égal. Heel était cassant, c'est vrai, mais il était toujours au premier rang, impétueux comme le vieux Blücher. C'est quelque chose que le soldat apprécie.

« Ben... tu peux toujours essayer de le lui demander... », dit Bethke.

« Mais n'oublie pas d'emporter ton paquet de pansements ! » lui crie Tjaden.

Toutefois les choses se passent autrement que nous l'aurions cru. Heel sort du bureau au moment où Weil veut y entrer. Il tient quelques dépêches en main et les montre : « C'est vrai », dit-il à Max.

Weil se met à parler. Lorsqu'il en arrive à la question des pattes d'épaule, Heel fait un mouvement brusque. Nous croyons que ça va chauffer... Mais le commandant de compagnie se contente de dire, à notre grand étonnement : « Vous avez raison. » Puis se tournant vers Ludwig il lui met la main sur l'épaule : « Vous n'y comprenez rien, n'est-ce pas Breyer ? Une veste de soldat, voilà tout. Le reste ? Fini. »

Aucun de nous ne dit mot. Ce n'est plus le Heel que nous connaissons, celui qui partait la nuit en patrouille avec une simple canne et qui passait pour invulnérable ; ce n'est plus qu'un homme qui a de la peine à se tenir debout et du mal à parler.

Le soir, je dors déjà, quand un murmure me réveille :

« Non ? Tu "charries"... » C'est Kosole qui parle.

« C'est tout ce qu'il y a de vrai, réplique Willy. Viens voir toi-même. »

Les voilà hors du lit et bientôt dans la cour. Je les suis. Il y a de la lumière dans le bureau et l'on peut voir à l'intérieur. Heel est assis à la table ; sa tunique d'officier, sa litefka, est posée devant lui, mais les pattes d'épaule manquent. Il porte maintenant une vareuse de troupier. Il a mis sa tête dans ses mains et — mais non... ce n'est pas possible —, je fais un pas en avant, Heel, le lieutenant Heel, pleure.

« Ah ben, alors ! souffle Tjaden.

— Va-t'en », dit Bethke, en lui décochant un coup de pied. Nous nous retirons, impressionnés.

Le lendemain matin, nous entendons dire qu'un chef de bataillon du régiment voisin s'est fait sauter la cervelle, en apprenant la fuite de l'empereur.

Heel arrive. Il est pâle et ses traits tirés trahissent une nuit blanche. À mi-voix il donne les instructions nécessaires, puis s'en retourne. Nous nous sentons tous écœurés. La dernière chose qui nous restait nous a été enlevée, et maintenant, le sol se dérobe sous nos pas.

« On a tout à fait l'impression d'être trahis », dit Kosole, hargneux.

La section qui se rassemble aujourd'hui est bien différente de celle d'hier. Elle reprend sa marche, accablée. Compagnie perdue, armée abandonnée. Les pelles portatives cliquettent à chaque pas et c'est une mélodie monotone : En vain. En vain…

Ledderhose, seul, est gai comme un pinson. Il débite des conserves et du sucre de ses stocks américains…

Le lendemain soir, nous atteignons l'Allemagne. Maintenant que nous n'entendons plus parler français autour de nous, nous commençons peu à peu à croire à la paix. Jusque-là, nous avions été secrètement hantés par cette idée qu'un contrordre pouvait toujours nous atteindre : faire demi-tour et remonter en ligne. D'instinct, le soldat se méfie de ce qui marche trop bien et il pense qu'il vaut mieux commencer par s'attendre au pire. Mais, à présent, nous nous sentons lentement envahis par une douce fièvre.

Nous faisons notre entrée dans un bourg. Quelques guirlandes fanées pendent au-dessus de la route. Tant de troupes ont déjà passé par ici, que l'on juge inutile de se mettre en frais pour les dernières. C'est pourquoi nous devons nous contenter de quelques souhaits de bienvenue déteints, sur des pancartes délavées par la pluie et encadrées de feuilles de chêne en papier vert. C'est à peine si les gens font attention à nous, lorsque nous passons, tant ils sont déjà blasés. Mais pour nous, tout de même, arriver ici, c'est quelque chose de neuf ; et bien que nous prétendions ne pas nous en soucier, nous serions heureux d'être accueillis par quelques paroles et quelques regards affectueux.

Les femmes, au moins, pourraient bien s'arrêter et nous faire un petit signe amical. Tjaden et Jupp essayent à diverses reprises d'attirer l'attention de quelques-unes, mais sans succès. Nous avons probablement l'air trop miteux. En fin de compte, ils y renoncent.

Il n'y que les enfants qui nous accompagnent. Nous les tenons par la main et ils courent à nos côtés. Nous leur distribuons le chocolat dont nous pouvons disposer et ne conservons que ce qu'il faut naturellement rapporter à la maison.

Bethke a pris une petite fille dans ses bras. Elle tire sur sa moustache comme sur une bride et rit de tout son cœur à ses grimaces. Ses petites mains lui tapotent les joues. Il maintient l'une d'elles et me montre comme elle est menue.

L'enfant commence à pleurer dès qu'il cesse ses singeries. Il essaye de la calmer, elle n'en pleure que plus fort et il est obligé de la laisser glisser à terre.

« On dirait vraiment qu'on est devenus des croque-mitaines, bougonne Kosole.

— C'est qu'ils ont peur d'une vraie "gueule des tranchées", explique Willy. Ils ne sont pas très rassurés.

— Nous sentons le sang, voilà ce que c'est, dit Ludwig Breyer.

— Alors, on devrait bien aller prendre un bain, propose Jupp. Peut-être que ça émoustillerait davantage les femmes...

— Oui... s'il suffisait de prendre un bain », répond Ludwig d'un ton pensif.

Nous continuons, maussades. Ce n'est pas ainsi que nous nous étions figuré le Retour, après les années de front. Nous avions cru qu'on nous accueillerait et nous voyons maintenant que tout le monde est déjà retourné à ses affaires. La Vie a continué, elle continue encore, presque comme si nous étions déjà de trop. Ce village, bien sûr, n'est pas toute l'Allemagne ; mais, malgré tout, l'amertume nous monte à la gorge et une ombre nous frôle, et un bizarre pressentiment.

Des voitures ferraillent, des cochers crient, des gens nous jettent un regard furtif en passant, puis retournent bien vite à leurs propres pensées, à leurs propres soucis. L'heure sonne au clocher de l'église, un vent humide nous souffle au visage. Seule, une vieille femme, avec de longs rubans à sa coiffure, court, infatigable, le long de la colonne et s'enquiert d'une voix timide d'un certain Erhard Schmidt...

Nous cantonnons dans une grande remise. Malgré la longue marche que nous avons fournie, pas un de nous ne peut rester en place. Nous entrons dans les cabarets.

Là, grande animation. On sert du vin nouveau, du vin encore trouble, dont le goût est délicieux. Mais il travaille terriblement les jambes et nous nous asseyons d'autant plus volontiers.

Des nuages de fumée flottent à travers la salle basse ; le vin sent la terre et l'été. Nous sortons nos conserves et nous en sabrons de larges tranches sur d'épaisses tartines. Puis nous plantons les couteaux à notre portée, dans le bois de la grande table, et nous mangeons. La lampe à pétrole veille maternellement sur nous tous.

Le soir fait le monde plus beau, pas aux tranchées, certes, mais ici, en temps de paix. Autant l'entrée dans le village nous avait découragés cet après-midi, autant ce soir nous nous sentons revivre. Le petit orchestre qui joue dans un coin est bientôt renforcé par nos hommes. Nous avons non seulement des pianistes et des virtuoses de l'harmonica, mais encore un joueur de cithare bavarois. Sans oublier Willy Homeyer, qui s'est fabriqué une espèce de « jazz » avec des couvercles de lessiveuse et qui assaisonne vigoureusement l'ensemble avec la gloire et l'éclat des cymbales, de la grosse caisse et du chapeau chinois.

Mais, parmi les choses auxquelles nous ne sommes plus habitués, ce qui nous monte à la tête plus encore que le vin, c'est la présence des femmes. Elles sont bien différentes de ce qu'elles étaient cet après-midi ; elles rient, elles sont abordables. Après tout, ce ne sont peut-être pas les mêmes ? Et puis, il y a si longtemps que nous n'en avons pas vu !

53

Nous sommes d'abord impatients et empruntés à la fois, pas très sûrs de nous, car nous avons oublié, au front, la manière de nous y prendre. Enfin, Ferdinand Kosole se met à valser avec l'une d'elles, une gaillarde bien tassée, dont le corsage rebondi lui fait une fameuse banquette de tir. Et les autres suivent.

Le vin capiteux et doux chante agréablement dans la tête. Les femmes bourdonnent, la musique joue et dans un coin, autour d'Adolf Bethke, nous voici tous réunis : « Les gars, dit-il, demain ou après-demain, nous serons rentrés chez nous. Pensez les gars !... ma bourgeoise !... ça fait déjà dix mois que... »

Je m'incline pour parler à Valentin Laher, qui, en face de moi, regarde les femmes d'un air froid et détaché. Il fait à peine attention à la blonde qui est près de lui. En me penchant je sens dans ma veste un objet qui appuie sur le bord de la table. Je tâte. C'est la montre d'Heinrich Wessling. Comme tout cela est déjà loin...

Jupp a entraîné la plus grosse des cavalières. Il danse en point d'interrogation. Sa grosse patte repose, largement étendue, sur la croupe puissante et y joue du piano. Elle, lui rit dans la figure, la bouche humide, et il devient de plus en plus gai. Finalement, il fonce vers la porte de la cour et le voilà dehors.

Quelques minutes après, je sors à mon tour, pour chercher le petit coin discret le plus proche. Mais la place est déjà occupée par un caporal suant et une jeune femme... Je flâne vers le jardin. Au moment où j'allais commencer j'entends un formidable écroulement derrière moi. Je me retourne et je vois Jupp et la grosse mère rouler sur le sol ; une table de jardin s'est effondrée sous eux. En m'apercevant, la grosse mère souffle comme un chat et me tire la langue. Jupp est furieux. Je disparais rapidement derrière les buissons et tout aussitôt je marche sur la main de quelqu'un.

« Sacrée nuit ! »

Une voix de basse grogne : « Tu ne vois donc pas où tu mets les pieds, ballot ! » Je riposte en colère : « Est-ce que je peux deviner que t'es couché là, avorton ? »

Enfin, je découvre un coin tranquille. Du vent frais, délicieux après cette tabagie. Pignons sombres, berceaux de feuillages, du calme, et le paisible ruissellement pendant que je pisse... Albert arrive, se met à côté de moi. La lune paraît. Nous pissons de l'argent pur.

« Ah, mon vieux... Ernst... hein ? » fait Albert.

J'approuve de la tête. Nous restons encore un moment à regarder la lune.

« Dire que cette saloperie est finie, hein, Albert ?
— N... de D... oui !... Ernst. »

Derrière nous, tout craque et grince. Des rires aigus de femmes, aussitôt étouffés, fusent des bosquets. La nuit est comme un orage, chargée de vie débordante et fiévreuse, dont les effluves passent des uns aux autres, sauvages et rapides.

Quelqu'un dans le jardin pousse un profond soupir. Un rire nerveux répond. Des ombres dégringolent du grenier. On en voit deux sur une échelle : l'homme comme un insensé fourre sa tête dans les jupes et balbutie ; la femme rit d'une voix rauque qui nous brosse les nerfs. Des frissons me courent le long du dos. Comme tout cela est proche : hier et aujourd'hui... la Mort et la Vie.

Tjaden sort de l'ombre du jardin. Il est couvert de sueur et sa figure est illuminée.

« Maintenant, mes enfants, dit-il, en reboutonnant sa veste, on se rend de nouveau compte qu'on est vivant !... »

Nous faisons le tour de la maison et tombons sur Willy Homeyer. Il a allumé un grand feu d'herbes dans un champ et y a jeté quelques poignées de pommes de terre chapardées. Et là, assis, tranquillement, il rêve tout seul devant la flamme en attendant que les pommes de terre soient rôties. Près de lui, quelques côtelettes, des conserves américaines. Le chien est accroupi, attentif.

Le rougeoiement du feu accroche des copeaux cuivrés à sa tignasse rousse, la brume monte des prairies en contrebas et les étoiles scintillent. Nous nous asseyons et retirons les tubercules du feu. L'enveloppe est carbonisée, mais l'intérieur est jaune d'or et fume, aromatique. Nous empoignons les côtelettes à deux mains et nous les scions avec nos dents comme si nous jouions de l'harmonica. Pour faire descendre, nous buvons de la gniole dans nos quarts d'aluminium.

Comme ces pommes de terre sont savoureuses ! Les temps seraient-ils revenus en arrière ? Où sommes-nous ? Ne sommes-nous pas assis de nouveau dans le champ de Torloxten, comme lorsque nous étions enfants ? N'avons-nous pas tout le jour arraché des pommes de terre de la glèbe aux fortes senteurs, tandis que nous suivaient, portant leur panier, des filles aux joues vives dans leur robe d'un bleu lavé ? Oh, je vous revois, feux de ma jeunesse où nous rôtissions les pommes de terre : des vapeurs laiteuses s'étiraient sur la campagne ; sauf les flammes qui pétillaient, tout était silencieux. Les pommes de terre, c'étaient les derniers fruits du sol, tout le reste était déjà rentré ; plus rien que la terre, l'air pur, la bonne fumée, âcre et blanche, le temps des dernières récoltes. Les fumées se font plus amères, les senteurs automnales plus âpres. Ah, feux champêtres de ma jeunesse ! les vapeurs flottent, s'effilochent, se résorbent..., voici les figures des camarades... nous sommes en route, la guerre est finie, tout se confond étrangement. Les feux des champs reviennent et l'automne, et la Vie !

« Ah... Willy... Willy...

— C'est une affaire, ça, hein ? dit-il en levant les yeux, les mains pleines de viande et de pommes de terre.

— Crétin, va... je songeais à quelque chose de bien différent... »

Le feu s'est consumé. Willy s'essuie les mains à son pantalon et referme son couteau. À part quelques chiens qui aboient dans le village, tout est silencieux. Plus d'obus. Plus de colonnes de munitions qui ferraillent. Même plus le ronflement prudent des autos sanitaires. Une nuit durant laquelle mourront beaucoup moins d'hommes qu'en aucune autre des quatre dernières années...

Nous rentrons dans le cabaret. Mais l'animation est tombée. Valentin a retiré sa veste pour faire l'arbre droit sur les mains. Les femmes applaudissent, mais Valentin n'est pas satisfait. Attristé, il dit à Kosole :

« Avant la guerre, Ferdinand, j'étais un fameux artiste. Mais ça, ce n'est même plus bon pour une foire de village. Je n'ai plus rien dans les os. Et je t'assure qu'avant, Valentin au trapèze, c'était un rude numéro. Maintenant, j'ai des rhumatismes.

— Eh, mon vieux, sois content de les avoir encore, tes os ! crie Kosole en tapant de la main sur la table. Musique, Willy ! »

Homeyer, sans se faire prier, se remet au travail avec sa grosse caisse et son chapeau chinois. L'animation reprend. Je demande à Jupp comment ça a marché avec la grosse. Il la renie d'un grand geste méprisant. « Eh ben..., dis-je étonné..., ça va vite avec toi... »

Il fait une grimace : « Je pensais que c'était par amour, tu comprends ? Oui..., mais la garce, elle m'a demandé de l'argent, après. Et avec ça, je me suis cogné le genou contre cette sacrée table, c'est à peine si je peux marcher ! »

Ludwig Breyer est assis à la table, silencieux et pâle. Il y a longtemps qu'il devrait dormir, mais il ne veut pas. Son bras va mieux et la dysenterie se calme un peu. Il demeure pourtant taciturne et troublé.

« Ludwig, dit Tjaden, d'une voix grasse, toi aussi, tu devrais aller faire un tour dans le jardin. C'est bon pour toutes les maladies. »

Ludwig secoue la tête et devient soudain plus pâle encore. Je m'assieds près de lui. « Tu ne te réjouis donc pas de rentrer bientôt chez toi ? »

Il se lève et s'en va. Je ne sais pas ce qu'il a. Un peu plus tard je le découvre, dehors, tout seul, mais je n'insiste pas. Nous rentrons sans échanger une parole. À la porte, nous tombons sur

Ledderhose qui va disparaître avec la grosse mère... Jupp ricane, plein de joie perverse : « Celui-là, y va avoir une bonne surprise !

— Pas lui..., elle, dit Willy. Tu ne penses pas qu'Arthur va lui lâcher un rond ! »

Du vin coule sur la table, la lampe fume, et les robes des femmes qui dansent font la roue. Une lassitude chaude flotte derrière mon front. Les objets prennent des contours ouatés, comme parfois les fusées éclairantes dans le brouillard ; lentement ma tête s'incline vers la table... Et la nuit ronronne, tendre et féerique, comme un rapide filant vers le pays natal. Bientôt nous serons chez nous.

III

Nous sommes alignés pour la dernière fois dans la cour de la caserne. Une partie des hommes de la compagnie habitant dans les environs vont être démobilisés ; les autres, pour regagner leur foyer, devront se débrouiller tout seuls. Le trafic des chemins de fer est tellement irrégulier qu'on ne peut plus organiser de détachements. Il va falloir nous séparer.

La cour, vaste et grise, est beaucoup trop grande pour nous. Un triste vent de novembre, qui sent la mort et la débâcle, la balaye d'un bout à l'autre. Nos rangs vont de la cantine au corps de garde, et ce petit espace nous suffit. La grande étendue vide, tout autour de nous, évoque des souvenirs navrants. Les morts sont là, invisibles, massés en rangs profonds.

Heel passe devant le front de la compagnie. Mais à ses côtés marche sans bruit la file spectrale de ses prédécesseurs. Le plus proche, sa blessure au cou saignant encore, le menton arraché et les yeux tristes, c'est Bertink, commandant de compagnie pendant dix-huit mois, instituteur, marié, quatre enfants ; ensuite, avec une figure d'un vert noirâtre, c'est Moeller, dix-neuf ans, asphyxié par les gaz, trois jours après avoir pris le commandement ; le suivant, c'est Redecker, inspecteur des eaux et forêts, enfoncé dans le sol par un coup de plein fouet, deux semaines plus tard ; puis, déjà plus imprécis, plus lointain, c'est Buttner, capitaine, tué au cours d'une attaque d'une balle de mitrailleuse au cœur ; et derrière encore, comme des ombres, déjà presque sans nom, si loin... les autres..., sept commandants de compagnie en deux ans. Et plus de cinq cents hommes.

Nous sommes trente-deux dans la cour de la caserne.

Heel cherche quelques mots d'adieu ; mais il ne trouve rien. Il faut qu'il y renonce. Il n'y a pas de paroles au monde qui puissent dépasser en éloquence l'aspect de cette cour de caserne isolée, presque déserte, où quelques rares rangées de survivants s'alignent dans leur capote et dans leurs bottes et gèlent, sans mot dire, en songeant à leurs camarades.

Heel va de l'un à l'autre et tend la main à chacun. Lorsqu'il arrive à Max Weil, il lui dit, les lèvres minces :

« Maintenant votre ère commence, Weil.

— Elle sera moins sanglante, répond posément Max.

— Mais moins héroïque, riposte Heel.

— Il n'y a pas que l'héroïsme dans la vie, dit Weil.

— Mais c'est ce qu'elle a de meilleur. Qu'y a-t-il d'autre ? »

Weil médite un instant, puis il dit : « Quelque

chose qui sonne mal aujourd'hui, mon lieutenant : la bonté et l'amour. Là aussi, il y a de l'héroïsme.

— Non, répond Heel précipitamment, comme s'il avait depuis longtemps réfléchi à la question, et sa voix tremble : Il n'y a que du martyre, et c'est tout autre chose. L'héroïsme commence par le mépris de la mort, et là, le raisonnement s'arrête. On y trouve de l'inconscience, de l'exaltation, le goût du risque, sachez-le. Mais l'héroïsme n'a rien de commun avec la notion d'efficacité. Un but à atteindre, ça, c'est votre domaine. Pourquoi, pour quelles fins, pour quel motif ?... celui qui pose de pareilles questions ne comprend rien à l'héroïsme. »

Il parle avec force, comme pour se convaincre lui-même. Sa figure ravagée travaille. En quelques jours, il s'est aigri et a vieilli de plusieurs années. Mais Weil a changé aussi rapidement que lui. Il avait toujours été un homme effacé, dont nul n'avait jamais pu connaître la nature intime. Mais, maintenant, il s'est soudain révélé et il s'affirme de plus en plus. Personne n'aurait supposé qu'il pût parler ainsi. Plus Heel s'énerve et plus Max est calme. D'une voix douce, mais ferme, il poursuit :

« Payer l'héroïsme de quelques-uns de la misère de millions d'autres, c'est trop cher ! »

Heel hausse les épaules : « Trop cher, payer, le but à atteindre, voilà bien vos mots ! Je serais curieux de savoir jusqu'où ils vous conduiront ! »

Weil jette un regard sur la veste de troupier que Heel porte toujours : « Où vous ont conduit les vôtres ? »

Heel rougit : « À un souvenir, dit-il, durement.

À un souvenir au moins, à des choses que l'on ne peut acquérir pour de l'argent. »

Weil se tait un instant. « À un souvenir, répète-t-il alors, en jetant un regard sur la cour déserte, puis sur nos rangs clairsemés. Oui... et à une terrible responsabilité. »

Nous ne comprenons pas grand-chose à tout cela. Nous sommes gelés et nous estimons qu'il est inutile de faire des discours.

Ce n'est pas avec des discours que l'on change la face du monde.

Les rangs sont rompus et les adieux commencent. Mon voisin Müller ajuste son sac sur les épaules et serre sous le bras son paquet de vivres. Puis il me tend la main : « Allons, bonne chance, Ernst !

— Bonne chance, Félix ! »

Il s'en va plus loin, vers Willy, vers Albert, vers Kosole.

Arrive Gerhard Pohl, le chanteur de la compagnie, celui qui, lorsque nous chantions, en marche, faisait toujours le fort ténor quand la mélodie grimpait dans les hautes sphères, et le reste du temps se reposait afin de rassembler convenablement ses forces pour les dépenser dans les passages à deux voix. Sa figure hâlée, piquée d'une verrue, est émue. Il vient de prendre congé de Karl Bröger, avec lequel il a fait d'innombrables parties de scat[1]. Il est très affecté : « Au revoir, Ernst.

---

1. Jeu de cartes.

— Au revoir, Gerhard. » Et il s'en va.

Weddekamp me donne la main. C'est lui qui fabriquait les croix pour les morts. « C'est dommage, Ernst, me dit-il, que je n'aie pas eu l'occasion d'en fabriquer une pour toi. T'en aurais eu cependant une belle en acajou. J'avais mis de côté un superbe couvercle de piano !

— Ce qui n'est pas arrivé peut encore arriver, répliqué-je. Le moment venu, je t'enverrai une carte postale !

— Tiens-toi fin prêt, vieux, dit-il en riant, la guerre n'est pas encore finie. »

Puis il se trotte, avec son épaule déviée.

Le premier groupe est déjà à la porte de la caserne. En font partie Scheffler et Fassbender, le petit Lucke et August Beckmann. D'autres suivent. Nous commençons à nous sentir émus. C'est une habitude à prendre que d'en voir partir tant à la fois. Jusqu'à présent, ceux qui nous quittaient étaient morts, blessés ou changés d'affectation ; voici maintenant un nouveau motif : la Paix.

C'est extraordinaire. Nous sommes tellement accoutumés aux trous d'obus et aux tranchées que le calme, et l'apparence paisible de la contrée dans laquelle nous pénétrons maintenant, nous inspire de la défiance. Nous avons l'impression que cette tranquillité n'est qu'un piège destiné à nous attirer sur un terrain secrètement miné.

Et voilà qu'ils y vont, nos camarades, sans précautions, tout seuls, sans fusils, sans grenades. Ah ! courir après eux, les ramener, leur crier : « Mais où allez-vous donc, qu'allez-vous faire là dehors, tout seuls ? Votre place est ici, avec nous ; il faut rester ensemble, peut-on vivre autrement ?... »

Ah ! cette étrange roue qui tourne dans nos têtes : avoir été soldats trop longtemps !

Le vent de novembre siffle dans la cour vide. Toujours plus nombreux, les camarades s'en vont. Encore un instant, et chacun sera de nouveau seul avec lui-même.

Le restant de notre compagnie a le même chemin à faire pour rentrer dans ses foyers. Nous bivouaquons dans le hall de la gare pour tâcher d'attraper un train. Le hall est un campement encombré de caisses, de paquets, de sacs et de toiles de tente.

En sept heures passent deux convois. Par grappes, des hommes pendent aux portières. Dans l'après-midi, nous prenons d'assaut une place près des voies, et le soir nous sommes en première ligne, dans la meilleure position possible. Nous dormons debout.

Le train suivant arrive le lendemain vers midi. C'est un train de marchandises, rempli de chevaux aveugles. Les globes des yeux, révulsés, sont bleuâtres et injectés de rouge. Ils sont immobiles, les têtes tendues en avant, et il n'y a de vie que dans leurs naseaux tremblants.

Dans l'après-midi on annonce qu'aucun train ne passera plus aujourd'hui, mais personne ne s'en va. Le soldat ne croit pas aux avis officiels. Et, justement, voici qu'un autre train arrive. Du premier regard nous jugeons que c'est le bon. À moitié plein, tout au plus.

Le brouhaha des préparatifs et le puissant assaut des colonnes jaillissant des salles d'attente, pour se mêler furieusement à celles des quais, remplissent le hall d'un fracas terrible.

Le train passe devant nous. Profitant d'une vitre baissée, Albert Trosske, le plus léger d'entre nous, est porté à bout de bras et grimpe dans le train comme un singe. L'instant d'après, des paquets d'hommes pendent aux portières. La plupart des glaces sont levées. Quelques-unes volent en éclats sous les coups de crosse de ceux qui veulent partir coûte que coûte, même au prix de mains ou de jambes écorchées. On jette des couvertures sur les éclats de verre et l'abordage commence sur plusieurs points.

Le train stoppe. Albert, qui a couru le long du couloir, baisse la glace de la portière qui se trouve en face de nous, Tjaden et le chien volent à l'intérieur. Bethke et Kosole en font autant, poussés par Willy. Puis, tous trois se précipitent sur les portes du couloir pour bloquer le compartiment des deux côtés. Notre fourbi suit, avec Ludwig et Ledderhose ; puis Valentin, moi et Karl Bröger. Enfin, Willy passe le dernier, après avoir fait place nette encore une fois autour de lui.

« Manque personne ? crie Kosole de la porte du couloir, qui supporte une pression formidable.

— Tout le monde présent ! » hurle Willy.

Comme des bolides, Bethke, Kosole et Tjaden se jettent sur leurs places et le fleuve des nouveaux arrivants se répand dans les compartiments, escaladant les filets, et bourrant chaque centimètre.

La locomotive est prise d'assaut. Des hommes sont sur les tampons. Les toits des wagons sont garnis. Le chef de train crie : « En bas ! Vous allez vous faire défoncer le crâne ! » Une réponse lui vient : « Ta gueule, on fera attention ! » Il y a cinq hommes dans les W.-C. L'un d'eux est assis dans la fenêtre, son derrière fait largement saillie à l'extérieur.

Le train s'ébranle. Quelques-uns, mal accrochés, dégringolent. Deux hommes passent sous les roues et sont balayés ; d'autres prennent aussitôt leur place. Les marchepieds sont pleins. La mêlée continue tandis que le train avance.

Un homme s'agrippe à la portière. Elle s'ouvre et il reste accroché, suspendu dans le vide. Willy grimpe par-derrière, l'empoigne par le collet et le tire à l'intérieur.

À la nuit, notre wagon subit ses premières pertes. Le train a traversé un tunnel surbaissé ; quelques hommes, sur le toit, sont broyés et balayés. Les autres l'ont bien vu ; mais il leur était impossible, de là-haut, de faire arrêter le train. Quant à l'homme assis à la fenêtre des W.-C., il s'est endormi et est tombé sur la voie.

Les autres wagons comptent aussi des victimes. On aménage alors les toits avec des points d'appui, des cordes et on y enfonce des baïonnettes ; en outre un service de sentinelles est organisé pour donner l'alarme en cas de danger.

Nous dormons, nous dormons encore. Debout, couchés, assis, accroupis, recroquevillés sur des sacs et des paquets, nous dormons.

Le train roule. Des maisons, des arbres, des jardins, des hommes qui font des signes. Nous dormons, car nous avons beaucoup de sommeil à rattraper. Des cortèges, des drapeaux rouges, des gardes de chemins de fer, des cris : éditions spéciales — Révolution — Dormons d'abord — Le reste, on verra après.

C'est maintenant, seulement, que nous sentons combien la fatigue de tant d'années pèse sur nous.

Le soir tombe. Un lumignon brûle. Le train marche lentement et s'arrête souvent par suite d'avaries à la machine.

Les sacs se balancent, les pipes fument, le chien dort paisiblement sur mes genoux. Adolf Bethke se rapproche de moi, se penche et caresse le poil de la bête. « Oui, Ernst, et maintenant nous allons bientôt nous séparer, nous aussi », fait-il après un instant.

J'approuve d'un signe de tête. C'est vraiment bizarre, mais je ne peux absolument plus m'imaginer la vie sans Adolf — sans son regard vigilant et sa voix tranquille. Il nous a tout appris, à Albert et à moi, lorsque nous sommes arrivés au front, en vrais « bleus » qui n'avaient aucune idée de ce que c'était — et je ne crois même pas que sans lui, je serais encore de ce monde.

« Il faudra nous revoir souvent, dis-je, souvent, hein, Adolf ? »

Un talon de botte me caresse la figure. Au-dessus de nous, dans le filet, Tjaden s'affaire à compter son argent ; il a l'intention d'aller directement de la gare au bordel. Pour se mettre au diapason, il égrène ses aventures avec quelques copains du pays qui lui donnent la réplique. Personne n'y voit de cochonneries. Il suffit qu'on ne parle pas de la guerre pour que les auditeurs soient complaisants.

Un homme du génie, à qui il manque deux doigts, raconte avec embarras et fierté que sa femme a accouché au septième mois d'un enfant qui pesait tout de même six livres. Ledderhose se moque de lui ; c'est pas possible, voyons. Le sapeur ne comprend pas. Il compte sur ses doigts les mois compris entre sa permission et la naissance. « Sept, dit-il, ça doit tout de même être ça. »

Ledderhose glousse et un sourire gouailleur contracte sa figure jaune citron. « Alors, quelqu'un d'autre s'en sera occupé ! »

Le sapeur le regarde fixement : « Que... qu'est-ce que tu dis ? bégaye-t-il.

— Eh bien, c'est pourtant clair », nasille Arthur, en s'étirant.

Des gouttes de sueur perlent au front de l'homme. Ses lèvres tremblent, il compte et recompte. Un gros tringlot barbu rit de toutes ses forces en se penchant vers la portière.

« Quel ballot !... quel sacré ballot !... »

Bethke se redresse : « Ferme ta gueule, toi, le gros !

— Pourquoi ? demande le barbu.

— Parce que tu dois la fermer ! répond Bethke. Et toi aussi, Arthur ! »

Le sapeur est devenu blême. « Que faire maintenant ? demande-t-il, désolé, en se cramponnant au cadre de la portière.

— Il ne faut se marier, dit Jupp sentencieusement, que lorsque les enfants gagnent déjà leur vie. Comme ça, ces histoires-là ne peuvent pas arriver. »

Le soir défile derrière les fenêtres. Les bois sont couchés comme des vaches sombres sur l'horizon. Les champs luisent sous la lumière blafarde, projetée par les portières du train. Tout d'un coup, nous ne sommes plus qu'à deux heures de chez nous. Bethke se lève et boucle son sac. Il habite un village, quelques stations avant la ville, et doit descendre avant nous.

Le train s'arrête. Adolf nous donne la main. Il saute pesamment sur le petit quai et jette un regard circulaire qui absorbe en un instant le paysage tout entier, comme un champ desséché boit la pluie. Puis il se tourne encore une fois vers nous, mais il n'écoute plus. Ludwig Breyer, malgré ses douleurs, est à la portière : « Allez, hop, file, Adolf, dit-il, ta femme t'attend. »

Bethke lève les yeux et secoue la tête. « C'est pas si pressé que ça, Ludwig. » On voit cependant avec quelle puissance son foyer l'attire... Mais Adolf est toujours Adolf. Il reste planté près de nous, jusqu'au dernier moment. Lorsque le train s'ébranle, il fait un demi-tour rapide et part à grands pas.

Je lui crie vite : « Nous irons te voir bientôt. »

Nous le regardons filer à travers champs. Pendant longtemps il agite encore la main. La fumée de la locomotive nous le cache par intermittence. Quelques lumières rougeâtres luisent dans le lointain.

Le train suit une longue courbe. Adolf est devenu tout petit : ce n'est plus qu'un point, un petit homme minuscule, tout seul dans la grande plaine sombre, que domine le ciel profond du soir, chargé de lueurs orageuses, et frangeant l'horizon de soufre.

Je ne sais pas pourquoi, Adolf n'y est pour rien, mais le tableau m'étreint : cet homme isolé, s'en allant sur l'étendue infinie des champs, contre un ciel énorme, seul... dans le soir.

Puis les arbres s'approchent en masses obscures et bientôt il n'y a plus rien que le mouvement du train, le ciel et les bois.

Notre compartiment commence à s'animer. Ici à l'intérieur, il y a des coins, des bords, des odeurs, de la chaleur, de l'espace et des limites — ici il y a des visages bronzés, tannés par le temps, que trouent les taches blanches des yeux ; cela pue la terre, la sueur, le sang et l'uniforme — mais dehors, un monde indécis file en arrière à toute vitesse, toujours plus lointain, dans les cahots du train — le monde des tranchées, des trous d'obus, de l'obscurité et de l'horreur. Ce n'est plus qu'un tourbillon qui passe devant les vitres et qui n'a plus d'effet sur nous.

Quelqu'un se met à chanter. D'autres suivent. Bientôt, tout chante, notre compartiment, le compartiment voisin, puis le wagon, puis le train tout entier. Nous chantons de plus en plus fort, de plus en plus haut, les fronts rougissent, les veines gonflent ; toutes nos chansons de soldats défilent ; nous nous levons, nous nous regardons les yeux brillants. Les roues du convoi tonnent la cadence ; nous chantons, nous chantons...

Je suis coincé entre Ludwig et Kosole et je sens leur chaleur à travers ma vareuse. Je remue les mains, je tourne la tête, mes muscles se tendent, et un tremblement remonte de mes genoux jusqu'au ventre. Quelque chose pétille dans mes os comme une limonade gazeuse, gagne les poumons, les lèvres, les yeux ; le compartiment flotte, tout vibre en moi comme un poteau de télégraphe vibre dans la tempête, mille fils résonnent, mille routes s'ouvrent ; je pose doucement ma main sur celle de Ludwig, il me semble qu'elle doit brûler ; mais lorsqu'il lève les yeux, pâle et fatigué comme toujours, je ne peux rien exprimer que cette question, pénible, hésitante : « As-tu une cigarette, Ludwig ? »

Il m'en donne une. Nous continuons à chanter dans le ronflement du train. Mais peu à peu, un grondement plus sourd que celui des roues se mêle à nos chansons. Bientôt, entre deux couplets, un craquement puissant, suivi d'un roulement prolongé, se répercute à travers la plaine. Les nuages se sont rassemblés et l'orage éclate. Les éclairs flambent comme des départs de pièces, Kosole est à la portière et hoche la tête : « Allons bon, les enfants ! encore un orage maintenant », grommelle-t-il, en se penchant au-dehors.

Mais brusquement, il s'écrie : « Vite, vite, la voilà ! »

Nous nous pressons autour de lui. À la lueur des éclairs, on voit pointer dans le ciel, à la frange de l'horizon, les tours fines et minces de la ville. La nuit tonnante se referme chaque fois sur elles, cependant chaque éclair les rapproche.

Nos yeux brûlent d'émotion. Comme un arbre géant poussé d'un seul jet, entre nous, sur nous, en nous : l'Attente.

Kosole rassemble ses affaires. « Ah, mes enfants, dit-il, en s'étirant, où serons-nous assis dans un an ?

— Sur le derrière », répond Jupp, nerveux. Mais personne ne rit plus. La ville nous a assaillis, elle nous attire à elle. Elle est là, palpitante, largement offerte, dans les lueurs brutales. Elle arrive vers nous, et nous arrivons sur elle. Notre train de soldats, un train chargé de retour du néant et d'attente inouïe, se rapproche toujours davantage. Nous nous précipitons sur elle, tandis que ses murs se ruent sur nous ; dans un instant, ce sera le choc. Les éclairs zigzaguent, le tonnerre fait rage. Puis la gare, avec du bruit, des cris, monte bouillonnante, de chaque côté du train. Une violente averse s'abat ; les quais mouillés scintillent, nous nous lançons à corps perdu...

Avec moi, le chien bondit par la portière. Il s'attache à mes pas et nous courons ensemble, à travers la pluie, dégringolant l'escalier.

DEUXIÈME PARTIE

I

Devant la gare, comme un seau d'eau éclabousse le pavé, nous nous éparpillons dans toutes les directions. Kosole avec Bröger et Trosske descendent au pas de charge la Heinrichstrasse ; tout aussi vite, j'oblique avec Ludwig dans l'avenue de la gare. Sans perdre de temps à faire des adieux, Ledderhose est déjà parti, comme une flèche, avec tout son bric-à-brac. Quant à Tjaden, il se fait expliquer vivement une dernière fois, par Willy, le chemin le plus court pour aller au bordel ; seuls Jupp et Valentin ne sont pas pressés ; personne ne les attend. Ils flânent d'abord dans la salle d'attente pour découvrir quelque chose à manger. Tout à l'heure ils iront à la caserne.

L'eau dégouline des arbres dans l'avenue ; des nuages passent, bas et rapides. Quelques soldats, des plus jeunes classes, portant des brassards rouges viennent à notre rencontre.

« À bas les pattes d'épaules ! crie l'un d'eux en sautant sur Ludwig.

— Ta gueule, espèce de bleu ! » dis-je en l'écartant.

Il en arrive d'autres et ils nous entourent. Ludwig regarde le plus rapproché avec calme et passe son chemin. L'homme cède le pas. Mais tout à coup, deux matelots apparaissent et se ruent sur Ludwig.

Je hurle : « Tas de cochons, vous ne voyez donc pas qu'il est blessé ! » et je jette mon sac pour être plus libre de mes mouvements.

Mais déjà Ludwig est à terre ; avec sa blessure au bras, il est à peu près sans défense. Les matelots s'accrochent à son uniforme, ils le piétinent.

« Un lieutenant, piaille une voix de femme..., crevez-le... le buveur de sang... »

Avant que je puisse lui venir en aide, je reçois dans la figure un coup violent qui me fait tituber.

Je crache : « Salaud ! », en envoyant de toutes mes forces ma botte dans le ventre de mon agresseur. Il pousse un gémissement et tombe raide. Immédiatement, trois hommes se précipitent sur moi. Le chien saute à la nuque de l'un d'eux mais les autres me terrassent. « Éteignez la lumière... au couteau !... », glapit la femme.

Dans la mêlée des jambes, je vois que Ludwig, de sa main valide, serre à la gorge un matelot qu'il a pu renverser d'un violent coup derrière les genoux. Il ne lâche pas prise, bien que les autres s'acharnent sur lui à tour de bras. Puis, je reçois sur la tête une dégelée de coups de ceinturon et un talon m'écrase les dents. Wolf, aussitôt, a bien planté ses crocs dans le genou de l'assaillant, mais nous ne parvenons pas à nous relever. À chaque tentative, ils nous renvoient à terre, comme s'ils voulaient nous réduire en bouillie. Furieux, j'essaye d'atteindre mon revolver, lorsque au même instant, l'un de mes adversaires s'abat sur le pavé, à côté de moi. Un deuxième choc, un deuxième homme sans connaissance ; puis aussitôt un troisième... Sans aucun doute, il n'y a que Willy pour faire un pareil travail.

Il est accouru au grand galop, a jeté son sac en chemin et se démène au-dessus de nous. Il en prend deux par la nuque, et les martèle l'un contre l'autre. Ils sont immédiatement hors de combat ; lorsque Willy devient enragé c'est un marteau-pilon vivant. Nous sommes dégagés, je me remets debout vivement, tandis que les autres décampent. Je réussis encore à flanquer mon sac dans les reins de l'un d'eux ; puis je m'occupe de Ludwig.

Quant à Willy, il est déjà en pleine poursuite. Il a vu les deux marins frapper Ludwig. L'un gémit maintenant, tout meurtri, dans le ruisseau, le chien grondant au-dessus de lui et, pareil à un ouragan rouge, avec ses cheveux au vent, Willy bondit sur les talons de l'autre.

Le sang filtre du pansement piétiné de Ludwig. Sa figure est maculée de boue et son front écorché d'un coup de botte. Il s'essuie et se relève lentement. « Es-tu gravement touché ? » demandé-je. Il secoue la tête, pâle comme un mort.

Willy, entre-temps, a rattrapé le matelot et revient vers nous, en le traînant comme un sac. « Sacrée bande de cochons ! grince-t-il, pendant toute la guerre, vous êtes restés sur vos bateaux comme en villégiature, sans entendre un coup de canon. Et maintenant, vous croyez que c'est le moment d'ouvrir vos sales gueules et de tomber à bras raccourcis sur des soldats du front ? Je vais vous aider, moi ! À genoux, sale embusqué ! demande-lui pardon ! »

Il plie l'homme de force devant Ludwig. Il a

l'air si féroce qu'il y a réellement de quoi avoir peur... « Je te massacre ! rugit-il, je te déchire en morceaux !! À genoux ! »

L'homme geint : « Laisse donc, Willy, fait Ludwig, en ramassant ses affaires.

— Comment, dit Willy, décontenancé, tu n'es pas fou ? Des types qui t'ont esquinté le bras ? »

Mais déjà, Ludwig poursuit son chemin : « Oh... laisse-le donc filer... »

Pendant un instant, Willy regarde Ludwig sans comprendre puis, hochant la tête, il lâche le matelot : « Bon... Alors, ça va, fiche le camp ! » Mais il ne peut pas s'empêcher, au moment où l'autre se sauve, de lui décocher un violent coup de pied qui lui fait faire une double pirouette.

Nous continuons notre chemin. Willy jure, car il faut qu'il parle quand il est en colère. Mais Ludwig se tait.

Tout à coup, nous voyons la bande des fuyards revenir au coin de la Bierstrasse. Ils sont allés chercher du renfort. Willy met l'arme à la main.

« Chargez ! cran de sûreté !... », dit-il. Ses yeux se plissent. Ludwig sort son revolver et je prépare également mon fusil, prêt à ouvrir le feu. Jusqu'à présent, ce n'était qu'une rixe, maintenant cela devient sérieux. La seconde fois, nous n'avons pas l'intention de nous laisser attaquer...

Nous nous déployons dans la rue, à trois pas, pour ne pas offrir une cible compacte et nous avançons. Le chien a tout de suite compris de quoi il retourne. Il nous suit en grondant, dans le ruisseau, car il a appris au front l'art de progresser à couvert.

« À vingt pas, nous tirons ! » crie Willy, menaçant.

La bande, en face, montre une certaine inquiétude. Nous continuons à marcher. Des fusils se lèvent contre nous... Willy fait claquer le cran de sûreté et détache de son ceinturon une grenade qu'il porte encore sur lui, ultime réserve.

« Je compte jusqu'à trois. »

Alors, un homme d'un certain âge, portant une tunique de sous-officier dont les galons ont été enlevés, se détache du groupe, fait quelques pas en avant et nous crie : « Sommes-nous camarades, oui ou non ? »

Willy est tellement estomaqué qu'il lui faut d'abord reprendre haleine.

« Mais, sacré nom..., c'est nous qui vous le demandons, tas de lâches ! riposte-t-il, indigné. Qui est-ce qui a commencé à cogner sur des blessés ? »

L'autre hésite : « Vous avez fait ça ? demande-t-il à ceux qui se trouvent derrière lui.

— Il ne voulait pas enlever ses pattes d'épaule », répond une voix.

L'homme a un mouvement de contrariété. Puis il se retourne vers nous. « Ils n'auraient pas dû, camarades. Mais vous n'avez absolument pas l'air de vous douter de ce qui se passe. D'où venez-vous donc ?

— Du front pardi ! D'où veux-tu qu'on vienne ? renâcle Willy.

— Et où allez-vous ?

— Là où vous êtes restés pendant toute la guerre ! À la maison !

— Camarade, dit l'homme, secouant une manche vide, je n'ai pas perdu ça au coin du feu.

— C'est encore pis, alors, répond Willy sans émotion, tu devrais être honteux d'être en compagnie de ces soldats à la manque ! »

Le gradé s'approche : « C'est la révolution, dit-il froidement. Qui n'est pas avec nous est contre nous. »

Willy se met à rire : « Belle révolution... ton Association d'Arracheurs d'Épaulettes ! Si c'est tout ce qu'il vous faut... » Il crache avec dédain.

« Pardon, fait le manchot, et il marche vers Willy d'un pas rapide. Nous demandons davantage. Plus de guerre, plus d'excitation à la haine, plus de boucherie ; nous voulons redevenir des hommes et ne plus être des machines à faire la guerre. »

Willy abaisse sa grenade :

« C'est un beau début pour ton programme... », dit-il en montrant le pansement souillé de Ludwig. Puis, en quelques enjambées, il rejoint le groupe :

« Faites-moi le plaisir de rentrer chez vous, tas de morveux ! vocifère-t-il, tandis que nos adversaires, indécis, battent déjà en retraite. Ah ! ça veut être des hommes ? Mais vous n'êtes même pas des soldats ! À voir la façon dont vous tenez vos fusils, on pourrait craindre que vous ne vous fassiez mal aux mains ! »

La bande se disperse. Willy fait demi-tour et se plante devant le sous-officier. « Maintenant, je vais te dire quelque chose. Nous en avons plein le dos autant que vous, et il faut en finir une bonne fois, c'est sûr. Mais pas de cette manière-là. Si nous faisons quelque chose, nous le ferons nous-mêmes. Il coulera de l'eau sous le pont avant qu'on nous impose quoi que ce soit ! Et maintenant, tu vas voir !... Regarde bien !... »

En deux coups de griffe, il arrache ses pattes d'épaule.

« Je le fais parce que je le veux, et non parce que vous le voulez. C'est mon affaire. Quant à celui-là (il désigne Ludwig), c'est notre lieutenant, il garde les siennes. Et gare à celui qui trouverait à y redire. »

Le manchot approuve de la tête. Ses traits travaillent. « J'ai été au front, mon vieux, pourtant..., fait-il. Je sais ce que c'est. Tiens (il désigne son moignon avec agitation) : 20ᵉ D. I. Verdun !

— On y a été aussi, répond Willy, laconique. Oui... hé bien... à la revoyure !... »

Il rajuste son sac et remet l'arme à la bretelle. Nous continuons notre chemin. Mais lorsque Ludwig passe devant lui, l'homme au brassard rouge porte brusquement la main à sa casquette. Et nous comprenons le sens de son geste : ce n'est ni l'uniforme, ni la guerre qu'il salue, c'est le camarade de « là-bas ».

La maison de Willy est tout près. Il la salue d'un geste de la main, avec une pointe d'attendrissement. « Bonjour, vieille baraque ! les réservistes vont se reposer, maintenant ! »

Nous faisons mine de nous arrêter, mais Willy refuse. « Ramenons d'abord Ludwig chez lui, fait-il, plein d'ardeur. Ma salade de pommes de terre et mes exhortations familiales, je les aurai toujours assez tôt. »

En route, nous nous arrêtons pour nous nettoyer, afin que nos parents ne s'aperçoivent pas que nous sortons tout droit d'une bagarre. J'essuie le visage de Ludwig et nous disposons son bandage de façon à cacher le sang ; cela pourrait facilement effrayer sa mère. De toute façon, il faudra qu'il aille plus tard à l'hôpital pour faire renouveler son pansement.

Nous arrivons sans autre incident, mais Ludwig a toujours l'air abattu. « Ne t'en fais donc pas », dis-je, en lui prenant la main. Willy, de son bras, lui entoure les épaules.

« Ça peut arriver à tout le monde, vieux camarade. Sans ta blessure, tu en aurais fait de la marmelade. »

Ludwig hoche la tête et entre. Nous le suivons du regard pour voir s'il parvient à monter l'escalier. Il est à la moitié des marches lorsqu'une idée vient encore à l'esprit de Willy : « La prochaine fois, à coups de pied, Ludwig, crie-t-il d'un ton convaincu, à coups de pied, toujours, pas de corps à corps dans ces cas-là ! » Puis, satisfait, il laisse retomber la porte.

« Je voudrais bien savoir ce qu'il a depuis quelques semaines », dis-je.

Willy se gratte la tête. « Ça doit être la dysenterie, fait-il, parce que Ludwig, sans cela ! Tu te rappelles comme il a mis le tank hors de combat, à Bixschoote ? tout seul encore !

« C'était pas commode, ça, mon vieux lapin ! »

Il donne un coup d'épaule à son sac. « Allons, bonne chance, Ernst... Je vais aller voir ce qui s'est passé depuis six mois dans la famille Homeyer. Une heure d'attendrissement, environ, et après ça, en avant l'éducation ! Ma mère, ah ! mon vieux, elle aurait fait un magnifique sergent-major. C'est un cœur d'or, la vieille, mais dans une monture de granit !... »

Je continue seul, et tout d'un coup, le monde

change. Mes oreilles bourdonnent comme si une rivière coulait, là, sous les pavés et je ne vois plus rien, je n'entends plus rien, jusqu'à l'arrivée à la maison. Je monte lentement. Au-dessus de la porte pend un écusson : « Cordiale bienvenue », un bouquet de fleurs est piqué à côté. Ils m'ont vu venir et ils sont tous là ; ma mère, en avant, près de l'escalier, puis mon père, mes sœurs. Derrière, on aperçoit la salle à manger ; le dîner fume sur la table, tout a un air de fête.

« Pourquoi ces folies, dis-je, des fleurs... et tout cela... à quoi bon ?... ça n'a pas tant d'importance... mais maman, pourquoi pleures-tu ?... voyons, je suis revenu, la guerre est finie... il n'y a vraiment pas de quoi pleurer... »

Et je remarque alors seulement l'amère saveur des larmes qui coulent sur mon propre visage.

II

Nous avons mangé des beignets de pommes de terre, avec des œufs et de la saucisse, un repas merveilleux. Il y a presque deux ans que je n'avais vu un œuf ; quant aux beignets de pommes de terre... n'en parlons pas !

À présent, rassasiés, nous sommes confortablement assis autour de la grande table, dans la salle à manger, buvant du café de glands avec du sucre « ersatz ». La lampe est allumée, le canari chante, le poêle est chaud, et Wolf dort allongé sous la table... C'est aussi beau que cela peut être...

« Voyons, Ernst, dit mon père, raconte-nous un peu tout ce qui t'est arrivé...

— Ce qui m'est arrivé ?..., répété-je en réfléchissant... Au fond, il ne m'est rien arrivé... C'était la guerre tout le temps... que pouvait-il m'arriver de remarquable ? »

J'ai beau me creuser la tête, je ne trouve rien. À quoi bon parler des choses du front avec des civils ? et je ne connais rien d'autre.

« Vous avez dû en voir certainement plus que moi », dis-je en manière d'excuse.

Et, en effet, mes sœurs racontent ce qu'elles ont dû faire pour se procurer en fraude le repas de ce soir. Deux fois, les gendarmes leur ont tout pris à la gare. La troisième, elles ont cousu les œufs à l'intérieur de leur manteau, fourré la saucisse dans leur blouse et caché les pommes de terre sous leur jupe dans des poches spéciales. Comme cela, elles ont pu passer.

Je les écoute, un peu absent. Elles ont grandi depuis la dernière fois que je les ai vues. Est-ce parce que je n'y avais pas prêté attention, à l'époque, que cela me frappe davantage aujourd'hui ? Ilse doit avoir déjà plus de dix-sept ans. Comme le temps passe...

« Sais-tu, demande mon père, que le conseiller Pleister est mort ? »

Je secoue la tête : « Quand donc ? »

— En juillet, vers le 20, à peu près. »

L'eau chante sur le poêle. Je joue avec les franges du tapis de table. Ah ! en juillet, me dis-je, en juillet, du 26 au 31 nous avons perdu trente-six hommes. Et pourtant c'est à peine s'il y en a trois dont j'ai retenu les noms, tant nous en avons encore perdu par la suite.

« Et qu'est-ce qu'il a eu ? demandé-je, rendu un peu somnolent par la chaleur inaccoutumée de la pièce, un éclat ou une balle ?

— Mais, Ernst, réplique mon père, surpris, il n'était pas soldat, voyons ! Il est mort d'une fluxion de poitrine.

— Ah ! c'est vrai, dis-je, en me redressant sur ma chaise, ça arrive aussi, ça. »

Ils continuent à m'instruire de tous les événements survenus depuis ma dernière permission. Des femmes affamées ont roué de coups le boucher du coin. Une fois, à la fin d'août, il y a eu une livre entière de poisson par famille. Le chien du docteur Knott a été raflé et probablement transformé en savon. Mlle Mentrupp a eu un enfant. Les pommes de terre ont de nouveau augmenté. La semaine prochaine, on pourra peut-être acheter des os à l'abattoir. La seconde fille de tante Grete a épousé, le mois dernier, un capitaine de cavalerie — s'il vous plaît !...

Au-dehors, la pluie tambourine sur les vitres. Instinctivement, je relève les épaules. Extraordinaire, d'être à nouveau dans une chambre ; extraordinaire, vraiment, d'être à la maison.

Ma sœur s'arrête. « Mais tu n'écoutes pas du tout, Ernst, fait-elle, étonnée.

— Si, si, assuré-je, en reprenant vivement mes esprits. Un capitaine de cavalerie, naturellement ; elle a épousé un capitaine de cavalerie.

— Oui, figure-toi, quelle chance ! continue ma sœur avec feu, et avec ça, elle a la figure pleine de taches de rousseur ! Qu'est-ce que tu en dis ?

— Ce que j'en dis ? Heu... Quand un capitaine de cavalerie reçoit une balle de shrapnel dans la cervelle, il en claque comme tout le monde. »

Ils continuent à parler ; mais moi, je ne suis plus maître de mes pensées. Elles m'échappent à chaque instant. Je me lève et je jette un regard par la fenêtre. Des caleçons sèchent sur la corde à linge. Ils se balancent, gris et inertes dans le crépuscule. Dans l'enclos, un clair-obscur mouvant. Soudain, à l'arrière-plan, comme une ombre lointaine, se lève une autre vision : du linge flottant, le son d'un harmonica isolé dans le soir, une marche en avant dans le demi-jour, un grand nombre de nègres tués, en capote bleu pâle, les lèvres éclatées et les yeux sanglants — les gaz. Pendant un instant l'image est précise, puis elle oscille et s'efface, les caleçons flottent au travers, l'enclos réapparaît et je sens de nouveau derrière moi la chambre avec les miens, la bonne chaleur, et la sécurité.

Tout cela est passé, me dis-je avec soulagement, et je me détourne vite.

« Pourquoi te trémousses-tu ainsi, Ernst ? demande mon père. Depuis que tu es là, tu n'es pas resté tranquillement assis un quart d'heure de suite.

— Peut-être est-il trop fatigué, suggère ma mère.

— Mais non, dis-je, un peu confus et cherchant une explication ; ce n'est pas cela. Mais je croirais volontiers qu'il ne m'est plus possible de rester aussi longtemps sur une chaise. Au front, nous n'en avions pas et nous nous installions par terre, n'importe comment. Je n'ai plus l'habitude simplement.

— Comme c'est drôle », fait mon père.

Je hausse les épaules. Ma mère sourit : « As-tu déjà été dans ta chambre ? demande-t-elle.

— Pas encore », dis-je, et je me dirige vers la porte. Mon cœur bat lorsque je l'ouvre et que, dans l'ombre, l'odeur des livres me monte aux narines. J'allume en hâte. Puis je regarde autour de moi.

« Tout est resté comme avant, dit ma sœur derrière moi.

— Oui... Oui », et je fais un geste pour l'éloigner. Car, à cette minute, je préférerais être seul. Mais voici qu'arrivent déjà les autres. Debout, à la porte, ils m'observent et m'encouragent du regard. Je m'assieds dans le fauteuil et je pose mes mains sur la table. Je sens son poli et sa fraîcheur. Oui, tout est resté comme avant. Voilà même le presse-papiers en marbre brun, cadeau de Karl Vogt. Il est à sa place, comme autrefois, à côté de la boussole et de l'encrier. Mais Karl Vogt est tombé au mont Kemmel.

« Est-ce que ta chambre ne te plaît plus ? demande ma sœur.

— Si, dis-je en hésitant, mais comme elle est petite !... »

Mon père rit : « Elle était absolument pareille, autrefois.

— Bien sûr, acquiescé-je, mais je m'étais figuré qu'elle était beaucoup plus grande.

— Tu es resté si longtemps absent », fait ma mère.

Je fais signe que oui. « Ne regarde pas le lit, poursuit-elle, on va te mettre des draps propres. »

Je fouille dans la poche de ma vareuse. Adolf Bethke m'a donné, en partant, un petit paquet de cigares ; il faut que j'en fume un maintenant. Autour de moi, tout paraît si flottant, qu'il me semble éprouver comme une sorte de vertige. Profondément, j'aspire la fumée dans mes poumons. Cela va déjà mieux, je le sens.

« Voilà que tu fumes le cigare ? » demande mon père, avec un étonnement voisin du reproche.

Je le regarde avec surprise. « Naturellement, riposté-je, là-bas, les cigares faisaient partie du ravitaillement, chaque jour, on en touchait trois ou quatre. En veux-tu un ? »

Il le prend en hochant la tête. « Autrefois, d'ailleurs, tu ne fumais pas du tout.

— Ah oui ! autrefois... », dis-je, en souriant un peu ironiquement de l'importance qu'il attache à la chose. Et cela non plus, je ne l'aurais pas osé, autrefois. Mais les tranchées nous ont fait perdre le respect des vieilles gens. Là-bas, nous étions tous des égaux...

Je regarde l'heure à la dérobée. Il y a quelques heures à peine que je suis ici, mais il me semble qu'il y a des semaines que je n'ai vu Willy, ni Ludwig. Je voudrais bien courir les rejoindre, car je ne peux pas encore m'imaginer que je vais rester définitivement dans ma famille ; j'ai toujours l'impression que demain, après-demain, n'importe quand, il nous faudra marcher de nouveau, épaule contre épaule, pestant, résignés, mais tout près les uns des autres...

Finalement, je me lève et je vais chercher ma capote dans le couloir.

« Tu ne veux pas rester avec nous, ce soir ? » demande ma mère.

Je mens : « Il faut encore que j'aille me faire porter rentrant... » Je n'ai pas le courage de lui dire la vérité.

Elle m'accompagne jusqu'à l'escalier. « Attends, il fait noir, je vais te donner de la lumière... »

Abasourdi, je reste immobile. Une lumière, pour ces quelques marches ! Mon Dieu !... À travers combien d'entonnoirs boueux et de boyaux bouleversés n'ai-je pas dû me diriger la nuit, sans lumière, sous des pluies d'obus ? Et maintenant une lumière, pour un escalier ? Ah, maman ! J'attends néanmoins avec patience. Ma mère arrive avec la lampe et m'éclaire ; c'est comme si elle me caressait dans l'ombre.

« Sois prudent, Ernst, qu'il ne t'arrive rien, me crie-t-elle.

— Mais maman, que veux-tu qu'il m'arrive ici,

chez nous, en temps de paix ? » Et je souris, levant les yeux vers elle.

Elle se penche sur la rampe. Sa petite figure craintive est comme voilée d'or par l'abat-jour. Irréelles, derrière sa silhouette, l'ombre et la clarté dansent sur le palier.

Et soudain je me sens étreint par une émotion bizarre, presque une souffrance. Comme s'il n'existait au monde rien de comparable à ce visage. Comme si j'étais encore un enfant qui a besoin de lumière dans l'escalier — un petit garçon auquel il pourrait arriver quelque chose dans la rue — et que tout le reste n'ait été que rêve et fantasmagorie.

Mais la clarté de la lampe accroche une vive étincelle à la plaque de mon ceinturon. La minute est passée ; je ne suis pas un enfant : je porte un uniforme.

Je saute rapidement les marches trois par trois, et je pousse la porte de la rue, pressé de retrouver mes camarades.

J'entre d'abord chez Albert Trosske. Sa mère a les yeux rouges d'avoir pleuré ; rien de grave cependant, c'est le jour qui veut ça. Toutefois, Albert n'est plus le même ; penché sur la table, il a l'air d'un chien battu. Son frère aîné est assis près de lui. Il y a une éternité que je ne l'ai vu ; je sais seulement qu'il est resté longtemps à l'hôpital. Il a engraissé, il a de belles joues rouges.

« Salut, Hans ! Te voilà d'aplomb, dis-je gaiement. Comment va ? Ça marche ? Toujours sur deux pattes ? Encore rien de tel, hein ? »

Il murmure quelque chose d'incompréhensible. Mme Trosske réprime un sanglot et quitte la pièce. Albert me fait un signe des yeux. Regardant autour de moi, interloqué, je vois que Hans a une paire de béquilles à côté de sa chaise. « Pas encore tout à fait d'aplomb ? lui dis-je.

— Mais si, mais si, répond-il. Je suis sorti de l'hôpital la semaine dernière. » Il prend ses béquilles, les ajuste et en deux mouvements, se lance vers le poêle. Il n'a plus de pieds. À droite, il n'a qu'un appareil de prothèse en fer, mais à gauche il porte déjà une armature avec un soulier.

Je suis confus d'avoir parlé si stupidement : « Je ne savais pas, Hans. »

Il incline la tête. Il a eu les deux pieds gelés dans les Carpates, la gangrène a suivi et, en fin de compte, on a dû les amputer.

« Dieu merci, ce ne sont que les pieds ! » Mme Trosske qui est allée chercher un coussin le glisse sous les appareils : « Laisse donc, Hans ! on arrivera bien à arranger cela, et tu pourras bientôt réapprendre à marcher. » Elle s'assied à côté de lui et lui caresse les mains.

« Oui, fais-je, pour dire quelque chose. Au moins tu as encore tes jambes.

— Ça me suffit déjà comme cela », répond-il.

Je lui offre une cigarette. Que faire en de pareils moments ? Tout ce qu'on pourrait dire sonnerait faux, quelque intention bienveillante qu'on y mette. La conversation continue, pénible, hésitante. Mais lorsque l'un de nous se lève, Albert ou moi, et va d'un côté ou de l'autre, nous nous apercevons que Hans regarde nos pieds d'un air sombre et tourmenté, et que les yeux de sa mère prennent la même direction — toujours les pieds —, il les suit de-ci, de-là — ils ont des pieds — je n'en ai plus...

Pour le moment, c'est la seule pensée qui le hante et sa mère ne s'occupe que de lui, sans se rendre compte qu'Albert, le cadet, en souffre. Ces quelques heures l'ont rendu tout à fait craintif.

« Dis donc toi, il faut que nous allions nous faire porter "rentrants", dis-je, lui fournissant ainsi un prétexte de sortie.

— Oui », répond-il vivement.

Dehors, nous respirons. Le soir se reflète, paisible, sur le pavé mouillé, les lanternes vacillent dans le vent, Albert regarde fixement devant lui. « Je n'y puis pourtant rien, Ernst, fait-il en hésitant, mais, quand je suis assis entre eux deux et que je les vois, ma mère et lui, je finis par penser que c'est ma faute et j'ai honte d'avoir encore deux pieds. On se dégoûte soi-même d'être revenu sain et sauf. Si, au moins, on avait une blessure au bras, comme Ludwig, on ne leur paraîtrait pas si exaspérant ! »

J'essaye de le consoler. Mais il regarde de côté. Quoi que je dise, il n'est pas convaincu. Pourtant, cela me réconforte un peu moi-même ; c'est toujours ainsi, quand on cherche à consoler.

Nous allons chez Willy. Sa chambre est un chaos. Le lit, démonté, est dressé contre le mur. On va le rallonger, car Willy a tellement grandi à l'armée que son lit n'est plus à sa taille. Des planches, des marteaux, des scies gisent çà et là ; sur une chaise resplendit un formidable plat de pommes de terre en salade. Lui-même n'est pas là. Sa mère nous explique qu'il est dans la buanderie, depuis une heure, occupé à se décrasser. Nous attendons.

Mme Homeyer est agenouillée devant le sac de Willy et fouille dans ses affaires. Branlant la tête, elle en sort quelques loques dégoûtantes, qui ont été autrefois une paire de chaussettes. « Rien que des trous, bougonne-t-elle, en nous regardant, Albert et moi, d'un air réprobateur.

— Marchandise de guerre, dis-je en haussant les épaules.

— Comment, marchandise de guerre ? réplique-t-elle, fâchée. Vous n'êtes pas au courant, c'était de l'excellente laine ! J'ai couru partout pendant huit jours pour en avoir. Et les voilà déjà hors d'usage. Pour en avoir des neuves, maintenant, il n'y a rien à faire. » Préoccupée, elle examine les guenilles. « Vous auriez bien pu trouver le temps, à la guerre, de changer vivement de chaussettes une fois par semaine ; la dernière fois, il en a emporté quatre paires. Il n'en a rapporté que deux, et encore, celle-ci, dans quel état ! » Elle passe la main dans les trous.

Je me prépare à prendre la défense de Willy lorsqu'il arrive triomphant, et hurle à plein gosier : « Ça alors, c'est de la veine. Voilà un candidat à la casserole. Ce soir il y aura de la fricassée de poulet ! »

À bout de bras il brandit un gros coq, comme il brandirait un drapeau. Les plumes mordorées de la queue scintillent, la crête luit, écarlate, quelques gouttes de sang pendent au bec. J'ai déjà bien mangé, mais l'eau m'en vient quand même à la bouche.

Willy, béat, secoue la tête. Mme Homeyer se dresse et pousse un cri : « Mais Willy, où l'as-tu pris ? »

Willy annonce fièrement qu'il a repéré le coq derrière la remise, qu'il l'a pris et qu'il l'a tué, le tout en deux minutes. Il donne une tape amicale dans le dos de sa mère.

« On a appris ça au front, dit-il. C'est pas pour rien qu'on a été aide-cuistot ! »

Sa mère le regarde comme s'il avait avalé une bombe, puis elle appelle son mari. Elle gémit, d'une voix brisée : « Oskar, figure-toi, il a tué le coq de Binding.

— Comment ça, Binding, demande Willy.

— Mais le coq appartient à Binding, le laitier d'à côté. Oh ! mon Dieu ! comment as-tu pu faire une chose pareille ? » Mme Homeyer s'effondre sur une chaise.

« Je ne pouvais tout de même pas laisser courir un rôti comme celui-là, dit Willy, étonné ; on a ça dans le sang... »

Mais Mme Homeyer est inconsolable : « Ça va nous faire des ennuis ; ce Binding est tellement violent !

— Mais pour qui me prends-tu ? poursuit Willy, qui se sent maintenant gravement offensé. Qu'est-ce que tu te figures ? Pas un chat ne m'a vu, je ne suis tout de même pas un débutant ! C'est exactement le dixième que j'attrape comme ça. C'est un coq de jubilé. Nous pouvons le manger tranquillement, ton Binding ne s'en doutera même pas. » Il secoue tendrement la bête. « Comme tu vas être bon à manger ! Qu'est-ce qu'on va en faire ? Du bouillon ou du rôti ?

— Tu ne penses pas que je vais en manger une

bouchée ! crie Mme Homeyer, hors d'elle ; reporte-le tout de suite !

— Je ne suis tout de même pas fou, dit Willy.

— Mais tu l'as volé, gémit-elle, désespérée.

— *Volé ?* » Willy éclate de rire. « Eh bien, elle est forte, celle-là. Ce coq ? Réquisitionné... fourni..., trouvé, voilà tout. *Volé !* Quand on prend de l'argent, on peut parler de vol, mais pas quand on chipe quelque chose à bouffer... Dans ce cas-là nous aurions beaucoup *volé*, pas vrai, Ernst ?

— Certes, dis-je, ce coq est venu à ta rencontre, Willy. Exactement comme celui du commandant de la deuxième batterie, à Staden. Tu te rappelles ? Tu en as fait de la fricassée de volaille pour toute la compagnie. Moitié-moitié... un coq, un cheval ! pas vrai ? »

Willy grimace, flatté, et effleure du bout des doigts la plaque du fourneau. « Froid », fait-il déçu, en se tournant vers sa mère. « Vous n'avez donc pas de charbon ? »

Mme Homeyer est tellement abasourdie qu'elle a perdu l'usage de la parole. Elle ne peut que secouer négativement la tête. Willy fait un geste rassurant : « Encore quelque chose dont je m'occuperai demain. En attendant, nous pouvons prendre cette vieille chaise qui ne tient plus debout et qui ne vaut plus rien. »

La mère de Willy le regarde avec un renouveau d'ahurissement. Elle lui arrache d'abord la chaise des mains, puis le coq, et se met en route pour aller chez le laitier Binding.

Willy est franchement indigné : « Voilà qu'il rentre chez lui et ne chante plus, fait-il, avec mélancolie, en citant le refrain de la chanson. Tu comprends ça, toi, Ernst ? »

97

Que nous ne puissions pas prendre la chaise, bien qu'une fois, au front, nous eussions brûlé un piano entier pour attendrir un steak de cheval, je le comprends à la rigueur ; que nous ne devions pas, chez nous, céder à tous les mouvements instinctifs de nos mains, bien qu'au front tout ce qui était mangeable fût don du ciel et sans rapport avec la morale, cela se conçoit encore. Mais que le coq, qui est bien mort, soit rapporté à son propriétaire, alors que le dernier des bleus saurait que cette restitution va provoquer un tas d'ennuis inutiles, je trouve ça complètement stupide.

« Si ces procédés deviennent à la mode, nous finirons par crever de faim, tu vas voir, affirme Willy, bouleversé. Dire que dans une demi-heure, nous aurions eu une magnifique fricassée de poulet, si nous avions été entre nous. Je l'aurais mis au blanc. »

Son regard voyage du fourneau de cuisine à la porte.

Je propose : « Ce qu'il y a de mieux à faire, c'est de nous défiler ; ça sent mauvais, par ici. »

Mais Mme Homeyer est déjà de retour. « Il n'était pas chez lui... », dit-elle, hors d'haleine. Très excitée, elle se prépare à continuer son discours lorsqu'elle voit que Willy s'est habillé. Là-dessus, elle oublie tout. « Tu t'en vas déjà ?

— On va faire une petite patrouille, maman », dit-il en riant.

Elle se met à pleurer. Willy lui tapote l'épaule avec embarras. « Mais je reviendrai, voyons ; nous reviendrons toujours, maintenant. Et beaucoup trop souvent, crois-moi. »

Côte à côte, à grands pas, les mains dans les poches, nous arpentons la Schlossstrasse. « On ne va pas chercher Ludwig ? » demandé-je.

Willy secoue la tête. « Laissons-le plutôt dormir, ça vaut mieux pour lui. »

La ville est houleuse. Des camions chargés de marins circulent dans les rues. On voit flotter des drapeaux rouges.

Devant l'Hôtel de Ville, on décharge et on distribue des ballots de tracts. La foule les arrache des mains des matelots et les parcourt avec avidité, les yeux brillants. Un tourbillon de vent enveloppe les paquets, disperse les proclamations et les fait tournoyer dans l'espace comme une volée de pigeons blancs. Dans les branches dépouillées des arbres, les feuilles s'accrochent et bruissent au vent. « Camarades, dit près de nous un vieil homme vêtu d'une capote militaire grise, camarades, ça va aller mieux... ; et ses lèvres tremblent.

— Crénom, dis-je, on dirait qu'il se passe quelque chose, par ici. »

Nous pressons le pas. Plus nous approchons du parvis de la cathédrale, plus la foule devient compacte. La place grouille de monde. Sur les marches du théâtre, un soldat prononce une harangue. La lumière crayeuse d'une lampe à acétylène tremble sur sa figure. Nous comprenons mal ce qu'il dit, car le vent balaye la place en longues rafales irrégulières, apportant à chaque fois, de la cathédrale, un chant d'orgues dans lequel la voix mince et hachée de l'orateur est presque noyée.

Une tension encore incertaine, mais dont on pressent déjà la violence, règne sur la place. La foule est là, comme une muraille. Des soldats, presque tous, et beaucoup d'entre eux avec leur femme. Les faces silencieuses, hermétiques, ont la même expression qu'au front, lorsque, sous le casque, elles épiaient au loin l'ennemi... Mais on lit à présent dans les regards quelque chose de plus : le pressentiment d'un avenir et l'attente indéfinissable d'une vie nouvelle.

Du théâtre jaillit un appel, auquel répond un sourd grondement.

« Ça y est, mes enfants, on y va ! » fait Willy, enthousiasmé.

Des bras se lèvent. La masse oscille et les rangs commencent à s'ébranler. Un cortège se forme. Des cris : « En avant, camarades ! » Comme l'aspiration puissante d'une poitrine, le piétinement de la foule en marche monte du pavé. Sans réfléchir, nous emboîtons le pas.

À notre droite, un artilleur ; devant nous, un sapeur du génie. Les groupes se soudent les uns aux autres. Peu se connaissent et pourtant la confiance mutuelle a jailli aussitôt. Entre eux, les soldats n'ont pas besoin d'en savoir long. Ils sont camarades, c'est suffisant. « Allons, Otto, viens donc avec nous ! » crie le sapeur qui nous précède à l'un de ceux qui sont restés immobiles.

L'autre hésite ; sa femme est auprès de lui. Elle le regarde en glissant son bras sous le sien. Lui sourit, l'air un peu gêné : « Plus tard, Franz... »

Willy fait la grimace. « Si les jupons s'en mêlent, dit-il, la vraie camaraderie sera vite au diable, vous verrez !

— Bah ! quelle blague, réplique le sapeur en lui

offrant une cigarette. Les femmes c'est la moitié de la vie, mais chaque chose en son temps. »

Involontairement, nous prenons le pas cadencé. Ce n'est plus la marche d'autrefois. Le pavé gronde et, comme l'éclair, un espoir sauvage et oppressant vole sur les colonnes... comme si l'on marchait tout droit, à présent, vers une existence de liberté et de justice.

Au bout de quelques centaines de mètres, pourtant, le cortège s'arrête. Nous sommes devant la maison du bourgmestre. Des ouvriers cognent à la porte. Tout reste silencieux ; mais un pâle visage de femme se dessine un instant derrière les fenêtres closes. On frappe plus fort à la porte ; une pierre vole contre la fenêtre, puis une seconde. Les éclats de vitre dégringolent bruyamment dans le jardinet.

Le bourgmestre apparaît alors au balcon du premier étage. Des hurlements l'accueillent. Il essaye de prononcer quelques paroles de protestation, mais personne ne l'écoute : « Allez, ouste ! avec nous ! » crie quelqu'un.

Le bourgmestre hausse les épaules et fait un signe d'assentiment. Quelques minutes plus tard, il marche en tête du défilé.

Puis, nous allons tirer le suivant hors de chez lui : le directeur de l'Office du Ravitaillement. Ensuite vient le tour d'un individu chauve, la face décomposée, qui doit avoir trafiqué dans les beurres. Nous manquons un négociant de céréales qui s'est envolé à temps en nous entendant venir.

Le cortège marche sur le château et s'entasse

bientôt devant l'entrée des bureaux de la Subdivision militaire. Un soldat escalade l'escalier et pénètre à l'intérieur. Toutes les fenêtres sont éclairées.

Enfin la porte s'ouvre, nous redressons la tête. Un homme sort, portant une serviette d'avocat. Il en tire des feuillets et se met à lire un discours, d'une voix monotone. Nous écoutons, l'esprit tendu. Willy a placé ses mains en cornet derrière ses grandes oreilles. Comme il dépasse tout le monde de la tête, il entend mieux les phrases et nous les répète. Mais les mots tombent sur nous comme de l'eau sur des cailloux. Ils sonnent, ils tintent, mais ils ne nous touchent pas, ils ne nous ébranlent pas, ils ne nous empoignent pas. Un clapotis, seulement... un clapotis.

Nous commençons à nous agiter ; nous ne comprenons pas. Nous sommes accoutumés à l'action. C'est la révolution, tout de même ! Il faut qu'il se passe quelque chose ! Et l'autre, là-haut, qui parle, qui n'arrête pas de parler... Il prêche le calme et le sang-froid. Pourtant, jusqu'à présent, personne n'en a manqué !

Enfin, il se retire. « Qui était-ce, celui-là ? » demandé-je, tout déçu.

L'artilleur, près de nous, est au courant. « C'est le président du Conseil des ouvriers et soldats. Je crois qu'il était dentiste, dans le temps.

— Ah, ah ! grogne Willy, de mauvaise humeur, tandis que sa chevelure rousse tourne de tous côtés. En voilà une imbécillité ! Je croyais, moi, qu'on s'en allait tout de suite à la gare et puis tout droit... à Berlin ! »

Des cris fusent et se propagent dans la foule. Il faut que le bourgmestre prenne la parole ! On le hisse sur le perron.

Il explique, d'une voix calme, qu'il va faire procéder à une enquête générale. À ses côtés, les deux mercantis claquent des dents et suent d'angoisse. Mais ils en sont quittes pour la peur ; on les injurie, mais personne n'ose lever la main sur eux...

« Tout de même, reconnaît Willy, il a du cran, au moins, le bourgmestre.

— Oh ! il a l'habitude, fait l'artilleur, on le tire de chez lui trois fois par semaine. »

Nous le regardons, ahuris. « Ces histoires-là arrivent donc souvent ? » demande Albert.

L'autre fait signe que oui. « Bien sûr, y a tout le temps de nouvelles troupes qui rentrent. Elles s'imaginent qu'il faut déblayer... Oui, et avec ça, ça reste...

— Alors ça, mon vieux, je ne comprends pas, dit Albert.

— Moi non plus, déclare l'artilleur, en bâillant de tout son cœur ; moi aussi, je m'étais imaginé ça autrement. Allons, à la revoyure, je me débine dans mon pucier. Ce sera plus raisonnable. »

D'autres en font autant. La place se vide à vue d'œil. À présent, c'est un deuxième délégué qui parle. Lui aussi recommande le calme. Les chefs s'occuperont de tout. Ils sont déjà au travail (il désigne les fenêtres éclairées). Ce que nous aurions de mieux à faire, c'est de rentrer chez nous...

« Bon sang ! dis-je, contrarié, alors, c'est tout ? »

Nous nous sentons presque ridicules d'avoir pris part à cette affaire. Qu'est-ce que nous voulions donc, au juste, tout à l'heure ?

« Merde alors... », fait Willy, déçu.

Nous haussons les épaules et nous flânons plus loin.

Nous poursuivons notre promenade quelque temps encore, puis nous nous séparons. Je ramène Albert chez lui et je rentre tout seul. Mais c'est étrange. Maintenant que mes camarades m'ont quitté, tout ce qui m'entoure commence à vaciller lentement et à perdre de sa réalité. Tout à l'heure encore, les choses étaient naturelles, solides, et voici qu'à présent tout se désagrège soudain et qu'elles deviennent étonnamment nouvelles, inhabituelles, au point que je me demande s'il ne s'agit pas d'un rêve. Voyons, suis-je bien ici ? Suis-je vraiment rentré ici, chez nous ?

Voilà les rues, en bonnes pierres solides, sûres ; voilà les toits lisses qui scintillent, vierges de trous béants ou de brèches d'obus ; voilà les murs qui s'élèvent intacts, dans la nuit bleue et sur lesquels se découpent les silhouettes des pignons et les ombres des balcons. Rien n'est rongé par les crocs de la guerre, les vitres des fenêtres sont toutes en bon état et derrière les nuages clairs des rideaux vit un monde assourdi bien différent de l'autre, le monde hurlant de la mort, qui a été le mien jusqu'ici.

Je m'arrête devant des fenêtres éclairées, au rez-de-chaussée d'une maison. De la musique s'en échappe, en sourdine. Les rideaux ne sont tirés qu'à demi, on peut voir à l'intérieur.

Assise au piano, une femme joue. Elle est seule. La clarté d'un lampadaire tombe sur les feuillets blancs de la partition et le reste de la pièce est plongé dans une ombre douce. Un canapé, quelques chaises avec des dossiers et des coussins mènent là une existence paisible. Un chien dort, couché sur un fauteuil.

J'observe ce tableau, l'œil fixe, comme ensorcelé. Lorsque la femme se lève et, l'allure souple, se dirige sans bruit vers la table, je recule précipitamment. Mon cœur bat. Dans la lueur brutale des fusées éclairantes et sous les ruines marmitées des villages du front j'ai presque oublié que cette paix faite de tapis, de tiédeur et de douceur féminine, cette paix enfermée dans les maisons tout au long des rues, pouvait exister encore. Ah ! je voudrais ouvrir la porte, entrer dans cette chambre ; je voudrais m'enfoncer dans ce fauteuil, tendre mes mains à la chaleur et me laisser inonder par elle ; je voudrais parler aussi, faire fondre et laisser derrière moi sous le regard tranquille de cette femme toute la violence et l'âpreté du passé, ce passé dont je voudrais me débarrasser comme d'un vêtement malpropre...

La lumière s'éteint dans la chambre. Je m'en vais. Mais la nuit s'est tout à coup peuplée de cris sinistres et de sons indistincts, elle s'est remplie d'images et de passé, de questions et de réponses.

J'erre au-delà des limites de la ville et je m'arrête sur la hauteur du Klosterberg. La ville s'étend en contrebas, baignée d'argent. La lune se mire dans la rivière. Les tours semblent flotter dans l'atmosphère ; c'est d'un calme indéfinissable.

J'y reste quelque temps. Puis je reviens de nouveau vers les rues, vers les maisons. Chez moi, je monte l'escalier à tâtons, sans bruit. Mes parents dorment déjà, j'entends leurs souffles ; celui de ma mère, plus léger, et celui plus rude de mon père. J'ai honte d'être rentré si tard.

Parvenu à ma chambre, je fais de la lumière. Dans le coin voici mon lit, habillé de blanc, la couverture faite. Je m'assieds dessus et reste là, pensif, encore un moment. Puis la fatigue me prend. Je m'étends, machinalement, et je tire la couverture sur moi... Mais je me redresse tout à coup : j'ai complètement oublié de me déshabiller. Au front, c'est vrai, nous dormions toujours tout équipés. J'enlève lentement mon uniforme et je pose mes bottes dans un coin. J'aperçois alors une chemise de nuit, pendue au pied du lit. C'est quelque chose dont je n'ai plus qu'un bien vague souvenir. Je la mets. Et soudain, tandis que je l'enfile, nu et frissonnant, l'émotion me terrasse ; je passe ma main sous les couvertures, je m'enfonce dans les oreillers, je les presse contre moi et je pénètre en eux... dans les oreillers, dans le sommeil, de nouveau dans la Vie... un seul sentiment domine tout : je suis ici, oui, je suis rentré !

III

Nous sommes, Albert et moi, assis à la fenêtre du café Meyer. Devant nous, sur le guéridon de marbre, deux tasses dans lesquelles notre café s'est refroidi. Depuis trois heures que nous sommes là, nous n'avons pas encore pu nous décider à absorber ce jus amer. Et pourtant, le front nous a habitués à ne pas être difficiles ; mais cette mixture ne peut pas être autre chose qu'une décoction d'anthracite.

Trois tables seulement sont occupées. À la première, des mercantis discutent au sujet d'un wagon de vivres ; à l'autre, un couple de gens mariés lit des journaux ; à la troisième, nos postérieurs s'épanouissent sans pudeur sur la banquette de peluche rouge.

Les rideaux sont sales, la serveuse bâille, l'air est suffocant et au fond, il ne se passe ici rien de bien remarquable. Pour nous, cependant, c'est déjà énorme. Confortablement installés, nous avons du temps sans fin devant nous, la musique joue et nous pouvons regarder par la fenêtre. Il y a longtemps que cela ne nous est pas arrivé.

Nous restons donc là jusqu'à ce que les trois

musiciens aient emballé leurs affaires et que la serveuse, sans aménité, se mette à décrire autour de notre table des cercles de plus en plus petits. Alors nous payons et nous commençons à rôder dans le soir. C'est magnifique d'aller lentement de vitrine en vitrine, de n'avoir à s'occuper de rien..., d'être son maître.

Nous stoppons à la Stubenstrasse. « Si on allait chez Becker ? dis-je.

— Au fait, acquiesce Albert, nous pourrions y aller. En voilà un qui va être rudement étonné. »

Nous avons passé une partie de nos années d'école dans la boutique de Becker. On y trouvait à acheter de tout : des cahiers, du matériel à dessin, des filets à papillons, des aquariums, des collections de timbres, des vieux bouquins et des brochures contenant la solution des problèmes d'algèbre. Nous restions des heures entières chez Becker, nous y fumions des cigarettes en cachette et c'est là qu'ont eu lieu nos premiers rendez-vous clandestins avec les filles de l'école secondaire. Tout à fait notre homme de confiance, quoi.

Nous entrons. Quelques écoliers, debout dans les coins, font disparaître leurs cigarettes dans le creux de la main. Nous sourions, en nous redressant un peu. Une jeune fille s'approche et s'enquiert de nos désirs.

« Nous voudrions voir M. Becker, lui-même », dis-je.

La jeune fille hésite. « Je ne pourrais pas m'en occuper moi-même ?

— Non, mademoiselle, répliqué-je, vous ne pouvez pas ; ayant donc la bonté de prévenir M. Becker. »

Elle y va. Nous nous regardons et, tout entreprenants, nous fourrons nos mains dans nos poches. Ça va en être, une surprise !

La sonnette familière du portillon du comptoir retentit. Voilà Becker, petit, gris, et ratatiné, comme toujours. Il cligne un instant des yeux puis il nous reconnaît : « Tiens, Birckholz[1] et Trosske, fait-il, vous voilà revenus aussi ?

— Eh oui..., répondons-nous rapidement, croyant le moment venu de l'étonnement sans bornes.

— Voilà qui est bien !... Alors, qu'est-ce que ça sera ? demande-t-il. Des cigarettes ? »

Nous n'en revenons pas. Au fond, nous ne voulions rien acheter du tout, nous n'y avions même pas pensé. « Oui... Dix cigarettes », dis-je enfin.

Il nous sert. « Voilà. Alors à la prochaine ! » Et il s'en va là-dessus, traînant les pieds. Nous restons encore un instant. « Oublié quelque chose ? crie-t-il, du petit escalier.

— Non, non », répondons-nous, en tournant les talons.

« Eh bien, Albert ! dis-je, une fois dehors, en voilà un qui a l'air de croire qu'on vient simplement de faire une promenade, hein ? »

Il fait un geste de dépit : « Chameau de civil... »

Nous continuons à flâner. Tard dans la soirée, nous sommes rejoints par Willy et nous allons ensemble à la caserne.

1. Nom de famille de Ernst.

En route, Willy fait brusquement un saut de côté. Je tressaille aussi. Pas à s'y tromper... c'est le miaulement d'un obus qui s'approche. Ahuris, nous regardons autour de nous, puis nous nous mettons à rire. Ce n'est que le chuintement du tramway électrique !

Jupp et Valentin sont affalés, quelque peu abandonnés, dans une grande chambrée d'escouade. Tjaden n'est d'ailleurs pas encore rentré. Il est toujours au bordel. Les deux autres nous accueillent avec joie ; ils vont pouvoir jouer au scat.

Ces quelques heures ont suffi à Jupp pour devenir membre d'un Conseil de soldats. Il s'est nommé lui-même, tout simplement, et conserve sa fonction, pour la bonne raison qu'il règne une telle confusion à la caserne que personne ne s'y reconnaît.

Le voilà donc pourvu jusqu'à nouvel ordre, car son emploi d'avant-guerre est fichu. L'avoué chez lequel il travaillait à Cologne lui a écrit que la main-d'œuvre auxiliaire féminine s'était admirablement adaptée, qu'elle était moins chère, que Jupp, d'autre part, après les années passées au front, ne pourrait peut-être plus s'accommoder des exigences du travail de bureau... Il regrette sincèrement, les temps sont durs et... meilleurs vœux pour l'avenir !

« Joli fumier, fait Jupp, mélancolique. Pendant des années, on n'a eu qu'un désir — ne plus être dans leur armée — et maintenant on est bien content de pouvoir y rester. Bah ! crever d'une façon ou d'une autre... J'annonce dix-huit. »

Willy a un jeu superbe en main. Je réponds pour lui : « Vingt ! et toi, Valentin ? »

Il hausse les épaules. « Vingt-quatre. »

À quarante, au moment où Jupp « passe »[1], Karl Bröger apparaît.

« Je venais voir ce que vous deveniez, dit-il.

— Et c'est ici que tu es venu nous chercher, n'est-ce pas ? fait Willy, narquois, en se carrant largement, tout à son aise. Après tout, la caserne c'est encore le vrai foyer du soldat. Quarante et un.

— Quarante-six, jette Valentin, provocant.

— Quarante-huit », riposte Willy, d'une voix de tonnerre.

Sacré nom..., la partie sera chaude. Nous nous rapprochons, Willy s'appuie voluptueusement contre l'armoire et nous montre un « grand »[1] formidable. Mais Valentin ricane, menaçant ; il a une « misère »[1] plus formidable encore, toute servie, dans sa large patte.

On est rudement à son aise, dans cette « crèche ». Sur la table, un morceau de chandelle clignote. Dans l'ombre luisent les montants des lits. Nous bouffons de gros quartiers d'un fromage qu'a apporté Jupp. Il nous taille des portions avec sa baïonnette.

« Cinquante », rugit Valentin.

À ce moment, la porte s'ouvre violemment et Tjaden entre en coup de vent.

« Se... Se... », bégaye-t-il, et il est tellement surexcité qu'il en attrape un terrible hoquet. Nous le promenons, les bras levés, autour de la chambre. « Est-ce que les putains t'ont barboté ton fric ? » demande Willy, compatissant.

Il secoue la tête : « Se... Se...

---

1. Termes de jeu.

— Garde... à vous ! » commande Willy.

Tjaden sursaute. Son hoquet est passé.

« Seelig, j'ai retrouvé Seelig, annonce-t-il, en poussant des cris de joie.

— Mon vieux ! si jamais tu mens, je te jette par la fenêtre », rugit Willy.

Seelig était sergent-major — « feldwebel » — dans notre compagnie ; une brute de la plus belle eau. Deux mois avant la révolution, il avait malheureusement changé d'unité et, depuis lors, nous n'étions pas parvenus à retrouver sa trace. Tjaden explique qu'il tient à présent le cabaret du Roi Guillaume et que sa bière est de première qualité.

Je crie : « Allons-y ! » et nous nous précipitons au-dehors, tous ensemble.

« Mais pas sans Ferdinand, dit Willy. Il a un compte à régler avec Seelig à propos de Schröder. »

Nous sifflons et nous chahutons devant la maison de Kosole jusqu'à ce qu'il vienne à la fenêtre, en chemise, mécontent.

« Qu'est-ce qui vous prend, si tard, grommelle-t-il. Vous ne savez donc pas que je suis marié ?

— Cela peut attendre, crie Willy, descends vite, nous avons découvert Seelig ! »

Du coup, Ferdinand s'anime. « Sans blague ? demande-t-il.

— Sans blague ! glapit Tjaden.

— C'est bon, j'arrive, répond Ferdinand. Mais gare à vous si vous vous êtes foutus de moi ! »

Cinq minutes plus tard il est en bas ; on lui explique la chose et nous filons.

Comme nous tournons dans la Hakenstrasse, Willy, dans son agitation, bouscule un passant et l'envoie rouler à terre. « Sombre brute ! » crie l'homme par-derrière, couché sur le sol.

Willy revient vite sur ses pas, et se plante, menaçant devant lui : « Pardon, vous avez dit quelque chose ? » demande-t-il en portant la main à sa casquette. L'autre se ramasse et le regarde de bas en haut. « Pas que je sache, fait-il avec aigreur.

— C'est heureux pour vous, dit Willy, parce que vous n'êtes vraiment pas de taille à être méchant. »

Nous traversons un petit jardin, et nous voilà devant le cabaret du Roi Guillaume. Le nom sur l'enseigne a déjà été recouvert d'une couche de peinture. Il s'appelle maintenant À l'Edelweiss. Willy agrippe la poignée de la porte.

« Minute ! » Kosole lui retire la patte. « Willy, dit-il, d'un air suppliant, si on cogne, c'est moi qui m'en charge. Donne ta parole !

— Entendu ! » consent Willy, et il ouvre la porte toute grande.

Du bruit, de la fumée et de la lumière nous jaillissent au visage. Des verres tintent. Un piano mécanique tonne la marche de *La veuve joyeuse*.

Les robinets du comptoir étincellent. Une bouffée de rires tourbillonne autour du baquet d'eau, où deux jeunes filles rincent les verres mousseux. Une bande de joyeux gaillards les entoure. Des plaisanteries fusent. Les visages se reflètent, par morceaux, dans l'eau qui éclabousse. Un artilleur commande une tournée d'eau-de-vie et pelote le derrière d'une des serveuses.

« Lina, crie-t-il, excité, c'est encore de la camelote d'avant-guerre, hein ? »

Nous nous faufilons à travers la salle : « C'est pourtant vrai, le voilà ! » dit Willy.

Manches retroussées et chemise ouverte, suant, le cou rouge et moite, le cabaretier tire de la bière derrière son comptoir. Sous ses gros poings, les jets coulent, dorés ou bruns, dans les verres. Le voici qui lève les yeux : un large sourire rampe sur sa figure. « Salut ! vous voilà aussi ? Qu'est-ce que ce sera ? Blonde ou brune ?

— Blonde, *mon* sergent-major », répond Tjaden, d'un air insolent. Le patron nous compte des yeux.

« Sept, dit Willy.

— Sept, répète le patron en jetant un regard sur Ferdinand, six et Kosole, c'est bien ça ! »

Ferdinand s'approche du comptoir. Il s'appuie des poings sur le rebord : « Dis donc, Seelig, as-tu aussi du rhum ? »

Le patron tripote derrière ses appareils nickelés.

« Bien sûr, que j'en ai aussi, du rhum. »

Kosole le toise. « Tu ne t'en prives pas ! Hein ? »

Le patron remplit une rangée de verres à liqueur.

« Naturellement, j'en sirote volontiers.

— Te rappelles-tu quand tu en as liché, la dernière fois ?

— Non !

— Moi, je le sais ! beugle Kosole, planté devant le comptoir comme un taureau devant une haie. Ça ne te dit rien, le nom de Schröder ?

— Schröder ? Il y a beaucoup de Schröder », dit le patron d'un air dégagé.

C'en est trop pour Kosole. Il est prêt à bondir. Willy l'empoigne et l'assied de force sur une chaise.

« Buvons d'abord ! Sept blondes », crie-t-il vers le comptoir.

Kosole ne dit rien. Nous nous asseyons à une table et le patron nous apporte lui-même les demis. « À votre santé, dit-il.

— À la vôtre », répond Tjaden, et nous buvons. Puis il se penche en arrière. « Eh ben, qu'est-ce que je vous avais dit ? »

Ferdinand suit des yeux Seelig qui retourne à son comptoir.

« Ben, mon vieux, grince-t-il, quand je pense comme ce bouc puait le rhum quand nous avons enterré Schröder... »

Il s'arrête court.

« T'attendris pas », fait Tjaden.

Comme si les paroles de Kosole avaient arraché un rideau qui jusqu'à présent eût déjà remué et flotté doucement, il semble tout à coup qu'une dévastation indécise, spectrale, s'étende et grandisse dans la taverne. Les fenêtres s'estompent, des ombres surgissent des fentes du plancher et le souvenir envahit la salle enfumée.

Kosole et Seelig n'avaient jamais pu se souffrir. Mais ils n'étaient devenus ennemis mortels qu'en août 18.

En ce temps-là nous étions dans un bout de tranchée démolie, en arrière des lignes, et nous devions travailler toute la nuit à creuser une fosse commune. Nous ne pouvions pas la faire bien profonde car l'eau était proche et à la fin nous travaillions dans une vase épaisse.

Bethke, Wessling et Kosole étayaient les parois. Nous autres, nous rassemblions les cadavres qui gisaient en terrain découvert, et nous les alignions en longues files, l'un à côté de l'autre, en attendant que la fosse fût prête.

Albert Trosske, notre caporal d'escouade, leur enlevait les plaques d'identité et les carnets de solde, pour autant qu'on en trouvait encore sur eux. Beaucoup avaient déjà des figures noires, décomposées, car la putréfaction progressait rapidement pendant les mois humides. Tous, cependant, ne sentaient pas aussi mauvais qu'en été. Certains étaient mouillés et gonflés comme des éponges. Nous en trouvâmes un les bras étendus, à plat sur le sol. En le soulevant, nous vîmes qu'il ne restait guère que des lambeaux d'uniforme, tellement il avait été déchiqueté. Sa plaque d'identité avait également disparu. Finalement, nous pûmes l'identifier grâce à une pièce de sa culotte : c'était le soldat de première classe Glaser. Il était très léger à porter ; il manquait près de la moitié du corps.

Nous rassemblions à part, dans une toile de tente, les bras, les jambes ou les têtes, que nous trouvions épars. Lorsque nous apportâmes Glaser, Bethke dit : « Assez, on n'en rentrera pas davantage. »

Nous allâmes chercher quelques sacs à terre pleins de chaux. Jupp en répandit dans la fosse à l'aide d'une pelle plate. Peu après apparut Max Weil, qui avait été chercher des croix à l'arrière. À notre grand étonnement, le sergent-major Seelig surgit de l'ombre avec lui. Comme il n'y avait aucun prêtre à proximité, et que nos deux officiers étaient malades, on l'avait chargé de dire une prière. Cela l'avait mis de mauvaise humeur ; car, si gras qu'il fût, il ne supportait pas la vue du sang. En outre, il voyait très mal la nuit et il était myope. Cette infirmité le rendait si nerveux, qu'il manqua le bord de la fosse et tomba dedans. Tjaden pouffa de rire et cria d'une voix étouffée : « Remplissez toujours, remplissez ! »

Justement c'était Kosole qui travaillait dans la fosse au point où la chute s'était produite. Il reçut Seelig tout droit sur la tête, dans les deux cents livres, poids vif. Ferdinand se mit à jurer comme un possédé. Puis, il reconnut le sergent-major ; mais, c'était un vieux de la vieille, « un vrai cochon de tranchées », nous étions en 18, et il ne s'arrêta pas pour si peu.

Le feldwebel s'étant relevé vit devant lui Kosole, son vieil antagoniste ; il éclata et se mit à l'engueuler. Kosole riposta. Bethke, qui était également dans la fosse, essaya de les séparer, mais le feldwebel écumait de rage et Kosole, s'estimant victime d'une grave injustice, n'entendait pas se laisser faire.

Willy sauta à son tour pour venir en aide à Kosole. Un vacarme terrible montait du trou.

« La paix ! » dit tout à coup quelqu'un. Bien que l'ordre eût été donné à mi-voix, le bruit cessa immédiatement. Seelig grimpa hors de la fosse, haletant et soufflant. Avec son uniforme blanc de chaux, il avait l'air d'un ange en pain d'épice, glacé de sucre. Kosole et Bethke remontèrent également.

Au bord de la fosse se tenait notre sous-lieutenant, Ludwig Breyer, appuyé sur sa canne. Jusqu'alors, il était resté couché, à l'air libre, couvert de deux capotes, devant l'abri, car il souffrait, à l'époque, de sa première crise sérieuse de dysenterie.

« Qu'est-ce qui se passe ? » demanda-t-il.

Trois hommes se mirent à parler à la fois, pour essayer d'expliquer l'affaire. Ludwig, d'un air las, les arrêta. « Ça n'a vraiment pas d'importance... »

Le sous-officier affirma que Kosole l'avait frappé à la poitrine. Kosole s'emballa de nouveau.

« La paix ! » fit encore Ludwig. Le calme se rétablit.

Puis il demanda : « As-tu toutes les plaques d'identité, Albert ?

— Oui, répondit Trosske, et, tout bas, afin que Kosole ne l'entendît pas, il ajouta : Schröder en est, lui aussi. »

Tous deux se regardèrent un instant. Puis Ludwig dit : « Ainsi ils ne l'ont pas fait prisonnier ? Où est-il ? »

Albert le conduisit le long de la rangée des corps. Nous suivîmes, Bröger et moi, car Schröder avait été notre camarade de classe. Trosske s'arrêta devant un cadavre dont la tête était couverte d'un sac à terre. Breyer se baissa. Albert le retint. « Ne le découvre pas, Ludwig », implora-t-il. Breyer se retourna. « Si, Albert, dit-il calmement, il le faut ! »

Le haut du corps de Schröder était méconnaissable. Il était aplati comme une limande. La figure n'était plus qu'une planche dans laquelle un trou noir et oblique, entouré d'une couronne de dents, indiquait la bouche. En silence, Breyer le recouvrit.

« Est-ce qu'il le sait ? » demanda-t-il, en regardant dans la direction où creusait Kosole. Albert secoua la tête négativement. « Il faut s'arranger pour que Seelig disparaisse, fit-il, autrement il va arriver un malheur. »

Schröder avait été l'ami de Kosole. Nous n'avions d'ailleurs jamais compris pourquoi, car, à l'opposé de Ferdinand, c'était un véritable enfant, délicat et chétif ; mais Kosole l'avait protégé comme une mère.

Derrière nous, quelqu'un haletait. Seelig nous avait suivis et se tenait, là, les yeux écarquillés. « Je n'ai jamais vu quelque chose de pareil, bégaya-t-il. Comment cela a-t-il pu arriver ? »

Personne ne répondit. Schröder, normalement, aurait déjà dû être parti en permission depuis huit jours. Mais Seelig, qui ne pouvait les sentir, ni lui ni Kosole, la lui avait supprimée. Et, maintenant, Schröder était mort.

Nous nous retirâmes ; la vue du sous-officier, à cette minute, nous était insupportable. Ludwig se faufila à nouveau sous ses capotes.

Seul, Albert demeura. Seelig ne lâchait pas les cadavres des yeux. La lune sortit d'un nuage et les éclaira. Son gros torse penché en avant, le feldwebel restait là, regardant les faces livides sur lesquelles l'inconcevable expression d'horreur restait figée dans un silence d'une éloquence terrible.

Albert déclara froidement : « Ce qu'il y aurait de mieux, c'est que vous fassiez la prière maintenant et que vous vous retiriez ensuite. »

Le feldwebel s'essuya le front. « Je ne peux pas », murmura-t-il. L'épouvante l'avait saisi. Nous connaissions cela. Pendant des semaines, on n'éprouvait rien, puis soudain, dans une circonstance imprévue, l'épouvante vous terrassait. Il partit en trébuchant, la figure verte.

« Il s'est imaginé, celui-là, qu'ici on se jetait des bonbons », dit Tjaden sèchement.

La pluie se mit à tomber plus fort et nous commençâmes à perdre patience. Le feldwebel ne revenait pas. À la fin, nous allâmes rechercher Ludwig Breyer sous ses capotes. À voix basse, il dit un « Notre Père ».

Nous descendîmes les morts. C'était Weil qui les recevait et je remarquai qu'il tremblait. Il murmurait presque imperceptiblement, mais sans arrêt : « Vous serez vengés. » Je le regardai étonné.

« Qu'est-ce qui te prend ? lui demandai-je ; ce ne sont pourtant pas les premiers que tu vois ? Tu auras du travail, si tu veux les venger tous. » Alors il se tut.

Lorsque nous eûmes aligné les premières files, Valentin et Jupp arrivèrent, traînant encore une toile de tente.

« Celui-ci vit encore », dit Jupp en déployant la toile.

Kosole y jeta un regard. « Oui, mais il n'en a plus pour longtemps. Y a qu'à attendre. »

L'homme sur la toile râlait par saccades. À chaque expiration, le sang coulait le long du menton.

« Faut-il l'emporter ? demanda Jupp.

— Il mourra tout de suite, alors », dit Albert en montrant le sang.

Nous le couchâmes à côté et Max Weil s'occupa de lui. Puis, nous continuâmes notre besogne. C'était maintenant Valentin qui m'aidait. Nous descendîmes Glaser.

« Mon vieux, sa femme ! sa femme ! murmurait Valentin.

— Attention, voilà Schröder ! cria Jupp vers le fond de la fosse en laissant glisser la toile.

— Ta gueule », souffla Bröger. Kosole tenait encore le cadavre sur les bras. « Qui ça ? demanda-t-il sans comprendre.

— Schröder, répéta Jupp, qui croyait que Ferdinand savait déjà.

— Ferme ça, idiot ! il a été prisonnier, cria Kosole, furieux.

— Bien sûr ! Ferdinand ! » dit Albert Trosske, qui se tenait à côté.

Nous retînmes notre souffle. Kosole, sans mot dire, sortit à nouveau le cadavre de la fosse, et se hissa ensuite. Puis il l'éclaira avec sa lampe de poche. Il se pencha, très près, sur ce qui restait de la figure, et l'étudia.

« Dieu merci, le feldwebel est parti », chuchota Karl.

Nous attendions, immobiles, ce qui allait suivre. Kosole se redressa. « Une pelle », dit-il sèchement. Je la lui tendis. Nous craignions un meurtre, un assassinat... Mais Kosole, simplement, commença à creuser.

Il fit pour Schröder une tombe particulière et ne laissa s'approcher personne. Il y porta le corps lui-même. Il ne pensait pas à Seelig, tant il était bouleversé.

À l'aube, les deux fosses étaient comblées. Entre-temps, le blessé était mort et nous n'avions eu qu'à le joindre aux autres. Lorsque la terre eut été tassée, nous plantâmes les croix. Kosole écrivit le nom de Schröder au crayon-encre sur l'une d'elles, et la coiffa d'un casque d'acier.

Ludwig revint encore une fois. Nous retirâmes nos casques. Il dit un second « Notre Père ». Albert se tenait, blême, à côté de lui ; Schroder avait été son camarade de banc, en classe. Mais c'était encore Kosole le plus affecté. Ses traits étaient livides, profondément altérés et il ne soufflait mot.

Nous restâmes là un moment encore. Il continuait de pleuvoir. Puis les « hommes de jus » arrivèrent. Nous nous assîmes pour manger.

Au matin, tout à coup, le feldwebel sortit d'un abri voisin. Nous le croyions parti depuis longtemps. Il puait le rhum à plein nez et prétendait, à présent seulement, retourner à l'arrière. Kosole rugit quand il l'aperçut. Heureusement, Willy était à proximité. Il se jeta immédiatement sur Ferdinand et le maintint ; mais il fallut nous mettre à quatre et employer toutes nos forces, pour l'empêcher de se dégager et d'égorger le feldwebel. Il ne redevint raisonnable qu'au bout d'une heure et se rendit compte qu'en poursuivant le sous-officier il eût couru à sa propre perte. Mais il jura, sur la tombe de Schröder, de régler ses comptes avec Seelig.

Et maintenant Seelig est là, derrière son comptoir ; Kosole est assis à cinq mètres de lui et aucun des deux n'est plus soldat.

Le piano mécanique tonitrue pour la troisième fois la marche de *La veuve joyeuse*.

« Patron, encore une tournée d'eau-de-vie ! crie Tjaden, dont les petits yeux porcins étincellent.

— Voilà ! répond Seelig, en apportant les verres... À votre santé, camarades. »

Kosole fronce les sourcils et regarde en dessous.

« Tu n'es pas notre camarade », grogne-t-il.

Seelig met la bouteille sous son bras. « Non ?... ah ! bon. Ça va... », répond-il en regagnant son comptoir.

Valentin lampe l'eau-de-vie. « Enfile-toi ça, Ferdinand, il n'y a encore que ça de vrai », dit-il.

Willy commande la tournée suivante. Tjaden est déjà à moitié saoul. « Eh ! Seelig, vieux chien de quartier, braille-t-il, fini, les punitions, maintenant, hein ? Viens boire un coup avec nous. » Il flanque une telle claque sur l'épaule de son ancien supérieur qu'il lui coupe la respiration. C'eût été suffisant, une année auparavant, pour le faire passer en conseil de guerre, ou enfermer dans un asile d'aliénés.

Le regard de Kosole voyage du comptoir à son verre, et de son verre au comptoir, vers ce gros homme obséquieux devant ses robinets à bière. Il hoche la tête. « Mais ce n'est plus le même homme, Ernst », me dit-il.

J'ai la même impression que lui. Je ne reconnais plus Seelig. Il faisait tellement corps avec son uniforme et son calepin que j'aurais eu peine à me le figurer en bras de chemise, et encore moins en patron de café. Et voilà qu'il va se chercher un verre, qu'il se laisse tutoyer et taper sur l'épaule par Tjaden qui, à ses yeux, autrefois, ne comptait pas plus qu'un pou. Sacrebleu ! comme le monde a changé !

Willy donne un coup de coude encourageant dans les côtes de Kosole. « Alors ?

— Je ne sais pas, Willy, dit Ferdinand. Est-ce que je dois lui taper sur la gueule, oui ou non ? Je ne m'attendais pas à ça. Regarde un peu comme il s'empresse de tous côtés, pour servir, cette espèce de foireux. Ça vous ôte toute envie... »

Tjaden commande et commande. Pour lui, c'est une plaisanterie de haut goût de voir son ancien supérieur se démener à son service.

Pendant ce temps-là, Seelig commence à être à son affaire, de toutes les manières. Son crâne de bouledogue s'embrase, partie sous l'effet de l'alcool, partie sous l'effet de la satisfaction commerciale.

« Voulez-vous qu'on redevienne copains ? propose-t-il, et je me fends, moi aussi, d'une tournée de rhum d'avant-guerre.

— Quoi ? dit Kosole, en se redressant.

— Du rhum. J'en ai encore un flacon dans une armoire là-bas », dit-il avec candeur. Et il va le chercher. Kosole, comme étourdi, le regarde fixement partir.

« Il a tout oublié, Ferdinand, suggère Willy ; autrement il n'aurait jamais osé ça. »

Seelig revient et emplit les verres. Kosole le provoque : « Tu ne te rappelles donc plus la fois que tu t'es saoulé avec du rhum, tellement tu avais la frousse ? Tu ferais un bon gardien de nuit à la morgue, toi ! »

Seelig fait un geste apaisant de la main. « C'est si loin, tout ça, dit-il, que ce n'est déjà plus vrai. » Ferdinand retombe dans son silence. Si Seelig lâchait un seul mot cassant, la bagarre commencerait tout de suite. Cette singulière souplesse, par contre, surprend Kosole et le rend irrésolu.

Tjaden renifle, en gourmet ; nous levons le nez également. Le rhum est bon.

Kosole renverse son verre : « J'admets pas qu'on me rince la dalle !

— Mais, mon vieux ! crie Tjaden, fallait me le donner alors. » Il essaye de sauver le plus possible du liquide avec les doigts. Pas grand-chose d'ailleurs.

La salle se vide, petit à petit.

« On ferme », crie Seelig, et il commence à descendre son volet de fer. Nous nous levons.

« Eh bien, Ferdinand ? » dis-je. Il secoue la

tête. Il n'arrive pas à s'en sortir. Ce n'est plus le vrai Seelig, ce patron de café...

Seelig rouvre la porte pour nous : « Au revoir, messieurs, bonne nuit.

— Messieurs, grommelle Tjaden, messieurs... Autrefois il nous traitait de cochons... »

Kosole est presque dehors lorsque jetant par hasard un regard en arrière, vers le plancher, il aperçoit les jambes de Seelig, enveloppées dans les guêtres. De vieilles connaissances, ces guêtres. Et sa culotte a toujours les passepoils et la coupe militaires. Il est patron de café de la tête à la ceinture, mais de la ceinture aux pieds il est sergent-major. Cette dernière constatation est décisive...

D'un coup de reins, Ferdinand se retourne. Seelig recule. Kosole le suit : « Écoute, gronde-t-il. Schröder ! Schröder ! Schröder ! Ça ne te dit rien, ce nom-là, sale vache ? Tiens, voilà pour Schröder ! T'as le bonjour de la fosse commune ! »

Il frappe, le patron chancelle, bondit derrière le comptoir et attrape un maillet. Kosole est touché à l'épaule et au visage ; mais il ne faiblit pas, devenu subitement furieux. Il agrippe Seelig, lui fait sonner la tête sur le comptoir dans un cliquetis de verres, et ouvre tous les robinets : « Tiens, bois, sac à vin ! Si tu pouvais crever, te noyer dans ta cochonnerie ! » Il écume de rage.

La bière inonde la nuque de Seelig, coule à flots par la chemise jusque dans le pantalon, qui se gonfle aussitôt comme un ballon. Il hurle de rage ; c'est difficile par le temps qui court de retrouver de la bière aussi bonne. Puis il réussit à se redresser, empoigne une chope, et frappe Kosole au menton, par en dessous.

« Pas fameux, dit Willy qui observe, plein d'intérêt, sur le pas de la porte, il aurait dû lui donner un coup de tête et ensuite le culbuter en l'empoignant par les genoux. »

Aucun de nous n'intervient. Tout cela, c'est l'affaire de Kosole. Même s'il se faisait honteusement rosser, nous n'aurions pas le droit de l'aider. Notre rôle doit se borner à empêcher les autres d'intervenir en faveur de Seelig. Mais personne n'en a plus envie, car Tjaden, en deux mots, a raconté l'affaire.

La figure inondée de sang, Ferdinand est devenu complètement enragé. Il en finit rapidement. D'un coup à la gorge, il terrasse Seelig, roule à terre avec lui et lui cogne le crâne sur le sol jusqu'à ce qu'il ait son compte.

Puis, nous nous en allons. Lina, blanche comme un linge, se penche sur son patron qui gargouille. « Le mieux, ça serait de le porter à l'hôpital, crie Willy. C'est l'affaire de deux ou trois semaines !... pas bien terrible ! »

Dehors, Kosole, soulagé, rit comme un enfant ; car Schröder est vengé, maintenant. « C'était beau », fait-il en essuyant son sang. Puis il nous tend la main. « Bon, maintenant il faut que j'aille rejoindre ma femme en vitesse, sans quoi elle va encore se figurer que j'ai été dans une vraie bagarre... »

Nous nous séparons sur la place du Marché. Jupp et Valentin rentrent à la caserne et leurs bottes résonnent sur le pavé inondé de lune.

« Ce que j'aimerais aller avec eux, dit Albert tout à coup.

— J'comprends ça, déclare Willy, qui pense encore probablement à son coq, les gens d'ici sont un peu mesquins, hein ? »

J'acquiesce. « Et bientôt, il va falloir retourner à l'école. »

Nous nous arrêtons en ricanant. Tjaden, à cette pensée, ne se tient plus de joie, et il se sauve en courant sur les traces de Valentin et de Jupp.

Willy se gratte la tête. « Croyez-vous qu'ils se réjouiront de nous revoir ? Nous ne sommes tout de même plus aussi commodes qu'autrefois. »

Karl ajoute : « Ils préféraient certainement nous voir en héros, mais du plus loin possible.

— Je me réjouis de voir ce spectacle-là, fait Willy, avec notre tempérament actuel, *trempés dans le bain d'acier !* »

Il écarte légèrement la cuisse et lâche avec fracas un pet retentissant. « Boum ! un 305 », annonce-t-il avec satisfaction.

IV

Lorsque notre compagnie a été démobilisée, nous avons dû conserver nos armes et les emporter avec nous. Nous avons reçu des instructions pour ne les délivrer qu'au lieu de notre résidence. Nous voici donc à la caserne et nous rendons nos fusils. En même temps, nous touchons notre pécule de démobilisation : cinquante marks de prime et quinze marks de frais de route chacun. De plus, nous avons droit à une capote, une paire de souliers, du linge et un uniforme.

Nous grimpons jusqu'aux combles pour « toucher » nos frusques. Le sous-off d'habillement fait un geste négligent de la main : « Choisissez là-dedans. »

Willy fait une tournée rapide en flairant les effets accrochés. « Dis donc, fait-il alors, paternellement, ça ne prend qu'avec des bleus, ça, tes fringues datent de l'arche de Noé. Montre-nous du neuf !

— N'en ai pas, réplique le garde-mites, bourru.

— Ah !... », fait Willy, en l'observant un instant. Puis il sort un étui en aluminium : « Tu fumes ? »

L'autre secoue son crâne chauve.

« Bon... alors tu chiques, hein ? » Et Willy fouille dans la poche de sa veste.

« Eh non...

— Bien, alors tu dois boire ? » Willy a pensé à tout ; il porte la main à une protubérance de sa veste à hauteur de la poitrine.

« Non plus, fait le sous-off d'habillement, flegmatique.

— Alors il ne me reste plus qu'à t'offrir quelques "marrons sur la gueule", déclare aimablement Willy. Nous ne sortirons pas d'ici sans fringues de premier choix et battant neuf. »

Par bonheur, Jupp, qui en sa qualité de membre du Conseil des soldats joue un rôle considérable, arrive à ce moment. Il fait de l'œil au garde-mites. « Des pays, Heinrich ! des vieux copains. Fais-leur donc voir le *salon* ! »

Le sous-off se déride : « Pouviez pas le dire tout de suite ! »

Nous pénétrons avec lui dans un arrière-magasin. C'est là que sont pendus les effets neufs. Nous nous débarrassons rapidement de nos vieilles pelures et nous nous changeons. Willy prétend qu'il a besoin de deux capotes pour se couvrir, étant devenu anémique à l'armée, dit-il. Le gradé hésite. Jupp le prend sous le bras et l'attire dans un coin où il se met à l'entretenir d'indemnités de subsistance. Lorsqu'ils reviennent tous deux, le garde-mites est tranquillisé. Les yeux mi-clos, il enveloppe du regard Tjaden et Willy, qui sont devenus sensiblement plus gros. « Oui... bon..., grogne-t-il, après tout, qu'est-ce que ça peut me faire. Il y en a quand même qui ne viennent pas chercher leur fourbi. Ils ont assez de fric. L'essentiel, c'est que mon inventaire soit juste. »

Nous signons une décharge, prouvant ainsi que nous avons touché tout ce qui nous revient.

« Est-ce que tu n'as pas parlé de fumer, tout à l'heure ? » demande le sous-off à Willy.

Estomaqué, celui-ci extrait son étui avec une grimace.

« Et de chiquer ? » poursuit l'autre.

Willy met la main à la poche de sa veste. « Mais tu ne bois pas hein ? s'enquiert-il.

— Ah ! si, fait le garde-mites avec calme. Le médecin me l'a même formellement prescrit. Justement, moi aussi, je suis anémique... T'as qu'à laisser la bouteille.

— Minute ! » Et pour sauver au moins quelque chose, Willy s'enfile une gorgée formidable. Puis il tend, au sous-off ébahi, la bouteille qui l'instant d'avant était encore pleine. Elle est à moitié vide.

Jupp nous reconduits jusqu'à la porte de la caserne. « Savez-vous qui nous avons ici, également ? demande-t-il. Max Weil, au Conseil des soldats !

— C'est bien son affaire, déclare Kosole. Ça doit être un fameux filon, hein ?

— Comme ci, comme ça, fait Jupp. Pour le moment, on tient le coup, Valentin et moi. Si jamais vous avez besoin de quelque chose, ordres de transport gratuit ou n'importe quoi, je suis à la source.

— Donne-m'en donc un, dis-je, comme ça je pourrai aller voir Adolf un de ces jours. »

Il sort un bloc et arrache une feuille imprimée. « Remplis-le toi-même. Tu voyages en deuxième classe, naturellement.

— Entendu. »

Dehors, Willy déboutonne sa capote. Il en a une seconde en dessous. « Vaut mieux que ce soit moi qui l'aie, fait-il d'un air satisfait, plutôt qu'elle soit bazardée plus tard. Ils me doivent bien ça pour ma demi-douzaine d'éclats d'obus. »

Nous suivons la grand-rue. Kosole raconte qu'il a l'intention, cet après-midi, de réparer son pigeonnier. Il avait, avant la guerre, un élevage de pigeons voyageurs et de « culbutants », noir et blanc. Il va s'y remettre. Il l'a toujours souhaité, là-bas, au front.

« Et à part ça, Ferdinand ? demandé-je.

— Chercher du travail, dit-il brièvement, je suis marié, moi, mon vieux. C'est la course au bifteck maintenant. »

Quelques détonations éclatent tout à coup du côté de l'église Sainte-Marie. Nous tendons l'oreille. « Revolver d'ordonnance et fusil modèle 98, annonce Willy avec compétence. Deux revolvers, je crois.

— Peuh !... Et après ? fait Tjaden en riant et en balançant sa paire de godillots, c'est encore bougrement plus calme que les Flandres. »

Willy s'arrête devant un magasin de confection pour hommes. Un costume « ersatz » : papier et fibres d'ortie, est exposé en vitrine. Mais il s'y intéresse peu. Il est, au contraire, captivé par une rangée de gravures de mode pâlies, accrochées derrière le complet. Il désigne avec animation une image où un gentleman élégant, la barbe en pointe, est absorbé dans une conversation éternelle avec un chasseur. « Savez-vous ce que c'est, ça ?

— Un fusil de chasse, dit Kosole, pensant au chasseur.

— Dis pas de bêtises, l'interrompt Willy avec impatience, c'est un sifflet, une queue-de-pie, comprends-tu ? C'est la grande mode, maintenant ! Et savez-vous ce qui vient de me venir à l'idée ? Je vais m'en faire faire une, dans cette capote-ci. On va la découdre, la teindre en noir, la transformer, couper les pans ici, épatant, je ne vous dis que ça ! »

Il se complaît visiblement dans cette idée. Mais Karl lui rabat sa joie. « As-tu seulement un pantalon rayé, pour aller avec ? » fait-il, l'air supérieur.

Willy balance un instant, puis décide : « Je barboterai ça dans l'armoire du paternel, et aussi le gilet blanc de son habit de noces. Qu'est-ce que vous en pensez ? J'aurai l'air de quelque chose, hein ? » Rayonnant de joie il nous regarde, l'un après l'autre : « Bon sang de bon sang, mes enfants ! Croyez-vous qu'on va s'en payer une tranche ! »

Je rentre à la maison et remets à ma mère la moitié de ma prime de démobilisation. « Ludwig Breyer est là, dit-elle, dans ta chambre.

— Il est sous-lieutenant, tu sais, ajoute mon père.

— Oui, répliqué-je. Tu ne le savais pas ? »

Ludwig a l'air un peu mieux. Sa dysenterie s'atténue. Il me sourit : « Je voulais t'emprunter quelques livres, Ernst.

— Choisis ce que tu veux, dis-je.

— Tu n'en as pas besoin toi-même ? » demande-t-il.

Je secoue la tête. « Pas pour le moment. J'ai

bien essayé de lire un peu hier. Mais c'est drôle, je n'arrive pas à fixer convenablement mon attention. Au bout de quelques pages, je pense à tout autre chose. C'est comme si on avait le cerveau barré. Ce sont des romans que tu veux ?

— Non », fait-il, en choisissant quelques volumes. Je jette un coup d'œil sur les titres. « Des ouvrages aussi sérieux, Ludwig ? demandé-je. Qu'est-ce que tu veux en faire ? »

Il sourit, un peu gêné. Puis il répond, hésitant : « Au front, il m'est passé beaucoup d'idées par la tête, Ernst, sans que je réussisse jamais à m'y reconnaître convenablement. Mais à présent que tout cela est passé, je voudrais savoir une quantité de choses ; ce qu'il en est des hommes, vois-tu, pour que des événements pareils aient pu se produire... et comment tout cela arrive. Bien des questions se posent, dans cet ordre d'idées. En nous-mêmes, aussi. Nous nous représentions la vie, autrefois, d'une manière tout à fait différente. Je voudrais beaucoup savoir, Ernst... »

Je désigne les livres du doigt : « Crois-tu que tu trouveras ça là-dedans ?

— Je vais essayer, en tout cas. Je lis maintenant du matin au soir. »

Il prend bientôt congé. Je reste pensif. Qu'ai-je donc fait, moi, pendant tout ce temps-là ? Je saisis un livre, avec un peu de honte. Mais je le laisse bientôt retomber et je me mets à regarder par la fenêtre. Ah, pour ça... je suis capable de rester ainsi des heures entières, le regard perdu dans le vague. Autrefois, c'était différent, je savais toujours ce qu'il fallait faire.

Ma mère entre dans ma chambre. « Ernst, tu vas bien ce soir chez l'oncle Karl, n'est-ce pas ?

— Eh oui ! soit, répliqué-je, légèrement contrarié.

— Il nous a souvent envoyé des provisions », fait-elle, un peu réservée.

J'approuve, d'un signe de tête. Le crépuscule descend devant la fenêtre. Des ombres bleues s'accrochent aux branches du châtaignier. Je me détourne. « Êtes-vous allés souvent vous promener au fossé des peupliers, cet été, maman ? dis-je vivement. Cela devait être bien joli.

— Non, Ernst, pas de toute l'année.

— Et pourquoi donc, maman ? demandé-je, étonné. Autrefois, vous y alliez tous les dimanches.

— Nous ne sommes plus allés nous promener, répond-elle doucement, cela donnait toujours si faim... et comme nous n'avions rien à manger...

— Ah..., fais-je lentement, mais l'oncle Karl, lui, il en avait assez, hein ?

— Il nous en envoyait aussi... souvent, Ernst. »

Je suis devenu un peu triste, subitement. « En fin de compte, maman, à quoi bon tout cela ?... » dis-je.

Elle me caresse la main. « Cela doit bien avoir été pour quelque chose, Ernst. Le bon Dieu doit le savoir, lui. »

L'oncle Karl est le grand homme de la famille. Il possède une villa et a été trésorier-payeur pendant la guerre.

Wolf m'accompagne là-bas, mais il est obligé de rester à la porte car ma tante ne peut pas souffrir les chiens. Je sonne.

L'homme qui m'ouvre est en frac. Je le salue, un peu étonné. Puis il me vient à l'idée que ce doit être le valet de chambre ; encore quelque chose que j'avais complètement oublié à l'armée.

Il me toise, comme pourrait le faire un lieutenant-colonel en civil. Je souris sans qu'il me rende mon sourire. Lorsque j'enlève mon manteau, il lève la main, faisant mine de m'aider. « Laissez donc, dis-je, pour me concilier ses bonnes grâces, un vieux troufion de mon espèce peut bien y arriver tout seul », et je flanque mes frusques sur une patère.

Mais lui les décroche sans mot dire et les pend, l'air hautain, à une patère voisine. Quel idiot, me dis-je, et je poursuis mon chemin.

L'oncle Karl arrive à ma rencontre dans un cliquetis d'éperons. Il me salue d'un air protecteur car je ne suis qu'un simple soldat. J'examine avec surprise sa grande tenue étincelante et je lui demande, en plaisantant :

« On mange du rôti de cheval, ce soir, chez vous ?

— Comment cela ? fait-il, interloqué.

— Ben, puisque tu as mis des éperons pour dîner », répliqué-je en riant.

Il me lance un regard noir. Sans le vouloir j'ai dû, chez lui, atteindre un point sensible. Ces ronds-de-cuir, dans le militaire, ont souvent un faible très particulier pour les éperons et les sabres.

Avant que j'aie pu lui expliquer que je ne voulais pas l'offenser, ma tante arrive, dans un froufrou. Elle est toujours plate comme une planche à repasser et ses petits yeux noirs étincellent comme autrefois ; on les dirait astiqués à la patience. En m'inondant d'un flux de paroles, elle ne cesse de lancer des regards aigus dans toutes les directions.

Je me sens quelque peu emprunté. Trop de monde, trop de dames et surtout : trop de lumière. Au front, c'est tout au plus si nous avions parfois une lampe à pétrole. Mais ces lustres sont impitoyables comme des bourreaux ; on ne peut rien dissimuler à leur clarté. De mauvaise humeur, je me gratte le dos.

« Que fais-tu donc ? demande ma tante, cessant de parler.

Ça doit encore être un pou qui s'est débiné, dis-je, sans malice. On en avait tellement, qu'il faut au moins huit jours pour s'en débarrasser. »

Comme elle recule effrayée, je la rassure : « N'ayez pas peur, ça ne saute pas. C'est pas comme les puces.

— Au nom du ciel ! » Elle met un doigt sur ses lèvres et on dirait, à l'expression de sa figure, que je viens de lâcher Dieu sait quelle cochonnerie. C'est ainsi qu'ils sont, ici : nous devons être des héros, c'est entendu ; mais on ne veut pas entendre parler de poux.

Il me faut serrer la main de quelques personnes et je commence à suer. Les gens d'ici sont bien différents de ce que nous étions, nous autres, au front. En comparaison, j'ai l'air aussi lourd qu'un tank. Ils se tiennent comme s'ils figuraient dans une vitrine de tailleur, et ils conversent comme sur un théâtre. Avec précaution, je cherche à dissimuler mes mains, car la boue des tranchées s'y est incrustée, comme un poison. Je les essuie à mon pantalon à la dérobée. Malgré ces précautions, ma main est toujours moite au moment où je dois la tendre à une dame.

Je me faufile à droite et à gauche et je tombe dans un groupe où pérore un Conseiller à la Cour des comptes. « Non, mais, rendez-vous compte ! fait-il tout échauffé : un sellier !... un sellier, président du Reich ! Figurez-vous ce que pourra être une réception de gala à la Présidence ! Et un sellier accordant des audiences ! C'est à mourir de rire ! »

Il en tousse d'excitation. « Qu'est-ce que vous en dites, jeune guerrier ? » fait-il en me frappant sur l'épaule.

Ne m'étant pas encore formé d'opinion sur ce point, je hausse les épaules avec embarras : « Peut-être ne s'en tirerait-il pas si mal... »

Le Conseiller me fixe quelques instants. Puis se trémoussant de satisfaction : « Oh ! très bien, glapit-il, peut-être ne s'en tirerait-il pas si mal ! Eh non ! mon cher, c'est une question de naissance ! Un sellier ! Pourquoi pas tout de suite un tailleur ou un cordonnier ? »

Il se retourne vers ses auditeurs. Son bavardage m'exaspère ; il m'est insupportable de l'entendre parler des cordonniers avec autant de dédain. Ils ont été d'aussi bons soldats que d'autres de naissance moins obscure. Adolf Bethke, lui aussi, était cordonnier, mais il s'entendait aux choses de la guerre mieux que bien des chefs de bataillon. Chez nous, l'homme seul comptait, pas la profession.

J'observe le Conseiller avec méfiance. Il émaille maintenant son discours de citations. Bien possible, après tout, qu'il soit « fort en thème » ; pourtant, s'il fallait que quelqu'un me ramenât sous le feu, j'aimerais mieux compter sur Adolf Bethke.

C'est un soulagement quand, enfin, nous nous mettons à table. J'ai pour voisine une jeune fille qui porte autour du cou un boa de cygne. Elle me plaît, mais je ne sais pas comment m'y prendre. Les soldats parlaient peu, et jamais aux dames.

Les autres convives entretiennent une conversation vive et animée que j'essaye de suivre pour tâcher d'en tirer quelque profit.

Assis au bout de la table, le Conseiller déclare précisément que si nous avions « tenu » deux mois de plus, la guerre eût été gagnée. Cette stupidité me rend presque malade ; n'importe quel soldat sait bien que nous manquions littéralement d'hommes et de munitions. En face, une dame parle de son mari qui a été tué ; elle se donne tant d'importance qu'on pourrait croire que c'est elle la victime et non pas lui. Plus loin, il est question de Bourse et des conditions de paix ; et tous en savent naturellement plus long que les gens dont c'est vraiment le métier. Un homme, au nez crochu, raconte avec une expression de pitié hypocrite une histoire concernant la femme de son ami ; il dissimule si mal sa joie de nuire, qu'on devrait lui jeter un verre à la figure.

Tout ce bavardage finit par m'abrutir, et je suis d'ailleurs bientôt dans l'impossibilité de le suivre avec précision. Ma voisine au boa de cygne me demande, railleuse, si je suis devenu muet au front.

Je réponds que non et je me dis : Ah ! comme je voudrais que Kosole et Tjaden soient ici ; ils se feraient une fameuse pinte de bon sang à vous entendre débiter ces sornettes, ces sornettes dont vous êtes fiers, encore. Mais cela m'agace pourtant de ne pas pouvoir exprimer ce que je pense au moyen d'une observation bien sentie. Kosole, bien sûr, n'en serait pas agacé ; il saurait quoi dire, lui. Ce serait très court et très concluant.

Par bonheur, voici qu'à ce moment apparaissent sur la table des côtelettes bien gratinées. Je renifle : ce sont de vraies côtelettes de porc, rôties dans de la vraie graisse. Leur vue seule fait supporter tout le reste. Je me sers une bonne portion et je commence à mâcher avec délices ; c'est vraiment fameux.

Il y a une éternité que je n'ai mangé de côtelettes fraîches. La dernière fois, c'était dans les Flandres ; nous avions attrapé deux cochons de lait et nous les avions rongés jusqu'à la carcasse, un soir d'été, un soir d'une douceur extrême. À cette époque Katczinsky vivait encore — Ah ! Kat — et Haie Westhus aussi... C'étaient d'autres gaillards que les gens d'ici. Je cale mes coudes sur la table et j'oublie tout ce qui m'entoure tant je les vois encore, si près... là, devant moi. La viande était très tendre... et les beignets de pommes de terre qui l'accompagnaient... Leer en était, et Paul Baümer aussi ; oui, c'est ça... Paul... Je ne vois plus rien, je n'entends plus rien... perdu dans mes souvenirs...

Un petit ricanement me ramène à la réalité. À la table tout le monde s'est tu. Tante Lina a l'air d'un flacon de vitriol ; la jeune fille, ma voisine, étouffe un rire ; tous les regards sont fixés sur moi.

La sueur m'inonde brusquement. Je suis installé comme autrefois dans les Flandres, absorbé, les coudes en l'air, la côtelette à la main, les doigts gras, rongeant l'os avec mes dents... et les autres, qui mangent proprement avec leur couteau et leur fourchette...

Rouge comme une tomate, je regarde fixement devant moi, et je dépose mon os. Comment ai-je pu m'oublier à ce point ? À vrai dire, je n'ai plus l'habitude de faire autrement ; au front, nous avons toujours mangé comme cela. Nous avions tout au plus une cuillère ou une fourchette là-bas, mais jamais d'assiette.

Et une fureur, tout à coup, vient se mêler à ma honte ; fureur contre cet oncle Karl qui commence à parler haut, exprès, des emprunts de guerre ; — fureur contre tous ces gens qui affectent d'attacher autant d'importance au raffinement de leurs expressions ; — fureur contre toute cette société qui vit tout naturellement dans son petit train-train mesquin, comme si les années monstrueuses n'avaient jamais existé, ces années au cours desquelles une seule chose importait : vivre ou mourir, et rien d'autre.

Sans mot dire, je me bourre tant que je peux, avec obstination ; j'entends au moins me rassasier à fond. Et aussitôt que possible, je file...

Le valet de chambre, en frac, est toujours au vestiaire. Je décroche mes affaires et je lui lance : « Nous aurions dû t'avoir avec nous au front, espèce de singe verni, toi et toute cette clique ! » Et je sors en frappant la porte.

Wolf m'a attendu devant la maison. Il saute sur moi. « Viens, Wolf », lui dis-je. Et je comprends soudain que ce n'est pas la mésaventure de la côtelette qui m'a rempli d'amertume, mais bien l'esprit désuet et vaniteux d'avant-guerre, qui continue toujours à se gonfler et à se manifester ici.

« Viens Wolf, répété-je, nous n'avons rien à faire avec ces gens-là ; on s'entendrait mieux avec n'importe quel tommy ou n'importe quel "poilu" français ! Viens, on va aller voir les camarades ; ça vaudra bien mieux, même s'ils bouffent avec les doigts et s'ils rotent ! Viens ! »

Nous décampons, le chien et moi, et nous courons de toutes nos forces, de plus en plus vite, haletants, Wolf aboie ; nous galopons comme des fous, les yeux étincelants...

Que tout aille au diable ! Nous sommes vivants, après tout, hein Wolf ? nous sommes vivants !

V

Nous sommes sur le chemin de l'école, Ludwig, Breyer, Albert Trosske et moi. Les cours vont reprendre. En tant qu'élèves de l'École normale d'instituteurs nous n'avons pas eu d'examens de guerre exceptionnels. Les élèves du Lycée ont été mieux servis. Beaucoup d'entre eux ont pu subir des épreuves spéciales avant d'être soldats, ou même, pendant leurs permissions. Il est vrai que ceux qui n'avaient pas profité de ces dispositions sont obligés de reprendre leurs classes, comme nous. Karl Bröger est du nombre.

Nous passons devant la cathédrale. Les revêtements de cuivre verdi qui couvraient les tours ont été enlevés et remplacés par des feuilles de carton gris bitumé. Elles paraissent moisies, rongées et donnent à l'église un vague aspect d'usine. Quant aux plaques de cuivre, elles ont été fondues pour fabriquer des munitions.

« Jamais le bon Dieu n'aurait eu idée de ça ! » dit Albert.

Dans une rue sinueuse, sur le côté ouest de la cathédrale, s'élève l'École normale, une construction deux étages, et, presque en face, le Lycée. La rivière coule derrière, entre des quais bordés de tilleuls. Avant d'être soldats, ces bâtiments constituaient tout notre univers ; après ce furent les tranchées. Maintenant, nous voici de retour ; mais notre univers n'est plus le même, les tranchées ont eu le dessus.

Devant le Lycée, nous rencontrons notre ancien compagnon de jeux, Georg Rahe. Il était lieutenant, commandant de compagnie ; mais pendant ses permissions, il n'a pensé qu'à boire et à godailler, sans s'occuper de son baccalauréat. Voilà pourquoi il est obligé aujourd'hui de reprendre sa seconde supérieure, qu'il a déjà doublée.

« Est-ce vrai, Georg, demandé-je, qu'au front tu es devenu de première force en latin ? »

Il rit en filant vers le Lycée, sur ses longues jambes d'échassier.

« Méfie-toi de ne pas ramasser un zéro de conduite », crie-t-il derrière moi.

Les derniers six mois de la guerre, il était aviateur. Il a descendu quatre Anglais, mais je ne crois pas qu'il soit encore capable de démontrer le « pont aux ânes... »

Nous continuons notre chemin vers l'École normale. Toute la rue fourmille d'uniformes. Des figures surgissent, presque oubliées : des noms résonnent, que, depuis des années, on n'avait plus entendus. Hans Walldorf s'avance en boitant ; nous l'avions ramené en novembre 17 avec un genou fracassé. On lui a coupé la cuisse. Il porte maintenant une lourde jambe artificielle à charnières et fait un bruit terrible en marchant. Kurt Leipold apparaît à son tour et se présente lui-même en riant : « Götz de Berlichingen, à la Main de fer ! » En effet, son bras droit est artificiel. Puis en voici un autre, qui sort d'un coin, sous la grande porte. Il dit, en gargouillant : « Vous ne me reconnaissez plus, n'est-ce pas ? »

J'examine le visage, si l'on peut encore appeler cela un visage. Sur le front court une cicatrice, large et pourpre, qui descend vers l'orbite gauche. La paupière est boursouflée, au point que l'œil paraît minuscule, enfoncé dans le creux de l'orbite. Mais il y est encore, tandis que l'œil droit est fixe : il est en verre. Le nez a disparu ; à la place, un bout d'étoffe noire. En dessous, la cicatrice reparaît et fend, en deux endroits, une bouche dont les lèvres boursouflées ont cicatrisé de biais.

On comprend que la parole soit indistincte. Par surcroît, les dents sont fausses, on voit des crochets. Hésitant, je scrute la face. La voix gargouillante dit alors : « Paul Rademacher. »

Je le reconnais maintenant. C'est bien là son costume gris rayé : « Bonjour, Paul, comment ça va-t-il ?

— Tu le vois, dit-il, essayant de tordre les lèvres. Deux coups de pelle de tranchée. Et ceci est parti... avec le reste. » Il lève une main à laquelle manquent trois doigts. Son œil unique cligne, triste, tandis que l'autre reste fixe, indifférent. « Si j'étais seulement sûr de pouvoir être instituteur... Je parle trop mal. Est-ce que tu peux me comprendre ? »

Je réponds : « Très bien. Et cela s'améliorera certainement. La chirurgie pourra sûrement faire mieux encore. »

Il hausse lentement les épaules et se tait. Il n'a

pas l'air d'avoir beaucoup d'espoir. Si c'était possible, on l'aurait probablement déjà fait...

Willy nous rejoints pour nous apporter les dernières nouvelles. Nous apprenons que Borkmann a fini par mourir de sa blessure au poumon qui s'était compliquée de phtisie galopante ; que Henze s'est fait sauter la cervelle, dès qu'il a su que sa blessure à l'épine dorsale le condamnait pour toujours au fauteuil roulant. On comprend : c'était notre meilleur joueur de football. Meyer est tombé en septembre ; Lichtenfeld en juin, deux jours après son arrivée au front.

Soudain, nous hésitons, interdits. Une petite figure chafouine a surgi devant nous.

« Pas possible... Westerholt ? fait Willy incrédule.

— Soi-même, vieille carotte ! » répond l'autre.

Willy est ébahi. « Je te croyais mort ?

— Pas encore, réplique Westerholt d'un air aimable.

— Mais... je l'ai cependant lu dans le journal ?

— C'était une fausse nouvelle, voilà tout, répond Westerholt avec un petit sourire du bout des lèvres.

— On ne peut plus se fier à rien, aujourd'hui, fait Willy en secouant la tête. J'étais persuadé que les asticots t'avaient bouffé depuis longtemps.

— Après toi, Willy, réplique complaisamment Westerholt ; tu passeras le premier. Les rouquins ne vivent pas vieux ! »

Nous entrons. Voici la cour où nous mangions nos tartines à la récréation de dix heures ; puis les salles de classe, avec leurs bancs et les tableaux noirs ; les couloirs enfin avec leurs rangées de patères. Rien n'a changé, mais tout cela nous apparaît comme un autre monde. Seule, l'odeur des salles, qu'un demi-jour éclaire, nous est encore familière, un peu moins dense, mais pareille à celle des casernes.

Immense, avec ses tuyaux innombrables, le grand orgue étincelle dans le hall des fêtes. À sa droite, le groupe des professeurs. Sur le pupitre du Directeur sont posés deux vases garnis de plantes dont les feuilles ont l'apparence du cuir. Par-devant pend une couronne de laurier cravatée d'un ruban. Le Directeur porte sa redingote. Il va donc y avoir une cérémonie de bienvenue.

Nous nous groupons tous, en un tas ; le premier rang n'attire personne. Willy seul, très à son aise, s'y est installé. Sa chevelure rousse luit dans la pénombre de la salle comme la lampe rouge d'un bordel.

J'examine le groupe des professeurs. Les professeurs... Ils signifiaient autrefois, pour nous, plus que les autres hommes ; non seulement parce qu'ils étaient nos maîtres, mais aussi parce que, au fond, nous croyions en eux, même lorsque nous les tournions en ridicule. Aujourd'hui, ils ne représentent plus pour nous qu'une poignée d'hommes plus âgés, que nous considérons avec une cordialité condescendante.

Les voilà donc. Et ils veulent recommencer à nous instruire. On se rend compte à leur mine qu'ils sont prêts à sacrifier quelque chose de leur importance. Mais que pourraient-ils bien nous apprendre ? Nous connaissons maintenant la vie mieux qu'eux. Nous avons acquis un autre savoir, un savoir dur, sanglant, cruel, impitoyable même. C'est nous aujourd'hui qui pourrions les instruire ; mais qui en aurait envie !

Qu'arriverait-il si à l'instant, par surprise, on donnait l'assaut à cette salle des fêtes ? Ils se mettraient à sauter en tous sens, épouvantés, affolés, comme des lapins, tandis qu'aucun de nous ne perdrait la tête. Calmes, résolus, nous pourvoirions immédiatement au plus pressé : c'est-à-dire que nous les mettrions sous clé pour qu'ils ne nous gênent pas et que nous puissions commencer la résistance.

Le Directeur toussote et commence son discours. Les mots coulent de sa bouche, harmonieux et fleuris. C'est un excellent orateur, il faut en convenir. Il parle des combats héroïques qu'ont soutenus nos troupes, de batailles, de victoire et de bravoure. Mais malgré les mots magnifiques dont il est orné, le discours n'est pas tout à fait à mon goût, peut-être précisément à cause des mots magnifiques... Ce n'était pas du tout aussi harmonieux, ni aussi fleuri... Je jette un coup d'œil à Ludwig, qui me le rend. Tout ce pathos déplaît aussi à Albert, à Walldorf, à Westerholt, à Reinersmann et aux autres.

Mais voici que le Directeur se laisse emporter par l'éloquence. Il ne célèbre plus seulement l'héroïsme du front, mais aussi l'héroïsme plus obscur de l'arrière. « Nous aussi, au pays, nous avons fait tout notre devoir, nous nous sommes rationnés, nous nous sommes affamés pour nos soldats, nous avons eu peur et nous avons tremblé. C'était dur ! que dis-je ? Il est possible que la résistance ait été souvent presque plus pénible pour nous autres, ici, que pour nos courageux combattants, là-bas !

— Hé là ! » fait Westerholt. Un murmure s'élève. Le « vieux » jette un regard oblique dans notre direction et continue : « À la vérité, pourtant, ce ne sont pas choses que nous puissions ainsi comparer. Vous avez contemplé sans effroi le masque d'airain de la mort, vous avez accompli votre haute mission ; et, bien que la victoire finale n'ait pas couronné nos armes, il nous faudra maintenant, à plus forte raison, rester unis dans un même amour passionné de notre Patrie si durement éprouvée. Nous entendons reconstruire, en dépit de toutes les forces hostiles ! Reconstruire selon l'esprit de notre vieux maître Goethe dont la voix, résonnant à travers les siècles, est une vigoureuse exhortation dans ces temps de désordre : *"Tenir envers et contre tout, tenir !"* »

La voix du « vieux » baisse d'une tierce. Elle porte maintenant un crêpe de deuil et s'amollit d'onction. Un léger mouvement se dessine dans la cohorte noire des maîtres, dont les visages reflètent la gravité et le recueillement.

« Mais nous entendons réserver une pensée toute particulière à la mémoire des élèves de notre établissement qui sont tombés. Ils nous ont quittés joyeusement, pour la défense de la Patrie et ils sont morts au champ d'honneur. Vingt et un camarades manquent parmi nous, vingt et un guerriers ont succombé au sort glorieux des armes, vingt et un héros reposent en terre étrangère, hors de la clameur des batailles et dorment de leur éternel sommeil sous le gazon vert... »

À cet instant, un éclat de rire retentit, bref, strident. Le Directeur s'arrête court, il paraît péniblement affecté. L'éclat de rire, c'est Willy. Il est campé là, solide comme une armoire, la figure écarlate, tant la colère le travaille :

« Gazon vert, gazon vert, bégaye-t-il... Sommeil éternel ? Ils gisent dans la saleté des entonnoirs, crevés, déchiquetés, ensevelis dans la vase. Gazon vert ! Nous ne sommes pourtant pas ici au cours de chant ! »

Ses bras font des moulinets comme les ailes d'un moulin dans la tempête.

« Un trépas héroïque ! Vous avez une drôle d'idée de ce que c'est ! Voulez-vous savoir comment est mort le petit Hoyer ? Il a hurlé toute la journée, couché dans les barbelés, et ses intestins lui pendaient hors du ventre, comme des macaronis. Ensuite, un éclat d'obus lui a coupé les doigts et un autre éclat, deux heures plus tard, un morceau de la jambe. Et il vivait toujours, continuant à crier sans arrêt et s'efforçant, avec sa main valide, de rentrer ses entrailles dans son ventre. Il n'est mort qu'à la tombée du jour. La nuit, lorsque nous avons pu arriver jusqu'à lui, il était troué comme une passoire. Racontez donc à sa mère comment il est mort, si vous en avez le toupet ! »

Le Directeur a pâli. Il reste indécis ; va-t-il faire respecter la discipline, ou bien se montrer conciliant ? Mais il n'arrive à décider ni de l'un ni de l'autre.

« Monsieur le Directeur, attaque Albert Trosske, nous ne sommes pas ici pour nous entendre dire que nous avons fait notre devoir, bien que, malheureusement, nous n'ayons pu remporter la victoire. Tout ça, c'est de la merde... »

Le Directeur sursaute, et avec lui tout le collège des professeurs. La salle est ébranlée, l'orgue frémit.

« Je vous en prie... au moins... dans vos expressions..., essaye le Directeur, indigné.

— Merde, merde et encore merde ! répète Albert. Pendant des années, nous n'avons pas dit deux mots sans dire merde au troisième. Sachez-le une bonne fois. Au front, quand nous nous sentions dégoûtés, écœurés, au point que nous avions depuis belle lurette oublié vos boniments, nous serrions les dents et nous disions merde. Après, ça allait mieux. Vous n'avez pas du tout l'air de comprendre la situation ! Ce ne sont pas de gentils élèves, de bons petits écoliers, qui viennent ici ; ce sont des soldats !

— Mais, messieurs, commence le "vieux", implorant presque, c'est un malentendu, un déplorable malentendu. »

Il ne peut achever. Il est interrompu par Helmuth Reinersmann qui, à l'Yser, ramena son frère blessé, sous un marmitage terrible, et ne put que le déposer, mort, au poste de secours.

« Tombés, dit-il brutalement ; ils ne sont pas tombés pour fournir matière à des discours. Ce sont nos camarades, un point, c'est tout. Et nous ne voulons pas qu'on palabre à leur sujet ! »

Un tumulte sauvage se déchaîne. Le Directeur paraît horrifié et totalement désemparé. La cohorte des professeurs ressemble à une bande de volailles effarées. Deux d'entre eux seulement restent impassibles. Ils ont été soldats.

Le « vieux » essaye de nous apaiser à tout prix. Nous sommes trop nombreux et Willy est là, qui vocifère devant lui, formidable. Qui sait d'ailleurs à quoi l'on peut s'attendre, de la part de ces gaillards devenus sauvages... peut-être vont-ils tirer tout à l'heure des grenades de leurs poches ? Il bat l'air de ses bras comme un archange de ses ailes, mais personne ne l'écoute.

Soudain, pourtant, le tumulte s'apaise. Ludwig Breyer s'est avancé. Le calme se rétablit. « Monsieur le Directeur, dit-il de sa voix claire, vous avez vu la guerre à votre façon : étendards au vent, enthousiasme, fanfares ; mais vous ne l'avez vue que jusqu'à la gare d'où nous sommes partis. Oh ! nous ne vous le reprochons pas, nous pensions tous exactement comme vous. Mais depuis, nous avons appris à connaître le revers de la médaille, un revers en face duquel le pathos de 1914 a bien vite été réduit à rien. Nous avons cependant continué à résister, soutenus par un sentiment plus profond, un sentiment qui ne s'est révélé qu'au front : la conscience d'une responsabilité dont vous ignorez tout et qui est impropre aux discours. »

Ludwig regarde, un instant, droit devant lui. Passant alors la main sur son front, il poursuit ; « Nous ne vous demandons pas de nous rendre des comptes ; ce serait insensé, car nul ne pouvait prévoir ce qui allait arriver. Mais nous vous demandons de vous abstenir de nous dicter à nouveau notre façon de penser sur ces choses. Partis dans l'enthousiasme avec le mot de Patrie sur les lèvres, nous sommes rentrés silencieux mais avec la notion de Patrie dans le cœur. Voilà pourquoi nous vous prions maintenant de vous taire. Laissez de côté les grandes tirades, elles n'ont plus de valeur pour nous et ne conviennent pas davantage à nos camarades morts. Nous les avons vus mourir. Et le souvenir en est encore si proche que nous ne pouvons pas supporter que l'on parle d'eux comme vous prétendez le faire. Ils sont tombés pour quelque chose de plus que cela ! »

Le silence est devenu complet. Le Directeur presse ses mains l'une contre l'autre. « Mais, Breyer, fait-il à mi-voix, ce… ce n'est pas dans ce sens qu'il faut prendre ce que j'ai voulu exprimer… »

Ludwig reste silencieux.

Au bout d'un instant, le Directeur reprend la parole.

« Alors, dites-moi donc vous-mêmes ce que vous voulez. »

Nous nous regardons. Ce que nous voulons ? Ah ! si une phrase suffisait pour le dire, un sentiment puissant bouillonne obscurément en nous…, mais les mots ? Nous n'avons pas encore de mots pour l'exprimer. Peut-être les trouverons-nous un jour, plus tard !

Après un court moment de silence, cependant, Westerholt se faufile en avant et se plante devant le Directeur. « Parlons de choses pratiques, fait-il, c'est ce qui importe le plus, maintenant. Qu'avez-vous pensé à faire de nous ? Voici soixante-dix soldats qui doivent revenir sur les bancs de l'école. Je vous préviens tout de suite : nous avons oublié presque toute la matière de votre enseignement et nous n'avons aucune envie de rester ici encore longtemps. »

Le Directeur se ressaisit. Il explique qu'il n'a encore reçu aucune instruction des autorités à ce sujet. C'est pourquoi, en attendant, le mieux serait de nous répartir dans les différentes classes dont nous sommes sortis. Après, on verrait ce qu'il y aurait lieu de faire.

Des murmures et des rires lui répondent.

« Vous ne croyez tout de même pas vous-même, dit Willy, d'un ton acerbe, que nous allons nous asseoir sur les bancs, à côté de gamins qui n'ont pas été soldats, et lever le doigt, sagement, pour avoir la permission de répondre ? Nous entendons rester ensemble. »

Nous ne saisissons guère que maintenant tout le ridicule de l'affaire. On nous a permis pendant des années de tirer des coups de fusil, de poignarder, de tuer ; mais à présent, seul importe le numéro de la classe : troisième ou seconde, d'où nous sommes sortis pour faire ce métier ! Les uns connaissent déjà les équations à deux inconnues, mais les autres ne savent résoudre que des équations à une seule inconnue. Voilà les distinctions qui comptent ici...

Le Directeur promet de faire une demande tendant à obtenir la création de cours spéciaux pour les anciens soldats.

« Nous ne pouvons pas attendre, dit Albert Trosske, sèchement. Il vaut mieux que nous prenions l'affaire en main nous-mêmes. »

Le Directeur ne répond rien ; il se dirige sans mot dire vers la porte.

Les professeurs le suivent. Nous emboîtons le pas derrière eux. Mais auparavant, Willy, auquel cette conclusion paraît trop paisible, s'empare des pots de fleurs du pupitre de l'orateur et les brise sur le sol. « De toute façon je n'ai jamais pu souffrir ces légumes », dit-il, farouche. Puis il plante la couronne de laurier sur la tête de Westerholt.

« Tiens, fais-en de la soupe ! »

Les cigares et les pipes fument. Nous sommes unis avec les élèves anciens combattants du lycée, et nous tenons conseil. Plus de cent soldats, dix-huit lieutenants, trente sous-officiers et caporaux.

Westerholt a apporté un exemplaire de l'ancien règlement de l'école et en lit des passages à haute voix. Il n'avance pas vite, car chaque alinéa déchaîne une tempête de rires. Nous ne pouvons pas comprendre que tout ceci ait été appliqué jadis.

Il paraît à Westerholt particulièrement amusant qu'avant la guerre nous n'ayons pas eu le droit, sauf autorisation du professeur, d'être dans la rue après sept heures du soir. Mais Willy lui fait baisser le ton : « Tiens-toi donc tranquille, Alwin, lui crie-t-il, tu as plus qu'aucun autre insulté à la dignité de ton professeur ; avoir été porté comme tué, avoir encaissé un discours commémoratif du Directeur ému, discours dans lequel on t'a glorifié comme un héros et comme un élève modèle... et après tout cela, avoir l'impudence de revenir vivant ! Le "vieux" est maintenant dans de beaux draps ! Le voilà obligé de retirer à ta personne tous les éloges qu'il a décernés à ton cadavre... parce que tu es certainement aussi mauvais en algèbre et en composition écrite qu'auparavant... »

Nous élisons des délégués au Conseil des élèves. Nos professeurs peuvent être bons à emmagasiner quelques notions dans nos têtes pour l'examen ; mais nous ne voulons plus nous laisser diriger par eux. Pour la Normale sont élus : Ludwig Breyer, Helmuth Reinersmann et Albert Trosske ; pour le Lycée, Georg Rahe et Karl Bröger.

Puis nous choisissons trois représentants qui doivent se rendre demain auprès des autorités provinciales et au ministère pour faire aboutir nos revendications concernant la durée des cours et l'examen. La mission est confiée à Willy, à Westerholt et à Albert. Ludwig, insuffisamment guéri, ne peut se joindre à eux.

On leur donne des laissez-passer militaires et des ordres de transport gratuit ; nous en avons des blocs entiers en réserve et nous ne manquons pas de lieutenants ni de membres des Conseils de soldats pour les signer.

Helmuth Reinersmann fait le nécessaire pour que la délégation ait l'aspect extérieur qui convient. Il invite Willy à laisser chez lui la vareuse neuve qu'il a touchée à la caserne et à endosser à la place, pour l'expédition, une veste rapetassée, criblée d'éclats d'obus.

« Comment cela ? fait Willy, interdit.

— Sur les ronds-de-cuir, ça fait plus d'effet que cent arguments », explique Helmuth.

Mais Willy s'y refuse. Il est fier de sa vareuse et voudrait bien « faire son persil » dans les cafés de la capitale. « Si je flanque un coup de poing sur la table, chez le conseiller de l'Instruction publique, ça fera tout autant d'effet », affirme-t-il.

Mais Helmuth est intraitable. « Il ne s'agit pas de tout démolir, Willy, réplique-t-il, nous avons besoin de ces gens-là pour le moment. Si, quand tu seras chez eux, avec ta veste rapetassée, tu flanques un coup de poing sur la table, tu en tireras bien davantage pour nous tous que si tu portais la neuve. Ils sont comme ça, les frères, crois-moi. »

Willy ayant cédé, Helmuth se retourne vers Alwin Westerholt et le toise. Il le trouve trop pelé. On lui épingle la décoration de Ludwig Breyer. « Avec ça, quand tu parleras à un conseiller privé, tu seras irrésistible », ajoute Helmuth.

Pour Albert, c'est inutile. Il a bien assez des décorations qui ferraillent sur sa propre poitrine. Nos trois hommes sont maintenant équipés comme il faut. Helmuth passe en revue son travail : « Superbe, fait-il, et maintenant, allez-y ! Montrez à ces embusqués ce que sont de vrais combattants.

— Tu peux compter là-dessus », déclare Willy, qui, entre-temps, a retrouvé son aplomb.

Les cigares et les pipes fument. Vœux, pensées et désirs bouillonnent, entremêlés ; Dieu sait ce qui en sortira ! Voilà cent jeunes soldats, dix-huit lieutenants, trente sous-officiers et caporaux qui veulent recommencer à vivre. Chacun d'eux sait conduire une compagnie à travers le plus dangereux des terrains d'attaque, et de telle sorte que les pertes sous le feu soient les plus réduites ; aucun d'eux n'hésiterait un instant à faire ce qu'il faut, si le cri « les voilà » retentissait, la nuit, dans son abri ; chacun d'eux est un soldat accompli, rien de plus et rien de moins.

Mais pour la Paix ? Sommes-nous aussi « bons pour le service » ? Sommes-nous d'ailleurs encore capables d'être autre chose que soldats ?

TROISIÈME PARTIE

I

J'arrive de la gare pour rendre visite à Adolf Bethke. Je reconnais tout de suite sa maison : il me l'a décrite assez souvent au front.

Un jardin planté d'arbres fruitiers. La récolte des pommes n'est pas encore finie, il en reste beaucoup dans l'herbe. Sous l'énorme marronnier, isolé devant la porte, le sol est couvert d'un manteau de feuilles d'un brun rougeâtre qui tapisse également la table de pierre et le banc. De-ci, de-là, dans la couche rousse, tranchent la blancheur rosée des coques ouvertes, garnies d'épines, et le lustre brun des marrons qui en sont sortis. J'en ramasse quelques-uns et j'observe les fruits d'acajou laqué, veinés, marqués d'une tache plus pâle.

« Et dire, pensé-je, en regardant autour de moi, qu'il existe de pareilles choses... dire que, vraiment, elles existent encore... ces arbres aux couleurs variées, ces bois baignés d'une vapeur bleue..., vraiment des bois, pas des troncs d'arbres hachés par les obus ; ce vent qui passe sur les champs, dépouillé des fumées de la poudre et de la puanteur des gaz... ; cette terre labourée, grasse, luisante, aux fortes senteurs... ; ces chevaux attelés à des charrues et non plus à des fourgons de munitions... Et enfin, derrière eux, sans fusils, démobilisés, ces laboureurs... ces laboureurs qui ont gardé leurs uniformes de soldat... »

Des nuages au-dessus d'un petit bois ont caché le soleil ; mais des faisceaux de rayons d'argent percent encore. Les cerfs-volants bariolés des enfants voguent haut dans le ciel. Les poumons respirent un air frais. Plus de canons, plus de torpilles, plus de sac qui sangle la poitrine, plus de ceinturon qui comprime le ventre. Disparu, ce tiraillement à la nuque de la précaution à prendre et du guet ; disparue aussi cette allure semi-rampante, qui d'un instant à l'autre pouvait toujours se transformer en chute, en immobilité, en épouvante ou en mort. Je marche, libre et droit, les épaules légères, et je sens la force et la richesse d'un pareil moment : je suis là et je vais voir Adolf, mon camarade.

La porte de la maison est entrouverte. La cuisine est à droite. Je frappe : personne ne répond. Je crie : « Bonjour » ; rien ne bouge. J'avance encore et j'ouvre une seconde porte...

Un homme est assis, seul, devant la table ; voici qu'il lève les yeux, farouche... un vieil uniforme... un regard... c'est Bethke.

« Adolf, dis-je, tout joyeux. Tu n'as donc rien entendu ? Tu devais dormir, hein ? »

Il ne change pas d'attitude et me tend simplement la main.

« J'ai voulu venir te voir, Adolf.

— C'est gentil de ta part, Ernst », fait-il tristement.

Surpris, je m'inquiète : « Quelque chose qui ne va pas ?

— Oh ! laisse donc, Ernst... »

Je m'assieds près de lui : « Voyons, Adolf, mon vieux, qu'est-ce que tu as ? »

Il élude la question : « Non... ça va... Ernst..., laisse. Seulement, c'est bon, tu sais, c'est bien bon que l'un de vous soit venu... » Il se lève : « On deviendrait fou à rester ainsi, tout seul... »

Je regarde autour de moi ; il n'y a trace de sa femme nulle part.

Il se tait un instant, puis répète : « C'est bien bon que tu sois venu... » Il va chercher de l'eau-de-vie et des cigarettes.

Nous buvons un coup d'eau-de-vie dans des verres épais, dont le bas est orné de dessins roses. On voit, par la fenêtre, le jardin et le sentier bordé d'arbres fruitiers. Il vente et la porte du jardin bat. Une grande horloge à poids, noircie, marche dans un coin.

« À ta santé, Adolf.

— À la tienne, Ernst. »

Un chat se glisse dans la pièce, saute sur la machine à coudre et ronronne. Au bout d'un moment, Adolf commence à raconter :

« Ils viennent... et ils parlent..., les parents, les beaux-parents, et avec ça ils ne me comprennent pas plus que je ne les comprends. C'est comme si les uns et les autres nous n'étions plus les mêmes gens... » Il se prend la tête dans les mains. « Toi, Ernst, tu me comprends, n'est-ce pas ? et moi, je te comprends aussi... Mais avec ceux-là, c'est comme s'il y avait un mur... »

Finalement j'apprends toute l'histoire...

Bethke arrive chez lui, l'as de carreau sur le dos ; il rapporte aussi un sac rempli de bonnes provisions : du café, du chocolat, même de la soie, assez pour tailler une robe entière.

Il veut arriver bien doucement, pour faire une surprise à sa femme. Mais le chien, affolé, se met à aboyer, arrachant presque sa niche. Alors, Bethke n'y tient plus. Il galope le long du sentier, entre les pommiers ; son sentier, ses arbres, sa maison, sa femme... Le cœur lui bat dans la gorge comme un marteau de forge ; il ouvre la porte, respire profondément, il entre : « Marie ! »

Il la voit. Immédiatement, son regard l'a enveloppée. Son « chez-lui » l'envahit tout entier : la pénombre, le foyer, le tic-tac de l'horloge, la table, le grand fauteuil à oreillettes... Sa femme. Il veut se précipiter. Mais elle recule et le regarde, les yeux fixes, comme une apparition.

Il ne comprend rien encore. « Tu as donc eu si peur, dit-il en riant.

— Oui, répond-elle effrayée.

— Ça va passer, Marie », fait-il, tremblant d'émotion. Maintenant qu'il est rentré, dans cette pièce, tout vibre en lui ; vraiment, il y a trop longtemps...

« Je ne savais pas que tu allais revenir si tôt, Adolf », dit sa femme. Elle a reculé vers l'armoire et le fixe toujours de ses yeux agrandis. Alors, quelque chose de froid le saisit un instant et lui serre la poitrine.

« Cela... ne te fait donc pas... plaisir, demande-t-il d'un air gêné.

— Mais... si Adolf.

— ... Est-ce qu'il est arrivé quelque chose ? » poursuit-il, tenant toujours ses paquets à la main.

Et les jérémiades de commencer. Elle a laissé tomber sa tête sur la table. Pourquoi ne le saurait-il pas tout de suite ? De toute façon, les autres le lui raconteront... Elle a... enfin... avec un autre. Cette chose lui est arrivée..., comme cela ; au fond, elle ne voulait pas et n'a jamais pensé qu'à lui... Et maintenant, libre à lui de la tuer.

Adolf reste planté là, debout... S'apercevant enfin qu'il a toujours son sac sur le dos, il le déboucle, le déballe en tremblant, et pense sans relâche : « Cela ne peut pas être vrai... non, ce n'est pas possible... » Il continue à déballer, surtout pour ne pas rester immobile, maintenant ; la soie crisse dans sa main, il la montre : « Voilà ce que j'avais pensé à te rapporter... » et il continue à songer : « Cela ne peut pas être vrai... non, ce n'est pas possible... » Gauchement, il tend la soie rouge à sa femme. Et rien de tout cela n'a encore pénétré dans son crâne...

Mais elle pleure, elle ne veut rien entendre. Il s'assied, alors, pour réfléchir. Soudain une faim terrible. Des pommes de ses arbres, de belles pommes rousses. Il les prend et mange, car il faut qu'il s'occupe. Mais brusquement ses mains deviennent molles : il a compris. Une rage insensée bouillonne et monte en lui ; il est pris d'une envie de casser quelque chose, et il s'élance au-dehors pour aller chercher l'Autre.

Il ne le trouve pas. Alors il entre au cabaret. L'accueil est bon, mais circonspect cependant. On évite son regard et l'on pèse les mots. Donc, on sait. Bethke fait comme si de rien n'était. Mais c'est insupportable ; il vide son verre. Au moment où il s'en va, quelqu'un l'interroge : « Tu es déjà allé chez toi ? » Le silence retombe lorsqu'il quitte la salle.

Il erre maintenant sans but et le soir descend. Le voici à nouveau devant sa maison. Que faire ? Il entre. La lampe est allumée, il y a du café sur la table et des pommes de terre rôtissent dans la poêle, sur le feu. Comme tout cela serait beau si seulement... et cette pensée l'abat douloureusement. La table est même recouverte d'une nappe blanche. Mais ce n'est que pire, ainsi...

Sa femme est là, elle ne pleure plus. Lorsqu'il s'assied, elle verse le café et pose devant lui, sur la table, les pommes de terre et la saucisse. Mais elle ne met pas de couvert pour elle.

Adolf l'examine ; elle est pâle, elle a les traits tirés. Il sent l'amertume remonter en lui, dans une tristesse insensée. Il ne veut plus penser à la chose... il veut s'enfermer dans sa chambre, s'étendre sur son lit, devenir insensible, comme un roc. Il repousse la poêle et le café fumant. La femme s'effraye ; elle pressent ce qui vient.

Adolf ne se lève pas, il ne pourrait pas d'ailleurs. Il secoue simplement la tête et dit : « Va-t'en, Marie... »

Sans répondre un mot, elle jette son fichu sur ses épaules, pousse encore une fois la poêle dans sa direction et dit, d'une voix hésitante : « Mange donc, au moins, Adolf » ... et s'en va. Elle s'en va, de son pas léger, elle s'en va sans bruit... La porte se referme ; dehors, le chien jappe, le vent siffle à la fenêtre. Bethke est seul.

Et c'est la nuit.

Quelques jours d'une pareille solitude, dans une maison vide, suffisent à ronger un homme qui revient des tranchées.

Adolf essaye de mettre la main sur l'Autre, pour l'estropier à force de coups ; mais celui-ci s'est méfié à temps et ne se montre pas. Adolf le guette et le cherche partout, sans pouvoir le découvrir. Il en est bouleversé.

Puis les beaux-parents apparaissent ; ils disent qu'il devrait tout de même réfléchir... que sa femme est redevenue raisonnable depuis longtemps... quatre ans, seule, ce n'était pas rien, non plus... le coupable, c'est l'Autre... pendant la guerre il s'est passé bien d'autres choses encore...

« Que faire, Ernst, dit Adolf en levant les yeux.

— Bon sang de bon sang, dis-je, en voilà une saloperie !

— Et c'est pour trouver ça qu'on rentre à la maison, Ernst !... »

Je remplis les verres, et nous buvons. Comme sa provision de cigares est épuisée et qu'il ne veut pas aller au bureau de tabac, je vais en acheter moi-même. Adolf est grand fumeur, il supportera sa peine plus aisément, s'il a de quoi fumer. Je rapporte bientôt une caissette de gros cigares bruns, baptisés à juste titre du nom de « Paix des Forêts » : ils sont en feuilles de hêtre ! C'est encore mieux que rien.

Quand je rentre, quelqu'un est là ; au premier coup d'œil je comprends que c'est la femme. Elle se tient droite, mais la courbe de ses épaules est lasse.

Il y a quelque chose de touchant dans une nuque féminine — les femmes gardent toujours quelque chose d'enfantin — on ne peut guère leur en vouloir très gravement. À l'exception, bien entendu, des femmes replètes dont l'encolure est grasse à lard.

Je salue et j'ôte ma casquette. La femme ne répond pas. Je pose les cigares devant Adolf, mais il n'en prend pas. L'horloge fait tic-tac. Devant la fenêtre, les feuilles de marronnier tourbillonnent ; l'une d'elles se plaque parfois contre la vitre, où la pression du vent la maintient. Les cinq lobes bruns, terreux, soudés au pétiole figurent alors des mains tendues et avides qui, du dehors, projettent leur menace jusque dans la chambre ; les mains brunes, les mains de mort de l'automne.

Enfin, Adolf fait un mouvement et dit d'une voix que je ne lui connaissais pas : « Allons, va-t'en, Marie. »

Elle se redresse, docile comme une enfant, regarde droit devant elle, et sort. Une nuque tendre, des épaules frêles... comment donc est-ce possible ?

« Elle vient ainsi tous les jours, elle s'assied là, elle attend et me regarde sans rien dire », dit Adolf, désolé.

Il m'inspirait de la pitié, mais sa femme m'en inspire aussi à présent.

Je propose : « Viens en ville avec moi, Adolf ; pas la peine de rester enterré ici. »

Mais il refuse. Dehors, le chien pousse quelques aboiements ; la femme franchit la porte du jardin pour rentrer chez ses parents.

Je demande : « Elle veut revenir ? » Il fait signe que oui. Je n'insiste pas : c'est son affaire. J'essaye encore une fois :

« Allons, tu devrais venir avec moi.

— Plus tard, Ernst.

— Alors, allume un cigare, au moins ! » Je glisse la boîte devant lui et j'attends, jusqu'à ce qu'il en prenne un. Puis, je lui tends la main : « Je reviendrai te voir, Adolf. »

Il m'accompagne jusqu'à la porte du jardin. Après quelques pas, je me retourne en lui faisant signe. Il est encore à la grille, et, derrière lui, s'étend l'ombre du soir, comme autrefois, le jour où il est descendu du train pour nous quitter.

Il aurait dû rester avec nous. Le voilà, maintenant, tout seul, malheureux et nous ne pouvons rien pour lui, quelle que soit notre envie.

Ah ! au front, c'était plus simple. Là-bas, il suffisait d'être vivant pour que tout aille bien !

II

Je suis allongé sur le canapé les jambes bien étendues, la tête appuyée sur l'un des bras, les yeux fermés. À travers le demi-sommeil, mes idées se bousculent dans un étonnant chaos. Ma conscience flotte entre la veille et le rêve. La lassitude, comme une ombre, erre dans mon cerveau et, derrière elle, résonne indistinctement une canonnade lointaine, des obus sifflent faiblement, des coups de gong se rapprochent avec un bruit de tôle, annonçant une attaque aux gaz. Mais avant même que j'aie pu atteindre mon masque, l'obscurité disparaît sans bruit, la rugosité du sol que j'étreins s'amollit en une sensation à la fois plus claire et plus chaude, et c'est de nouveau la peluche du canapé contre laquelle s'appuie ma joue. J'éprouve une impression incertaine, profonde : chez moi, à la maison. Et l'alerte aux gaz des tranchées se fond dans les chocs assourdis de la vaisselle que ma mère place avec précaution sur la table.

Puis l'obscurité se rapproche, et avec elle, un grondement d'artillerie. De très loin, comme s'ils me parvenaient par-dessus des forêts et des mers, je perçois des mots qui tombent comme des gouttes, des mots qui, peu à peu, se soudent les uns aux autres pour acquérir un sens et parvenir jusqu'à moi : « La saucisse vient de l'oncle Karl », dit ma mère dans le roulement étouffé des détonations...

Ces mots m'atteignent juste au bord d'un trou d'obus dans lequel je glisse. Parmi eux passe furtivement une face repue, bouffie de vanité.

« Ah, celui-là ! dis-je, amèrement, d'une voix sans résonance, comme si j'avais du coton dans la bouche, tant la lassitude continue à flotter autour de moi, celui-là... ce sacré... trou du cul... » Puis je tombe, je tombe, je tombe et les ombres m'entourent à nouveau et me submergent de leurs vagues infinies, toujours plus sombres...

Mais je ne m'endors pas. Il manque quelque chose, quelque chose que j'entendais tout à l'heure, un bruit régulier, doux et métallique à la fois. Je me sens reprendre lentement conscience et j'ouvre les yeux. Ma mère est là, avec une figure pâle, effrayée ; elle me regarde fixement :

« Qu'as-tu donc ? m'écrié-je, inquiet, en sautant du sofa. Es-tu malade ? »

Elle se défend : « Non, non, mais... que tu puisses dire des choses pareilles... »

Je réfléchis. Qu'ai-je donc bien pu dire ? Ah ! oui, à propos de l'oncle Karl. « Allons, maman, ne sois pas si sensible, dis-je en riant, soulagé. L'oncle Karl est bel et bien un profiteur, tu le sais comme moi.

— Ce n'est pas ce que je voulais dire, répond-elle à mi-voix, mais... que tu emploies de telles expressions... »

Alors, tout à coup, les mots prononcés dans mon demi-sommeil me reviennent tout à fait. J'ai honte d'avoir parlé ainsi, précisément devant ma mère.

« Cela m'a échappé, dis-je pour m'excuser. C'est toute une affaire, je t'assure, de s'habituer à ne plus être au front. On y employait un langage bien grossier, maman, grossier mais cordial ! »

Je passe ma main dans mes cheveux et je boutonne ma tunique. Puis je cherche des cigarettes. Je m'aperçois alors que ma mère me regarde toujours et que ses mains tremblent.

Surpris, je m'arrête. « Mais maman, dis-je étonné et l'entourant d'un bras, ce n'est tout de même pas si grave ; les soldats sont comme ça, tu sais.

— Oui, oui, je sais, répond-elle, mais toi, toi aussi ?... »

Je me mets à rire. Naturellement, moi aussi, ai-je envie de répliquer. Mais je me tais subitement et je retire mon bras tant je me sens ému. Je m'assieds sur le canapé, pour me ressaisir...

Une vieille femme est devant moi, dont le visage est soucieux et inquiet. Elle a joint ses mains, ses mains lasses, abîmées par l'ouvrage, avec une peau fine, craquelée, sur laquelle saillent les veines bleuâtres. Voilà ce que sont devenues ses mains en travaillant pour moi. Avant la guerre, je n'y avais jamais fait attention. Avant la guerre, d'ailleurs, je ne faisais pas attention à grand-chose, j'étais encore trop jeune. Mais je comprends maintenant pourquoi je suis, aux yeux de cette femme frêle et affligée, différent de tous les autres soldats du monde : je suis son enfant.

Je le suis toujours resté pour elle, même soldat. Elle n'a vu dans la guerre qu'une horde de bêtes féroces qui en voulaient à la vie de son enfant. Mais il ne lui est jamais venu à l'idée que cet enfant menacé était une bête tout aussi féroce pour les enfants des autres mères.

Mon regard tombe de ses mains sur les miennes. Avec ces mains-là, en mai 1917, j'ai poignardé un Français ; je sentais avec dégoût le sang chaud couler sur mes doigts, tandis que je frappais toujours, saisi d'une panique et d'une rage insensée. Je fus ensuite pris de vomissements et pleurai toute la nuit. Au matin, seulement, Adolf Bethke parvint à me consoler. J'avais tout juste dix-huit ans, à l'époque, et c'était ma première attaque.

Lentement, je tourne mes mains vers les paumes. Dans la grande tentative de rupture du front, au début de juillet, avec ces mains-là, j'ai tué trois hommes. Ils restèrent accrochés, toute la journée, dans les barbelés ; le souffle des éclatements agitait leurs bras mous et leur donnait parfois un aspect menaçant, mais parfois aussi, ils semblaient implorer du secours. Une autre fois, plus tard, j'ai lancé à vingt mètres une grenade qui faucha les jambes d'un capitaine anglais. Il poussa un hurlement terrible ; puis il resta la tête en arrière, la bouche grande ouverte, les bras tendus appuyés au sol, le torse arqué, comme un phoque. Mais l'hémorragie l'emporta rapidement.

Et maintenant, me voici devant ma mère, ma mère prête à pleurer, parce qu'elle ne peut pas comprendre que je sois devenu grossier au point d'employer des expressions inconvenantes...

« Ernst, dit-elle à mi-voix, il y a longtemps que je voulais te le dire ; tu as bien changé... tu es devenu si inquiet... »

Je songe avec amertume. Oui, j'ai changé. Que te rappelles-tu de moi, maman ? Ce n'est plus qu'un souvenir, rien que le souvenir de l'enfant calme et rêveur d'autrefois. Jamais... il ne faudra jamais que tu saches quoi que ce soit de ces dernières années ; jamais tu ne devras même soupçonner ce qu'elles ont réellement été, et ce que je suis devenu... Le centième de la vérité, si tu l'apprenais, te briserait le cœur, toi qu'un seul mot suffit à choquer et à faire trembler, parce qu'il ternit l'image que tu t'étais faite de ton fils. « Tout cela finira par aller mieux, maman », dis-je, un peu désolé, et en disant ces mots, je cherche à me tranquilliser moi-même.

Elle s'assied près de moi et me caresse les mains. Je les cache. Elle me regarde, soucieuse. « Il y a des jours où tu m'es tout à fait étranger, Ernst ; ces jours-là, tu as une figure que je ne te connais pas...

— Il faut d'abord que je m'habitue, dis-je. J'ai encore un peu l'impression de n'être ici qu'en visite. » Le crépuscule envahit la chambre. Mon chien vient du couloir et se couche sur le plancher, à mes pieds. Ses yeux luisent, tandis qu'il les lève vers moi. Lui aussi est encore inquiet, pas encore habitué...

Ma mère se penche en arrière.

« ... Que tu sois revenu, Ernst, c'est l'essentiel.

— Oui, c'est le principal », dis-je en me levant.

Elle reste assise, dans son coin, silhouette grêle dans le crépuscule, et je sens, avec une étrange tendresse, à quel point les rôles se sont brusquement renversés. C'est elle, maintenant, qui est l'enfant.

Je l'aime. Oh ! quand l'aurais-je aimée davantage qu'aujourd'hui ? Je sais à présent que jamais je ne pourrai aller à elle, ni rester auprès d'elle, et que jamais je ne pourrai lui dire tout, ce qui eût été peut-être l'unique moyen de retrouver la tranquillité. Alors, n'est-elle pas perdue pour moi ? Et je comprends soudain à quel point, au fond, je suis étranger et *seul*.

Elle a fermé les yeux. « Je vais m'habiller et sortir encore un peu », dis-je tout bas, pour ne pas la déranger.

Elle acquiesce de la tête. « Oui, mon petit, dit-elle, et après un instant, elle ajoute doucement : « Mon *bon* petit. »

Le mot m'atteint comme un coup de poignard. Je ferme la porte derrière moi, avec précaution.

III

Les prairies sont mouillées, on entend l'eau dégouliner le long des chemins.

J'ai dans la poche de mon manteau un petit bocal de verre, un bocal à conserves, et je longe la berge du « Fossé des peupliers ». C'est ici que je venais, enfant, pour attraper des poissons, des papillons et aussi pour m'étendre et rêver sous les arbres.

Au printemps, le ruisseau était plein d'œufs de grenouilles et d'algues d'eau douce. Des touffes de plantes aquatiques, d'un vert pâle, ondulaient dans les courtes vagues transparentes ; des araignées d'eau, sur leurs longues pattes, zigzaguaient entre les tiges des roseaux et des bandes d'épinoches passant dans le soleil projetaient leurs ombres grêles et rapides sur le sable taché d'or.

Il fait froid et humide. Les peupliers en longue rangée bordent le ruisseau du fossé. Leurs branches sont dépouillées mais baignées pourtant d'une buée bleue légère. Un jour viendra où ils reverdiront et frémiront à nouveau ; un jour viendra où la bienheureuse ardeur du soleil baignera de nouveau ce coin de terre qui contient tant de souvenirs de ma jeunesse.

Je piétine la berge au ras de l'eau : quelques poissons sortent de leur retraite et glissent, rapides. Alors, je n'y tiens plus. À l'endroit où le ruisseau se rétrécit, au point que je puis me tenir au-dessus, les jambes écartées, je reste aux aguets jusqu'à ce que, dans le creux de ma main plongée vivement, je ramène deux épinoches. Je les fais glisser dans mon bocal et je les examine.

Avec leurs trois épines sur le dos, leurs corps bruns fuselés et leurs nageoires pectorales vibrantes, elles nagent en tous sens, gracieuses, parfaites. Les reflets du verre chatoient dans l'eau, pure comme un cristal. Et soudain, ma respiration s'arrête ; je sens, avec intensité, la splendeur de cette eau captive dans le verre, avec ses jeux de lumière et ses reflets.

Doucement, je prends en main l'aquarium improvisé et je continue mon chemin ; je le porte avec prudence, et je l'examine de temps en temps. Mon cœur bat, comme si toute ma jeunesse était là, prisonnière de ce cristal, et que j'allais la rapporter à la maison... Je m'accroupis au bord des mares sur lesquelles flottent d'épaisses couches de lentilles d'eau et je vois les salamandres marbrées de bleu, mines flottantes en réduction, monter à la surface pour respirer. Des larves de porte-bois rampent lentement dans la vase, un dytique bordé de jaune rame nonchalamment par le fond et, sous une souche à moitié pourrie, me fixent les yeux étonnés d'une grenouille immobile.

Je regarde tout cela, mais le tableau contient bien plus encore que n'en peuvent voir les yeux : il contient aussi les souvenirs, les aspirations et les joies des temps passés...

Je reprends mon bocal avec précaution et je poursuis ma route, en cherchant, plein d'espoir ; la brise se lève et les monts d'un bleu tendre s'allongent à l'horizon.

Mais, soudain, un spasme d'épouvante me parcourt tout entier... À terre... à terre... à l'abri... tu es là, à découvert ! Je sursaute, saisi d'une angoisse insensée, j'étends les mains, pour me précipiter au sol, derrière un arbre, je halète, je tremble. Puis je respire profondément, c'est passé. Timidement, je jette un regard alentour : personne ne m'a vu.

Il me faut un moment pour retrouver mon calme. Je me baisse alors pour ramasser le bocal qui m'a échappé des mains. L'eau s'est répandue, mais les poissons frétillent encore. Je me penche vers le ruisseau pour remplir le récipient. Pensif, je me remets en marche lentement. La forêt se rapproche. Un chat vagabonde sur le chemin. La voie ferrée coupe à travers champs, jusqu'au couvert des bois. Là, on pourrait creuser des abris, d'une profondeur convenable, avec des toits bétonnés, puis la ligne des tranchées filerait à gauche, avec des sapes et des postes d'écoute ; au-delà, quelques mitrailleuses — non, deux seulement — les autres à la lisière du bois. On tiendrait alors presque tout le terrain sous des feux croisés ; par exemple, il faudrait abattre les peupliers pour qu'ils ne puissent servir de repère à l'artillerie ennemie, et là, derrière, sur la colline, quelques lance-torpilles. Et puis... qu'ils y viennent !...

Un train siffle. Je lève les yeux. Qu'est-ce que je

fais donc là ? J'étais venu pour retrouver le paysage de ma jeunesse et me voici occupé à le couvrir d'un système de tranchées ! C'est l'habitude, pensé-je ; nous ne pouvons plus regarder un paysage, nous ne voyons plus que du terrain, du terrain pour l'attaque ou pour la défense. Le vieux moulin, sur la hauteur, n'est pas un moulin, c'est un point d'appui ; la forêt n'est plus une forêt, c'est un couvert d'artillerie. Cette hantise nous poursuit toujours.

Je secoue ces souvenirs et j'essaye de penser aux années d'autrefois. Mais je n'y réussis guère. Je ne suis plus aussi joyeux que tout à l'heure et je n'ai plus le désir de continuer. Rentrons.

De loin, j'aperçois une silhouette solitaire qui vient à ma rencontre : c'est Georg Rahe.

« Que fais-tu donc par ici ? demande-t-il, surpris.

— Et toi ?

— Rien, dit-il.

— Moi non plus, rétorqué-je.

— Et ce bocal ? » demande-t-il en me regardant avec une ironie légère.

Je rougis.

« Pas de quoi être honteux, fait-il. Tu avais envie d'attraper des poissons, comme dans le temps, hein ? »

Je fais signe que oui.

« Et ? » interroge-t-il.

Je secoue la tête.

« Oui... c'est un genre d'occupation qui va mal avec l'uniforme... », dit-il pensif.

Nous nous asseyons sur une pile de bois et nous fumons. Rahe enlève sa casquette. « Tu te rappelles... ici... quand nous échangions des timbres-poste ? »

Oui, je me rappelle. Sous le soleil, les chantiers de bois exhalaient une senteur violente de résine et de goudron, les peupliers flamboyaient et le vent, soufflant des eaux, arrivait rafraîchi. Je me rappelle tout : la chasse aux rainettes, la lecture des livres, les conversations sur l'avenir et la vie qui nous attendait là, derrière l'horizon bleu, captivante comme une musique assourdie.

« Par la suite, les choses ont bien changé, hein Ernst ? dit Rahe en souriant, de ce sourire un peu amer et un peu las que nous avons tous. Au front, nous prenions les poissons tout autrement... ; une grenade dans l'eau, et ils flottaient à la surface, la vessie natatoire crevée, le ventre blanc à l'air. C'était plus pratique.

— D'où vient, Georg, qu'on traîne ainsi, sans but et sans vraiment savoir quoi entreprendre ?

— Il manque quelque chose, Ernst, n'est-ce pas ? »

J'approuve. Il pose le doigt sur ma poitrine. « Je vais te dire ce que c'est, j'ai déjà bien réfléchi à la question. Tout ceci (il désigne les prairies devant nous), c'était la vie ; la vie qui fleurissait, qui grandissait, et nous grandissions avec elle. Et tout cela, derrière nous (il fait un signe de tête en arrière, vers le lointain), c'était la mort ; la mort qui ravageait, qui détruisait et qui nous détruisait un peu en même temps. » Il sourit de nouveau. « Nous avons légèrement besoin de réparations, mon vieux !

— Ça irait peut-être mieux si nous étions en été, dis-je, en été, tout est moins pénible.

— Là n'est pas la question, répond-il en soufflant sa fumée. Je crois que c'est tout autre chose.

— Quoi donc ? » demandé-je.

Il hausse les épaules et se lève. « Rentrons, Ernst. Veux-tu que je te dise ce que je me propose de faire, moi ? » Il se penche vers moi. « Je vais probablement rengager.

— Tu es fou, dis-je, déconcerté.

— Pas du tout, réplique-t-il, en devenant pour un instant très grave, logique peut-être simplement. »

Je m'arrête : « Mais voyons, Georg... »

Il continue son chemin. « Après tout, j'étais rentré ici quelques semaines avant toi », fait-il ; puis il se met à parler d'autre chose. Lorsque les premières maisons apparaissent, je prends mon bocal à épinoches et je le vide dans le ruisseau. Les poissons disparaissent, d'un coup de queue... J'abandonne mon bocal sur la berge.

Je quitte Georg Rahe. Il avance lentement le long de la rue. Je reste devant notre maison et je le suis des yeux. Ses paroles m'ont étrangement troublé. Quelque chose d'indéfinissable rôde à mes côtés ; cela recule lorsque je veux le saisir, cela s'évapore quand je m'approche ; et puis cela se ramasse à nouveau derrière moi pour guetter.

Un ciel de plomb est suspendu au-dessus des ramures basses de la Luisenplatz ; les arbres sont dépouillés. Une fenêtre décrochée bat dans le vent. Un crépuscule humide et désolé flotte dans les jardinets, à travers le fouillis des buissons de sureaux.

Mon regard embrasse toutes ces choses et il me paraît que je les vois aujourd'hui pour la première fois. Elles me semblent, soudain, si peu familières que je ne les reconnais presque plus. Est-il possible que ce bout de gazon sordide et mouillé, là, devant moi, appartienne vraiment aux années de mon enfance, ces années dont ma mémoire a conservé un souvenir si radieux, si ailé ? Est-il possible que cette place déserte et morne avec la fabrique — vis-à-vis — constitue vraiment cette parcelle du monde que nous appelions le pays natal et qui seule, dans le flot d'horreur du front, évoquait l'espoir et le sauvetage avant la noyade ? Est-ce bien elle et pas une autre, cette rue grise avec d'affreuses maisons dont l'image, pendant les rares trêves que nous accordait la mort, s'élevait au-dessus des trous d'obus comme un songe farouche et mélancolique ? N'était-elle pas plus lumineuse et plus belle, plus large et plus animée dans mes rêveries ? Tout cela ne serait-il plus vrai ? Mon sang m'a-t-il menti, mes souvenirs m'ont-ils trompé ?

Je frissonne. Rien n'est plus pareil et pourtant rien n'a changé. Dans la cour de l'usine Neubauer l'horloge marche toujours, elle sonne les heures comme autrefois lorsque nous fixions le cadran pour observer le mouvement des aiguilles. Le Maure à la pipe de plâtre est toujours là, au bureau de tabac voisin, où Georg Rahe acheta nos premières cigarettes. Et dans l'étalage de l'épicerie d'en face figurent encore les images-réclame de savon en poudre, auxquelles Karl Vogt et moi, par beau soleil, nous brûlions les yeux avec des verres de montre formant lentille. En jetant un regard à travers la vitrine, je vois même encore les traces des brûlures. Mais la guerre a passé ; et Karl Vogt est tombé au Kemmel depuis longtemps.

Je n'arrive pas à saisir pourquoi, ici, mes impressions ne sont plus comparables à celles que j'éprouvais autrefois dans les entonnoirs et les baraquements. Où sont donc demeurées ces impressions d'une plénitude vibrante, ces impressions claires, éclatantes, inexprimables ? Mon souvenir était-il donc plus vivant que la réalité ? Serait-il devenu la réalité elle-même, tandis que celle-ci se retirait, se ratatinait jusqu'à n'être plus qu'une sorte de charpente dénudée, une charpente sur laquelle auraient autrefois flotté des drapeaux bariolés ? Ou bien le souvenir s'est-il détaché de la réalité et flotte-t-il maintenant, au-dessus d'elle, comme une nuée chargée de mélancolie ? Les années de front ont-elles consumé la passerelle qui conduisait au passé ?

Des questions, des questions ; mais pas de réponse...

IV

Les dispositions concernant la fréquentation scolaire des anciens combattants sont arrivées. Nos délégués sont parvenus à obtenir ce que nous demandions, c'est-à-dire : une durée d'études écourtée, des cours spéciaux pour les démobilisés et un allégement de l'examen. Il ne leur fut pas facile de faire triompher nos vues, malgré la période révolutionnaire que nous traversons. Cette révolution, en effet, n'est qu'une faible agitation créée par le vent à la surface, ce n'est pas une lame de fond. Quel intérêt y a-t-il, en effet, à ce que quelques postes élevés aient changé de titulaires ? N'importe quel soldat vous dira que le commandant de compagnie le mieux intentionné ne peut absolument rien faire, si ses caporaux ne veulent pas ; et c'est exactement pareil pour un ministre, si libéral soit-il ; il court fatalement à l'échec, s'il a contre lui un corps de « conseillers privés » réactionnaires. Et les « conseillers privés » sont restés à leur poste en Allemagne. Ces Napoléon en chambre sont « inébranlables ».

La première heure de cours.

Nous sommes assis à nos bancs, presque tous en uniforme. Trois d'entre nous portent la barbe, un autre est marié.

Sur mon pupitre, je retrouve mon nom sculpté dans le bois ; un joli travail au canif, teinté à l'encre. Je me rappelle avoir exécuté ce chef-d'œuvre pendant le cours d'histoire ; et pourtant il me semble qu'il y a un siècle de cela, si étrange est la sensation que j'éprouve à me retrouver à cette même place.

Ce petit fait très simple suffit à refouler la guerre dans le passé ; le cercle se referme... Mais nous ne sommes plus dedans.

Arrive Hollermann, notre professeur d'allemand. Il entreprend tout de suite ce qu'il estime être le plus nécessaire : nous rendre les objets que nous avions laissés ici, en partant. Cette préoccupation, on le sent, a pesé longtemps sur son âme méthodique de maître d'école. Il ouvre l'armoire de la classe et en tire les chevalets, les planches à dessin et surtout les gros paquets bleus des cahiers : nos compositions, nos dictées et nos travaux de classe. Les cahiers s'entassent à la gauche de son pupitre, en une pile imposante. Il appelle les noms, nous répondons et nous reprenons notre bien. Willy lance les cahiers... et les buvards s'envolent.

« Breyer : présent.
— Bucker : présent.
— Detlefs. »

Silence. « Mort », crie Willy. Detlefs, un petit blond, bancal, qui avait « redoublé » une fois.

Soldat de première classe, tombé en 17 au mont Kemmel. Le cahier passe à droite du pupitre.

« Dierker : présent.

— Dierksmann : Mort. »

Dierksmann, fils de paysan, remarquable joueur de scat, mauvais chanteur, tué à Ypres. Le cahier est placé à droite.

« Eggers.

— Pas encore là », crie Willy. Ludwig complète : « Blessure au poumon, hôpital auxiliaire de Dortmund ; de là, ira passer trois mois à Lippspringe.

— Friederichs : présent.

— Giesecke : disparu.

— Pas exact, déclare Westerholt.

— Il a pourtant été porté disparu, réplique Reinersmann.

— D'accord, riposte Westerholt, mais il est ici depuis trois semaines, à l'asile d'aliénés. Je l'ai vu moi-même.

— Gehring "Un" : mort. »

Le premier de la classe. Faisait des vers. Donnait des leçons particulières et consacrait son gain à acheter des livres. Tombé à Soissons avec son frère.

« Gehring "Deux", murmure simplement le professeur, en posant de lui-même le cahier à droite, avec les autres.

— Il faisait vraiment de bonnes compositions », dit-il, pensif, en reprenant le cahier de Gehring « Un » et en le feuilletant.

Beaucoup d'autres cahiers vont encore grossir la pile de droite ; et lorsque tous les noms ont été appelés, la pile des non-réclamés est d'importance. Le professeur Hollermann la regarde, indécis. Son sens de la règle en est troublé. Car il ne sait qu'en faire. Finalement, il croit avoir trouvé la solution : si l'on envoyait les cahiers aux parents des morts ?

Mais Willy n'est pas d'accord : « Croyez-vous, demande-t-il, que les parents vont se réjouir en regardant ces cahiers, pleins de "Insuffisant" et de "Zéro" ? Il vaudrait mieux pas ! »

Hollermann le regarde avec des yeux ronds. « Mais alors que voulez-vous que j'en fasse ?

— Les laisser là », dit Albert.

Hollermann est presque indigné. « Mais ce n'est absolument pas possible, Trosske ! Ces cahiers n'appartiennent pas à l'École. On ne peut pas les laisser ici !

— Que d'histoires, mon Dieu ! soupire Willy en passant les doigts dans sa tignasse. Alors, donnez-les-nous. Nous saurons bien faire le nécessaire. » Hollermann les lui tend en hésitant. « Mais... », fait-il, pas très rassuré, car, après tout, ces cahiers sont la propriété d'autrui.

« Oui, oui, dit Willy, tout ce que vous voudrez, ça sera fait en règle, affranchi, pris en note et tout... Vous pouvez être tranquille ! L'ordre sera sauf, même si cela doit faire souffrir ! »

Il nous cligne de l'œil et se touche le front.

Après le cours, nous feuilletons nos cahiers. Notre dernier sujet de composition était celui-ci : « Pourquoi l'Allemagne doit-elle gagner la guerre ? » C'était au commencement de 1916. Une introduction, six arguments et une conclusion résumée.

Le quatrième argument : « Pour des raisons religieuses » n'a pas été développé par moi avec grand succès. Dans la marge, une note à l'encre rouge : « Manque de suite et pas convaincant. » Mais, quoi qu'il en soit, pour ce travail de sept pages, j'ai eu la note : « Bien ». C'est un beau résultat, si on le compare aux réalités d'aujourd'hui.

Willy est occupé à lire à haute voix son devoir d'histoire naturelle : « L'anémone des bois et son système radiculaire ». En ricanant, il jette un regard à la ronde : « Je pense qu'on en a fini, avec ça, pas vrai ?

— Et comment ! » crie Westerholt.

Fini, oui, certes. Nous avons tout oublié ; et ce fait, en lui-même, constitue un jugement. Mais par contre, nous n'oublions pas ce que nous ont appris des gens comme Bethke et Kosole.

L'après-midi, Albert et Ludwig viennent me chercher pour aller prendre des nouvelles de notre camarade Giesecke. En chemin, nous rencontrons Georg Rahe. Il se joint à nous, car lui aussi a connu Giesecke.

Le temps est clair ; du sommet de la colline où s'élève le bâtiment, on jouit d'une vue très étendue sur les champs d'alentour. Les aliénés y travaillent en groupes, dans leurs costumes rayés blanc et bleu, sous la garde de surveillants en uniforme. D'une fenêtre de l'aile droite s'échappe une chanson : *Sur les bords clairs de la Saale...* Ce doit être un malade. Le chant résonne de façon bizarre à travers les barreaux de fer. « ... *Et les nuages passent... passent au-dessus...* »

Giesecke est installé dans une grande salle avec quelques autres malades. À notre entrée, l'un d'eux crie d'une voix aiguë : « Planquez-vous... planquez-vous ! » et rampe sous la table. Les autres n'y prêtent aucune attention. Giesecke vient tout de suite à nous. Il a une figure maigre, jaune et semble, avec son menton pointu et ses oreilles décollées, beaucoup plus jeune qu'auparavant. Ses yeux seuls sont vieillis et inquiets.

Avant que nous ayons eu le temps de lui dire bonjour, quelqu'un nous tire à part : « Du nouveau, là-bas ? demande-t-il.

— Non, rien de nouveau, dis-je.

— Et le front ? Avons-nous finalement pris Verdun ? »

Nous nous regardons. « Il y a déjà longtemps que c'est la paix », dit Albert, en le rassurant.

Il rit, d'un rire chevrotant, pénible : « Surtout ne vous laissez pas foutre dedans ! Ils cherchent simplement à vous "posséder". Ils n'attendent qu'une chose : le moment où nous sortirons... Et alors... crac... pincés... vivement au front ! » Puis, il ajoute mystérieusement : « Moi, ils ne m'auront plus ! »

Giesecke nous tend la main, et nous sommes un peu déroutés. Nous nous étions figuré qu'il allait tournoyer comme un singe en faisant des grimaces, se mettre en fureur ou s'agiter pour le moins dans un tremblement perpétuel, comme ces infirmes qui grelottent au coin des rues. Au lieu de cela, il nous sourit, un peu de côté, et nous dit, la bouche triste : « Vous ne vous attendiez pas à ça, hein ?

— Mais, répliqué-je, tu es tout à fait bien portant ? Qu'est-ce que tu as donc ? »

Il passe la main sur son front. « Des maux de tête... comme un cercle, derrière la tête... et puis, Fleury ! »

Pris sous un éboulement pendant les combats de Fleury, il est resté des heures entières, enterré avec un camarade. Celui-ci était ouvert de la hanche au ventre, et la tête de Giesecke était coincée par une poutre, précisément contre la hanche de l'autre. Le blessé avait la tête libre, il criait, et à chaque plainte, le visage de Giesecke était inondé d'un flot de sang. Graduellement, les intestins étaient sortis du ventre et menaçaient de l'étouffer. Obligé de les refouler pour respirer, Giesecke entendait, chaque fois, le hurlement sourd de son compagnon.

Il nous raconte tout cela avec beaucoup de clarté et de logique : « Chaque nuit, dit-il pour terminer, cela revient. Je suffoque et la chambre se remplit de serpents blancs, visqueux, et de sang...

— Mais, demande Albert, puisque tu le sais, ne peux-tu pas réagir ? »

Giesecke secoue la tête. « C'est inutile, même si je reste éveillé. Ils apparaissent aussitôt que la nuit tombe. » Il frissonne. « Chez moi, j'ai sauté par la fenêtre et je me suis cassé une jambe. Alors, ils m'ont amené ici...

— Qu'est-ce que vous faites ? poursuit-il au bout d'un instant : Avez-vous déjà passé l'examen ?

— Bientôt, dit Ludwig.

— Tout cela est bien fini pour moi, fait Giesecke tristement. On ne laisse pas des gens comme moi approcher des enfants... »

L'homme qui avait crié : « Planquez-vous » à

notre arrivée se faufile derrière Albert et lui donne un coup sur la nuque. Albert sursaute, mais se ressaisit pourtant.

« "K.V.[1] !" ricane l'homme, "K.V." ! »

Il éclate d'un rire perçant, puis redevient brusquement grave et retourne en silence dans un coin.

« Est-ce que vous ne pourriez pas écrire au Commandant ? demande Giesecke.

— Quel commandant ? » dis-je surpris. Ludwig me pousse du coude. « Que faut-il lui écrire ? continué-je, me reprenant en hâte.

— Lui écrire qu'il devrait me laisser retourner une fois à Fleury, répond Giesecke avec animation. Cela y ferait quelque chose, certainement. Tout doit être maintenant bien calme là-bas, et je ne l'ai connu que lorsque tout volait en l'air... Voyez-vous, je passerais par le Ravin de la mort, puis par Froide-Terre, pour arriver à Fleury ; il n'y aurait pas une détonation, et tout serait passé. Il faudrait bien, alors, que je retrouve ma tranquillité, ce n'est pas votre avis ?

— Cela passera bien tout seul, va, dit Ludwig en posant sa main sur le bras de Giesecke. Il suffit d'abord de bien t'en persuader toi-même. »

Giesecke regarde tristement devant lui. « Écrivez donc au Commandant. Je m'appelle Gerhard Giesecke, avec un C et un K. » Ses yeux sont vides, hagards. « Ne pourriez-vous pas m'apporter un peu de compote de pommes ? Je voudrais tant manger de la compote de pommes... »

Nous lui promettons tout, mais il ne nous entend déjà plus, devenu soudain complètement

---

1. K.V. : bon pour aller ou pour retourner au front.

indifférent. Lorsque nous partons, il se lève et salue Ludwig militairement. Puis, il s'assied à la table, le regard absent.

Parvenu à la porte je jette encore un coup d'œil dans sa direction. Il se dresse, d'un saut brusque, comme s'il se réveillait et court après nous : « Emmenez-moi, dit-il, d'une étrange voix aiguë. Les voilà déjà qui reviennent ! » Il se presse, apeuré, contre nous, et nous ne savons que faire. Mais voici que le docteur entre ; il nous regarde et prend Giesecke, avec précaution, par les épaules :

« Allons, viens dans le jardin », lui dit-il avec douceur ; et le malade se laisse emmener docilement.

Dehors, le soleil du soir inonde les champs. De la fenêtre grillée s'échappe toujours la chanson : « *Mais les châteaux forts sont en ruine — et les nuages passent — passent au-dessus.* »

Nous marchons sans mot dire, côte à côte. Les sillons des labours luisent faiblement, un croissant de lune, mince et pâle, est suspendu dans les branches des arbres.

« Je crois, fait Ludwig au bout d'un moment, je crois qu'il nous en reste à tous quelque chose... »

Je tourne mon regard vers lui. Son visage, teinté par le couchant, est pensif et grave. Comme j'allais lui répondre, je sens tout à coup un frisson léger me courir sur la peau. D'où cela vient-il, et pourquoi ? Je ne sais.

« On ne devrait plus jamais en parler », dit Albert.

Nous continuons. Les lueurs du couchant pâlissent, faisant place au crépuscule, et le croissant de la lune devient plus lumineux. La brise de nuit se lève des champs et les premières fenêtres s'illuminent aux maisons. Nous atteignons la ville.

Georg Rahe est resté silencieux pendant tout le trajet. Lorsque nous nous arrêtons pour nous séparer, il paraît seulement s'arracher à ses pensées. « Vous avez entendu ce qu'il voulait ? demande-t-il, aller à Fleury... retourner à Fleury... »

Je ne tiens pas encore à rentrer à la maison ; Albert non plus. Nous nous promenons lentement le long des quais. Les eaux de la rivière bruissent en contrebas. Près du moulin, nous faisons halte, appuyés au parapet du pont.

« C'est drôle, qu'on ne veuille plus jamais rester seul, Ernst, hein ? fait Albert.

— Oui, dis-je, on ne sait pas du tout exactement à quoi l'on appartient... »

Il acquiesce. « Voilà, c'est cela ; mais il faut tout de même bien avoir sa place quelque part ?

— Attends... quand nous aurons une profession... », répliqué-je.

Il écarte la suggestion.

« Ça ne vaut rien non plus. Il faudrait quelque chose de vivant, Ernst. Il faudrait un être... vois-tu... un être humain... »

Je riposte : « Bah ! un être humain, mais c'est la chose la plus fragile du monde. Nous avons assez vu ce qu'il peut en advenir, et facilement, encore... Il t'en faudrait dix, ou même douze, pour en avoir toujours de rechange, quand les autres auraient été mis hors de combat... »

Albert fixe attentivement la silhouette de la cathédrale.

« Ce n'est pas ainsi que je l'entends, dit-il, j'entends : un être qui vous appartiendrait vraiment. Quelquefois... je pense... peut-être une femme...

— Grand Dieu ! m'écrié-je, contraint de songer à Adolf Bethke.

— Ne blague pas ! me jette-t-il, brusquement en colère. Il faut tout de même avoir quelque chose pour se cramponner, tu ne me comprends donc pas ? Il me faut quelqu'un qui ait de l'affection pour moi. Je pourrais alors m'appuyer sur lui, comme lui pourrait s'appuyer sur moi ! Autrement, il n'y a plus qu'à se passer la corde au cou ! »

Un tremblement l'agite : il me tourne le dos.

« Mais Albert, dis-je doucement. Et nous, est-ce que tu ne nous as pas ?

— Oui... bien sûr... Mais ce n'est pas du tout pareil... » Et, après un instant, il chuchote : « Il faudrait avoir des enfants, des enfants qui ne savent rien de rien... »

Je ne comprends pas au juste ce qu'il veut dire. Mais je n'ai plus envie, non plus, de l'interroger davantage.

QUATRIÈME PARTIE

Nous nous étions imaginé tout cela d'une manière bien différente. Nous avions cru que dans une harmonie puissante s'établirait une existence vigoureuse et intense, la sérénité complète d'une vie reconquise. Et c'est ainsi que nous entendions commencer. Mais les jours et les semaines glissent entre nos doigts, nous les dissipons en choses vaines, superficielles ; et quand nous jetons un regard autour de nous, rien n'est fait. Nous étions accoutumés à penser et à agir dans l'immédiat : une minute de retard et tout pouvait être fini... Voilà pourquoi la vie actuelle va trop lentement à notre gré ; nous nous élançons à sa rencontre, mais avant qu'elle commence à parler ou à rendre un son, nous nous en sommes déjà détournés.

Nous avons eu trop longtemps la mort pour camarade. C'était une joueuse des plus rapides et il s'agissait, à chaque seconde, de l'enjeu le plus élevé. C'est ce qui nous a donné ce caractère impulsif, cette concentration de la pensée sur l'instant immédiat, c'est aussi ce qui nous rend si vides aujourd'hui ; car dans le monde qui nous entoure, une telle attitude d'esprit n'est plus à sa place. Et cette impression de vide est une source d'inquiétude car nous sentons que nous ne sommes pas compris et que l'amour, même, ne peut nous être d'aucun secours. Il y a un abîme infranchissable entre ceux qui sont soldats et ceux qui ne l'ont pas été. Il faut que nous nous aidions nous-mêmes. Cependant, à nos jours d'inquiétude se mêlent souvent encore des grondements et des murmures étranges ; c'est comme un lointain roulement d'artillerie, comme un avertissement sourd derrière l'horizon. Nous ne saurions pas les définir, nous ne voulons pas les entendre et nous nous en détournons toujours dans la crainte singulière de laisser passer quelque chose qui risquerait de nous échapper.

Trop souvent déjà, certaines choses nous échappèrent, et pour beaucoup, rien de moins que la vie...

I

La carrée de Karl Bröger est sens dessus dessous. Tous les rayons de la bibliothèque ont été vidés ; des piles entières de volumes s'entassent de tous côtés sur les tables et sur le plancher.

Karl avait autrefois la marotte des livres. Il collectionnait des livres, comme nous des papillons ou des timbres-poste. Il avait une prédilection pour Eichendorff dont il possédait trois éditions différentes et dont il savait beaucoup de poèmes par cœur. Mais il veut à présent vendre sa bibliothèque et en tirer le capital initial nécessaire pour s'établir à son compte dans les spiritueux. Il affirme qu'il y a beaucoup d'argent à gagner dans ce trafic-là. Jusqu'à présent, il n'était qu'agent de Ledderhose, il entend maintenant voler de ses propres ailes.

Je feuillette le premier volume d'une édition d'Eichendorff reliée en cuir bleu, très souple. Couchers de soleil, forêts et rêveries, nuits d'été, aspirations, nostalgies, quel temps c'était !...

Willy tient en main le second volume. Il le considère, réfléchit. Puis : « Tu devrais proposer ces volumes à un cordonnier, suggère-t-il.

— Comment ça ? dit Ludwig, souriant.

— Pour le cuir, répond Willy. À l'heure actuelle, les cordonniers manquent de cuir. Tiens, ça ! » — il saisit les œuvres de Goethe — voilà vingt volumes qui feraient au moins six paires de chaussures magnifiques. Les cordonniers t'en donneront sûrement davantage que les libraires. Il leur faut du vrai cuir à tout prix !

— En voulez-vous quelques-uns ? demande Karl. Je vous ferai des prix d'ami. »

Mais personne n'en veut.

« Réfléchis bien, dit Ludwig. Plus tard, tu les rachèterais difficilement.

— Ça n'a pas tant d'importance », fait Karl en riant.

« Vivre d'abord. Ça vaut mieux que la lecture. Et je me fiche également de mon examen. Tout cela, c'est de la blague. Demain, en avant pour l'expérience des alcools ! Dix marks de bénéfice par bouteille de cognac de contrebande, ça vaut le coup, mon cher ! L'argent est la seule chose dont on ait besoin ; quand on a l'argent, on peut avoir tout le reste. »

Il fait des paquets de ses livres. Et je me rappelle soudain qu'autrefois il eût préféré se priver de manger que d'en vendre un seul.

« Eh bien, vous en faites de drôles de têtes ! gouaille-t-il. Soyons pratiques. Tout le vieux lest, par-dessus bord et attaquons une vie nouvelle !

— Tu as raison, consent Willy. Je bazarderais les miens aussi, si seulement j'en avais... »

Karl lui frappe sur l'épaule : « Un centimètre de commerce vaut mieux qu'un kilomètre de culture intellectuelle. J'ai assez longtemps moisi là-bas, dans la saleté. Je tiens maintenant à jouir de la vie.

— Au fond, il a raison, dis-je, à quoi cela nous avance-t-il ? Ce petit peu d'école, ce n'est rien du tout...

— Mes enfants, vous n'avez qu'à fiche le camp aussi, conseille Karl. Qu'est-ce que vous allez bien pouvoir fabriquer au bahut ?

— Mon Dieu, réplique Willy, ce ne sont que des blagues évidemment, mais nous sommes tous ensemble, au moins. Et puis, il n'y a plus que quelques mois avant l'examen et ce serait vraiment dommage de ne pas aller jusque-là. Ensuite, on pourra toujours voir... »

Karl découpe du papier d'emballage dans un rouleau.

« Attention... de cette façon-là, tu auras toujours quelques mois "à propos desquels ce serait vraiment dommage..." et en fin de compte, tu seras un vieillard. »

Willy ricane. « Attendons toujours, sans nous faire de bile... »

Ludwig se lève. « Mais qu'en dit ton père ? »

Karl se met à rire. « Ce qu'il en dit ? Ce que disent les vieilles gens, toujours craintifs. On ne peut pas prendre ça au sérieux. Des parents, ça oublie toujours qu'on a été soldats...

— Que serais-tu donc devenu, si tu n'avais pas été soldat ? demandé-je.

— Libraire, probablement, comme un imbécile que j'étais », répond Karl.

La décision de Karl a produit une vive impression sur Willy. Il propose de laisser de côté toutes ces futilités et de prendre vigoureusement les choses en main, là où elles offrent une prise.

Or, il est bien certain qu'une des jouissances les plus élémentaires de la vie, c'est la « boustifaille ». Aussi décidons-nous de monter une expédition de « grappillage[1] » de vivres. Les cartes officielles du ravitaillement vous donnent droit, par semaine et par tête, à : 250 grammes de viande, 20 grammes de beurre, 50 grammes de margarine, 100 grammes de gruau et à un peu de pain, c'est assez dire que personne ne mange à sa faim.

Les « grappilleurs » se rassemblent à la gare dès le soir et pendant la nuit, pour partir au point du jour vers les villages. Il nous faut, de ce fait, quitter la ville avec le premier train, si nous ne voulons pas être devancés.

C'est tout une misère grise qui s'accroupit, résignée, dans notre compartiment, lorsque le train s'ébranle. Nous nous donnons une région assez écartée à battre et nous nous séparons, deux par deux, pour l'exploiter méthodiquement. Nous avons appris l'art des patrouilles.

Je fais équipe avec Albert. Nous arrivons dans une grosse ferme. Une buée monte du tas de fumier, les vaches sont dehors, en longues rangées, et les émanations chaudes de l'étable et du lait emplissent nos narines. Les poules caquettent. Nous les regardons avec convoitise, mais nous nous maîtrisons, car il y a du monde dans la cour. Nous saluons, mais personne ne fait attention à nous et nous restons plantés là. Finale-

---

1. Sens approché du verbe *hamstern :* se procurer, en fraude, un peu partout de petites quantités de vivres, à la manière du hamster (mammifère du genre de la marmotte).

ment, une femme crie : « Débinez-vous de la cour, tas de mendiants !... »

À la ferme suivante, le fermier est sur le pas de la porte, vêtu d'une grande capote militaire. Il fait claquer son fouet et nous dit : « Savez-vous combien il en a passé avant vous ? Une douzaine. » Nous sommes étonnés, car nous avons pris le premier train. Ceux-là ont dû venir la veille et passer la nuit dans les remises ou à la belle étoile. « Savez-vous combien il en vient par jour quelquefois ? continue le fermier. Une centaine. Dans ces conditions, que voulez-vous qu'on fasse ? »

Nous comprenons... Son regard enveloppe l'uniforme d'Albert. « Les Flandres ? » demande-t-il. « Les Flandres », répond Albert. « Moi aussi », dit-il. Il rentre et nous rapporte deux œufs à chacun. Nous portons la main à nos portefeuilles. Mais il fait un geste de refus : « Laissez, laissez, ça va comme ça...

— Alors, merci bien, camarade.

— Y a pas de quoi. Mais n'en parlez pas. Sans ça, demain, la moitié de l'Allemagne serait ici... »

La maison suivante. Une plaque sur la clôture : « Défense de "grappiller". Chien méchant. » Voilà qui est pratique.

Nous continuons. Un enclos de chênes et une grande ferme. Nous poussons jusqu'à la cuisine. Au centre trône un fourneau dernier modèle, qui pourrait suffire à un hôtel. À droite un piano ; à gauche, encore un piano. Une bibliothèque grandiose, avec des colonnes torses. Au milieu, la vieille table est demeurée, avec les escabeaux de bois. C'est vraiment comique, surtout avec les deux pianos.

La fermière apparaît. « Avez-vous du fil à coudre ? Mais du vrai, alors ? »

Nous nous regardons. « Du fil ? Non.

— Ou de la soie ? des bas de soie ? »

Je jette un coup d'œil sur les formidables mollets de la fermière. Nous commençons à comprendre ; elle veut échanger, pas vendre.

« Non... de la soie, nous n'en avons pas, dis-je, mais nous sommes prêts à payer le prix fort. »

Elle refuse. « Oh ! l'argent, c'est des chiffons. Ça vaut un peu moins tous les jours. » Elle s'en va, traînant la savate. Deux boutons manquent, par-derrière, à sa blouse d'un rouge violent.

« Pourrions-nous, au moins, avoir un peu d'eau », lui crie Albert. Elle revient de mauvaise grâce et met un gobelet devant nous.

« Maintenant, allez, vite, je n'ai pas de temps à perdre, grogne-t-elle. Vous feriez mieux de travailler que de voler le temps des autres. »

Albert attrape le gobelet et le jette sur le plancher. La rage l'empêche de parler. Et c'est moi qui hurle. « Que le cancer te ronge, vieille sorcière ! » Mais la femme se retourne et se déchaîne contre nous, avec le fracas d'une fabrique de tôles en plein travail. Nous nous enfuyons. L'homme le plus intrépide ne peut résister à une pareille fureur.

Nous continuons notre route. En chemin, nous tombons sur des essaims de « grappilleurs ». Comme des guêpes affamées autour d'une tarte aux prunes, ils rôdent autour des fermes. Nous comprenons maintenant que cela puisse rendre les paysans furieux et brutaux. Mais, malgré tout, nous poursuivons notre entreprise. On nous met souvent à la porte, on nous donne parfois quelque chose ; et quand nous sommes injuriés par d'autres « grappilleurs », nous leur rendons la pareille.

L'après-midi, nous nous retrouvons tous à l'estaminet. Le butin est maigre. Quelques livres de pommes de terre, un peu de farine, quelques œufs, des pommes, quelques choux et un peu de viande. Seul Willy transpire. Il arrive bon dernier, portant une demi-tête de cochon sous le bras. En outre, quelques paquets sortent de ses poches. Par contre, il n'a plus sa capote, il l'a échangée contre des vivres, d'abord parce qu'il en a une autre chez lui, cadeau de Karl ; ensuite parce qu'il pense que le printemps finira bien par revenir un jour.

Nous avons encore deux heures avant le départ du train. Elles me portent chance. Il y a un piano dans la salle du cabaret ; je m'y installe et j'exécute, à pleines pédales, la « Prière d'une vierge ». Là-dessus, la patronne surgit. Elle écoute un moment, puis, d'un clin d'œil, me fait signe de sortir. Je me glisse dans le vestibule, où elle m'explique qu'elle adore la musique, mais que, malheureusement, on en joue rarement chez elle. Est-ce que je ne voudrais pas revenir ? Pour appuyer sa proposition, elle me tend une demi-livre de beurre et affirme qu'il y en aura encore par la suite. J'accepte, naturellement, et je m'engage, en échange, à lui faire chaque fois deux heures de musique. Pour le numéro suivant, je fais de mon mieux avec « Heidegrab » et « Stolzenfels au Rhin ».

Puis nous partons pour la gare.

Nous rencontrons en route beaucoup d'autres « grappilleurs », qui se préparent à prendre le même train que nous. Tous ont peur des gendarmes. Finalement, une troupe entière est rassemblée et attend à quelque distance de la gare, dissimulée dans un coin sombre, en plein vent. Ils ne veulent pas être vus avant l'arrivée du train. De cette façon, le danger est moindre.

Mais nous avons la poisse. Surgissent soudain deux gendarmes à bicyclette. Ils sont arrivés sans bruit, en faisant un mouvement tournant.

« Halte... que personne ne bouge. »

Terrible émotion. Prières et supplications. « Laissez-nous donc partir, il faut que nous prenions le train.

— Le train n'arrive que dans un quart d'heure, déclare le plus gros, impassible. Venez tous par ici. » Il désigne un réverbère, sous lequel on verra plus clair. L'un surveille pour que personne ne s'échappe et l'autre procède à la fouille. Il n'y a guère que des femmes, des enfants et de vieilles gens ; la plupart silencieux et résignés. Ils sont habitués à être traités de la sorte, et ils n'ont jamais osé croire tout à fait au bonheur de rapporter chez eux, en fraude, une demi-livre de beurre.

Je considère les gendarmes. Ils ont l'air tout aussi arrogants et supérieurs dans leur uniforme vert, avec leur figure rouge, leur sabre et leur étui de revolver, qu'autrefois ceux du front. L'autorité, pensé-je, toujours l'autorité qui endurcit, même si l'on n'en possède qu'une parcelle.

On prend quelques œufs à une femme. Comme elle se faufile déjà pour s'en aller, le gros la rappelle : « Halte, qu'est-ce que vous avez là ? » Il désigne sa robe. « Sortez ça ! » Elle s'affaisse, sans mouvement. « Alors, c'est pour bientôt ? » Elle tire de sous sa robe un morceau de lard. Il le met de côté. « Ça aurait bien fait votre affaire, hein ? » Elle ne comprend toujours pas et veut essayer de reprendre son lard. « Tout de même, je l'ai payé. Pensez, tout mon argent y a passé... ! »

Le gendarme repousse la main. Déjà du corsage d'une autre femme il retire un bout de saucisse. « Vous savez pourtant bien qu'il est interdit de grappiller. »

La première veut bien renoncer à ses œufs, mais elle supplie qu'on lui rende son lard... « Au moins mon lard. Qu'est-ce que je vais leur dire, en rentrant à la maison. Voyons, c'est pour mes enfants.

— Adressez-vous à l'Office du Ravitaillement pour obtenir des cartes de rations supplémentaires, grogne le gendarme. Ce n'est pas notre affaire. Au suivant ! »

La femme s'écarte en trébuchant, se met à vomir et hurle :

« Dire que c'est pour ça que mon mari s'est fait tuer... pour que mes enfants crèvent de faim. »

La suivante, une jeune fille, se bourre de beurre, elle bâfre, elle engloutit, sa bouche en est inondée, les yeux lui sortent de la tête, elle avale, s'étrangle : au moins elle en aura profité un peu avant qu'on ne le lui confisque. Assez peu, d'ailleurs. Elle n'y gagnera guère qu'une indisposition et elle aura la diarrhée.

« Le suivant ! » Personne ne bouge. Le gendarme, qui s'est courbé pour la fouille, crie de nouveau : « Le suivant. » Puis, il se redresse d'un air furieux et regarde Willy dans les yeux. Sensiblement plus calme, alors, il lui demande : « C'est vous, le suivant ?

— Je ne suis rien du tout, riposte Willy d'un air revêche.

— Qu'avez-vous dans ce paquet ?

— Une demi-tête de cochon, déclare carrément Willy.

— Faut la donner. »

Willy ne bouge pas. Le gendarme hésite et jette un coup d'œil à son collègue, qui vient se placer près de lui. C'est une grave faute de tactique.

Tous deux semblent n'avoir pas beaucoup d'expérience en ces sortes de choses et n'être pas habitués à rencontrer de la résistance. Le deuxième gendarme aurait déjà dû s'apercevoir depuis longtemps que nous étions une seule et même bande, bien que nous ne nous soyons pas adressé la parole. Et, le sachant, il aurait dû s'éloigner de quelques pas pour pouvoir nous tenir sous la menace de son arme. Il est vrai que nous ne nous en serions guère souciés, qu'est-ce qu'un revolver, après tout ?

Mais au lieu d'agir ainsi, le voilà qui se met tout près de son collègue, pour le cas où Willy deviendrait méchant...

Les suites de cette faute tactique ne tardent pas à apparaître. Willy, en effet, abandonne la tête de cochon. Le gendarme, étonné, tend les mains pour la recevoir ; de la sorte, il est pour ainsi dire sans défense, ayant les deux mains occupées. Au même instant, Willy lui décoche sur la gueule, en toute sécurité, un coup si violent qu'il l'étend par terre. Avant que le second ait pu faire un geste, Kosole lui envoie, de son crâne dur comme un caillou, un coup sous la mâchoire, et Valentin, passé par-derrière, l'empoigne à la gorge et serre de telle façon qu'il en ouvre une bouche démesurée.

Kosole y enfourne rapidement un journal. Les malheureux gendarmes gargouillent, hoquettent et crachent, mais tout cela en vain. Ils ont du papier plein la gorge. On leur lie les bras derrière le dos avec leurs propres courroies. Tout est rapidement expédié ; mais maintenant, où va-t-on les mettre, ces deux-là ?

Albert le sait ; il a découvert, cinquante pas plus loin, une petite maisonnette isolée, dont la porte est ornée d'un cœur découpé dans le bois. Des latrines. On y galope et on y fourre les deux gendarmes. La porte est en chêne, les verrous sont larges et solides. Avant qu'ils puissent en sortir, il leur faudra une bonne heure. Kosole, bon garçon, place leurs bicyclettes près de la porte.

Les autres grappilleurs ont suivi la scène, complètement ahuris. « Ramassez votre fourbi, ricane Ferdinand. » On entend justement, au loin, le sifflet du train. Ils nous regardent timidement, mais ne se le font pas dire deux fois. Une vieille femme, elle, en reste totalement abrutie :

« Mon Dieu, gémit-elle, ils ont rossé les gendarmes... quel malheur... quel malheur !... »

Elle croit, c'est sûr, que c'est un crime digne de l'échafaud. Les autres en sont du reste un peu troublés aussi. La crainte de l'uniforme et de la police est ancrée en eux, jusqu'aux moelles.

Willy ricane : « Pleure pas, va, la petite mère, même si le gouvernement tout entier était là, nous ne nous laisserions rien confisquer ! De vieux soldats... lâcher de la boustifaille. Non, mais alors ! »

C'est heureux que tant de gares de villages soient situées loin des agglomérations. Personne n'a rien remarqué. Le chef de gare sort à peine de son bureau, bâille et se gratte la tête. Nous passons à la barrière. Willy tient la tête de cochon sous le bras. « Moi, te rendre, non mais... ? » murmure-t-il en la caressant avec tendresse.

Le train part. Nous agitons les mains par les portières. Étonné, le chef de gare croit que c'est en son honneur et salue. Mais c'est aux latrines que nous nous adressons. Willy se penche très au-dehors et observe la casquette rouge du chef de gare.

« Il rentre dans sa cambuse, annonce-t-il triomphalement. Les gendarmes peuvent travailler encore longtemps. »

L'angoisse disparaît des figures des grappilleurs. Ils osent se remettre à parler. La femme au lard rit, avec dans les yeux des larmes de reconnaissance. Seule, la jeune fille qui a bâfré son beurre pleure lamentablement. Elle s'est trop pressée et de plus, elle commence à se sentir mal à l'aise. Kosole montre alors son bon cœur. Il lui donne la moitié de sa saucisse et elle la cache dans son bas.

Par prudence, nous descendons une station avant la ville, et nous prenons à travers champs pour gagner la route. Nous ferons la dernière partie du trajet à pied. Mais nous tombons sur un camion chargé de bidons à lait dont le chauffeur porte un manteau militaire. Il nous laisse monter dans l'auto et nous filons ainsi dans le soir. Les étoiles scintillent, nous sommes tassés les uns contre les autres et une agréable odeur de porc monte de nos paquets.

II

La grand-rue s'allonge dans le brouillard du soir, humide et argenté. Les réverbères sont entourés de grands halos roux. Les passants marchent d'un pas ouaté. À droite et à gauche, les vitrines des magasins semblent des illuminations mystérieuses. Wolf nage dans la brume, plonge et reparaît. À proximité des réverbères, les arbres luisent, noirs et moites.

Je suis avec Valentin Laher. Il ne se plaint pas précisément mais il ne peut oublier son fameux numéro de trapèze, avec lequel il avait produit une telle sensation à Paris et à Budapest. « C'est fini, ça. Ernst, dit-il, les jointures craquent et j'ai des rhumatismes. J'ai essayé jusqu'à complet épuisement. Cela n'aurait plus de sens, maintenant, de m'y remettre.

— Que vas-tu faire, alors, Valentin ? Au fond, l'État devrait te donner une pension, comme il en donne aux officiers mis à la retraite ?

— Oh ! l'État, l'État, répond Valentin avec mépris. L'État ne donne qu'à ceux qui ouvrent une grande gueule. Actuellement, je suis occupé à mettre au point quelque chose avec une danseuse, une attraction, tu sais. Ça fait de l'effet sur le public, mais ça ne vaut pas grand-chose et un artiste qui se respecte devrait avoir honte de faire des trucs comme ça. Mais que veux-tu ? il faut vivre ! »

Valentin allant à sa répétition, je me décide à l'accompagner. Au coin de la Hamkenstrasse, un chapeau melon passe en trottant devant nous dans le brouillard. Sous le chapeau, un imperméable canari et une serviette. J'appelle : « Arthur ! »

Ledderhose s'arrête. « Bon sang ! dit Valentin. Ce que t'es bien nippé. » D'un air connaisseur, il tâte le foulard, un splendide morceau de soie artificielle, avec des dessins lilas.

« Oui, ça commence à aller, ça commence à aller, fait Ledderhose, d'un air flatté et pressé à la fois.

— Et quel beau couvercle de soupière », dit Valentin, en examinant le melon, avec un renouveau d'étonnement.

Ledderhose veut continuer son chemin. Il frappe sur sa serviette. « J'ai du travail, j'ai du travail.

— Tu n'as donc plus ta boutique de tabacs ? demandé-je.

— Si, répond-il, mais maintenant je ne fais plus que le gros. Vous ne connaissez pas de bureaux à louer ? à n'importe quel prix.

— Des bureaux... Connaissons pas, dit Valentin, nous n'en sommes pas encore là ! Mais que fait ta femme ?

— Comment ça ? fait Ledderhose d'un air réservé.

— Mais oui, tu te lamentais assez, au front, à son sujet. Elle était devenue trop maigre pour ton goût et tu as toujours été friand des femmes bien rembourrées ? »

Arthur secoue la tête. « ... M'en souviens pas le moins du monde... » Il disparaît.

Valentin se met à rire. « Comme on change, hein, Ernst ? Au front, tu te rappelles... quel pleurnichard ! Et maintenant, c'est un homme d'affaires qui mène grand train. Ce qu'il a pu en dire là-bas, des cochonneries ! Aujourd'hui, il ne veut plus rien savoir.

— Mais ses affaires ont l'air de marcher bigrement bien », dis-je, pensif.

Nous flânons plus loin. Le brouillard flotte et Wolf joue avec lui. Des figures viennent et passent. Dans la lumière blanchâtre, je vois soudain briller un chapeau rouge de cuir verni, puis au-dessous, un visage légèrement estompé par la brume qui augmente l'éclat des yeux.

Je m'arrête, le cœur battant. C'est Adèle.

Tout d'un coup monte en moi le souvenir de soirées évanouies, celles où, quand nous avions seize ans, nous nous cachions dans l'ombre des portes de la salle de gymnastique. Nous attendions que les filles en sweater blanc soient sorties, pour courir derrière elles dans la rue, les dépasser et nous arrêter — haletants — sous un réverbère, pour les regarder en silence, fixement, jusqu'à ce qu'elles s'enfuient et que la poursuite reprenne... Le souvenir des après-midi où nous les suivions, timides et obstinés, lorsque nous les avions aperçues en quelque endroit, restant toujours quelques pas en arrière, bien trop gauches pour leur adresser la parole — pour enfin, au moment où elles allaient entrer dans une maison, rassembler soudain tout notre courage, leur crier : « Au revoir » — et nous sauver...

Valentin regarde autour de lui. « Il faut que je retourne un peu en arrière, dis-je vite, j'ai un mot à dire à quelqu'un. Je reviens tout de suite. » Et je retourne sur mes pas en courant, afin de retrouver le chapeau rouge, la lueur rouge dans le brouillard... et le temps de ma jeunesse, avant l'uniforme et les tranchées.

« Adèle. »

Elle jette un regard autour d'elle. « Ernst, te voilà revenu ? »

Nous marchons l'un à côté de l'autre, le brouillard glisse entre nos épaules. Wolf trace en sautant des cercles autour de nous et aboie. On entend des timbres de tramways, le monde qui nous entoure paraît doux et tiède. La sensation de ma jeunesse est revenue — pleine, vibrante —, elle s'enfle comme une vague, les années sont effacées, une sorte d'arc a rejoint le passé, un arc-en-ciel, une arche lumineuse à travers le brouillard.

Je ne saurais dire de quoi nous parlons — cela n'a d'ailleurs pas d'importance. Ce qui importe, c'est que nous marchions l'un à côté de l'autre, que cette symphonie d'autrefois, cette symphonie muette et cependant d'une douceur extrême soit revenue — et qu'ait reparu avec elle cette cascade de rêves et de désirs derrière laquelle scintille le vert soyeux des prairies, derrière laquelle chante le bruissement d'argent des peupliers et derrière laquelle apparaît encore, crépusculaire, l'horizon tendre de la jeunesse.

Avons-nous marché longtemps ? Je n'en sais

rien. Je reviens seul en courant. Adèle a pris congé de moi mais, comme un grand drapeau aux couleurs multiples, je sens la joie flotter en moi... — et puis l'espérance, la satisfaction, ma petite chambre d'enfant, l'été, les tours verdies et les grands espaces...

Revenant en courant, je tombe sur Willy et nous continuons ensemble à la recherche de Valentin. Nous l'atteignons juste au moment où il se précipite, en manifestant les signes de la joie la plus vive vers un passant, et lui donne une forte tape sur l'épaule.

« Hé, mon vieux Kuckhoff, ma vieille branche, d'où sors-tu ? »

Il lui tend la main. « Quel hasard, hein ? Comme on se retrouve !

— Ah ! Laher, n'est-ce pas ?

— Bien sûr, mon vieux ! Nous étions ensemble dans la Somme. Te rappelles-tu les crêpes que nous avons mangées, en plein dans la gadouille, les crêpes que Lily m'avait envoyées ? Même Georg nous les avait apportées en ligne avec le courrier. Et c'était bigrement risqué à ce moment-là, hein ?

— Oui, certainement », fait l'autre.

Valentin est tout excité par ses souvenirs. « Précisément, plus tard, il a été atteint, poursuit-il, mais tu étais déjà parti. Ce coup-là, il a perdu le bras droit. Ce n'est pas gai, pour un cocher, parce qu'il était cocher. Faudra bien qu'il fasse autre chose... Et alors, où as-tu donc niché depuis ce temps-là ? »

L'autre fait une réponse vague. Puis il dit :

« Très heureux de vous avoir rencontré, Laher. Comment allez-vous ?

— Quoi ! fait Valentin stupéfait.

— Comment allez-vous ? Qu'est-ce que vous faites ?

— Vous ? » Valentin ne s'est pas encore ressaisi. Pendant un moment, il continue à regarder l'autre qui, en élégant pardessus, se tient devant lui. Puis ses yeux retombent sur lui-même, il devient écarlate et tourne les talons. « Espèce de singe ! »

J'en suis désolé pour Valentin. C'est probablement la première fois qu'il est touché par la notion des distinctions sociales. Jusque-là, nous étions tous des soldats — et voilà qu'un gaillard prétentieux, d'un simple « *vous* », a réussi à mettre en pièces toute sa candeur.

« Laisse donc, Valentin, dis-je. Des types comme ça, c'est fier de ce que leur père a ramassé. C'est un métier comme un autre ! »

Willy abonde dans mon sens en y ajoutant quelques expressions bien senties.

« Jolis camarades, ça », dit enfin Valentin, dépité. Mais ces mots n'effacent pas la pénible impression qu'il vient d'éprouver ; elle continue à le travailler.

Par bonheur, nous rencontrons Tjaden. Il a le teint aussi gris qu'un torchon. « Écoute donc, dit Willy, la guerre est finie, tu ne pourrais vraiment pas te laver ?

— Pas encore, aujourd'hui, explique Tjaden solennellement, mais samedi. Samedi soir, j'irai même prendre un bain. »

Nous n'en revenons pas. Tjaden, prendre un bain ? Aurait-il gardé quelque chose de son ensevelissement du mois d'août ? Willy met la main à son oreille d'un air de doute : « Je crois que je ne t'ai pas très bien compris. Qu'est-ce que tu veux faire samedi ?

— Aller prendre un bain, répond Tjaden d'un air important. Parce que samedi soir, je me fiance ! »

Willy le regarde comme un oiseau rare. Puis il lui pose la main sur l'épaule avec douceur et lui demande paternellement :

« Dis donc, Tjaden, est-ce que tu ne te sens jamais des espèces de points douloureux derrière le crâne ? Ou bien un drôle de bourdonnement dans les oreilles ?

— Seulement quand j'ai trop faim et que ça me donne des crampes, avoue Tjaden. Alors, j'ai par-dessus le marché comme un feu roulant dans l'estomac. Sale sensation ! Mais pour revenir à ma fiancée, on ne peut pas dire qu'elle soit belle, elle a les jambes un peu de travers et elle louche légèrement. En revanche, elle a du cœur et son père est boucher. »

Boucher ! Nous commençons à comprendre. Tjaden donne spontanément des éclaircissements supplémentaires. « Elle est folle de moi. Et aujourd'hui, il s'agit de profiter tout de suite des occasions. Les temps sont durs... faut faire des sacrifices. Un boucher sera le dernier à mourir de faim. Et puis, fiancé, ça ne veut pas dire marié, c'en est même loin... »

Willy l'écoute avec un intérêt croissant. « Tjaden, commence-t-il alors, tu sais que nous avons toujours été bons amis...

— Entendu, Willy, interrompt Tjaden. Tu pourras avoir quelques saucisses. Et, à la rigueur, quelques côtelettes avec. Viens me voir lundi. Nous avons une "semaine de blanc".

— Comment ? dis-je étonné. Vous vendez donc aussi de la lingerie ?

— Non pas, mais nous abattons un cheval blanc. »

Nous promettons ferme d'être là et nous flânons plus loin.

Valentin entre à l'Altstädter Hof. C'est l'hôtel où descendent les artistes. Lorsque nous entrons, une troupe de nains commence précisément à dîner. Sur la table fume une soupe de rutabagas et chacun des lilliputiens a un morceau de pain près de lui.

« Faut espérer que ceux-ci au moins auront assez de la ration réglementaire du ravitaillement, grommelle Willy. Avec de si petits ventres ! »

Des affiches et des photographies pendent aux murs. Des placards bariolés, à moitié déchirés, avec des images d'haltérophiles, de dompteuses et de clowns. Elles sont vieilles et jaunies. On comprend pourquoi. Le cirque, ces dernières années, pour les athlètes, les écuyers et les acrobates, c'étaient les tranchées... Là-bas, on n'avait pas besoin d'affiches.

Valentin nous en montre une. « Ça c'était moi... » Un homme aux pectoraux puissants exécutant un tour au trapèze, sous la coupole d'un cirque. Mais, avec la meilleure volonté du monde, on ne reconnaîtrait pas le Valentin d'aujourd'hui.

La danseuse avec laquelle il doit répéter l'attend

déjà. Nous pénétrons dans la petite salle du restaurant. Quelques décors de théâtre s'appuient dans un coin. Ce sont ceux d'une pièce : *Vole, petit avion Rumpler*, un sketch à refrain plein d'entrain, tiré de la vie de nos soldats au front, qui eut un grand succès pendant deux ans.

Valentin place un phonographe sur une chaise et sort quelques disques. Le pavillon crache une mélodie rauque, éraillée, une mélodie qui contient encore un reste de passion, comme la voix épuisée d'une femme ruinée par l'âge et qui eût été belle autrefois. « Tango », me chuchote Willy, avec la mine d'un connaisseur et sans que rien trahisse le moins du monde qu'il vient de lire l'étiquette du disque.

Valentin porte un pantalon bleu et une chemise ; la femme, un maillot. Ils travaillent une danse d'apaches et un numéro de fantaisie, à la fin duquel la femme s'accroche les jambes au cou de Valentin, tandis que celui-ci tourne aussi vite qu'il le peut.

Ils répètent tous deux en silence, avec des figures graves. De temps en temps seulement, un mot tombe, prononcé à mi-voix. La lumière blafarde de la lampe vacille, le gaz siffle faiblement, les ombres des danseurs tremblent, agrandies, sur les décors de *Vole, petit avion*. Willy trotte de-ci de-là, comme un ours, pour remonter le phonographe.

Valentin cesse et Willy applaudit. Mais Valentin, maussade, l'arrête d'un geste. La femme se déshabille sans faire attention à nous. Elle détache lentement ses chaussons de danseuse sous la lampe à gaz. Avec souplesse, le dos se penche dans le maillot décoloré. Puis, elle se redresse et lève les bras pour passer quelque chose par-dessus la tête. La lumière et les ombres jouent sur ses épaules. Elle a de belles jambes longues.

Willy fouine autour de la salle. Il trouve un programme de *Vole, petit avion*, avec des annonces au dos. Un confiseur y recommande des bombes et des obus en chocolat, tout emballés, prêts à être expédiés aux tranchées. Une maison saxonne propose des coupe-papier fabriqués avec des éclats d'obus ; du papier hygiénique portant des pensées d'hommes célèbres sur la guerre et deux séries de cartes postales : « Le départ du soldat » et « Quand je suis dans la nuit sombre[1] ».

La danseuse s'est rhabillée. Avec son chapeau et son manteau elle a l'air d'une autre femme. C'était tout à l'heure un petit animal souple ; maintenant, elle est de nouveau pareille à toutes les autres. On a peine à croire qu'il a suffi de quelques morceaux d'étoffe pour la transformer ainsi. C'est singulier comme un vêtement peut changer quelqu'un. À plus forte raison, un uniforme.

---

1. Cartes postales illustrant des chansons populaires.

III

Willy est tous les soirs chez Waldmann. C'est un lieu de promenade, pas loin de la ville ; on y danse l'après-midi et le soir. J'y vais aussi, car Karl Bröger m'a raconté qu'Adèle s'y trouvait quelquefois. Et j'ai envie de revoir Adèle.

Toutes les fenêtres du jardin d'hiver de Waldmann sont illuminées. Les ombres des danseurs glissent sur les rideaux baissés. Debout près du comptoir, je cherche Willy des yeux. Toutes les tables sont occupées, plus une chaise n'est libre. Durant ces mois qui suivent la guerre, c'est une véritable frénésie de distractions.

J'aperçois tout à coup un abdomen d'un blanc étincelant et les pans majestueux d'une « queue-de-pie ». C'est Willy, en habit. Je contemple, ébloui ; l'habit est noir, le gilet blanc et les cheveux rouges : Willy est une hampe d'étendard vivante.

Willy accueille mon admiration avec une certaine fatuité. « Oui, ça t'étonne, hein ? fait-il en faisant la roue comme un paon. C'est mon habit "souvenir de l'Empereur Guillaume" ! Ce qu'on peut faire avec une capote de l'armée, tout de même ! »

Il me frappe sur l'épaule. « À part ça, tu as

bien fait de venir ; ce soir, il y a un concours de danse et nous y participons tous. Des prix superbes. Ça commence dans une demi-heure. »

Jusque-là, on a encore le temps de s'entraîner. Pour cavalière, Willy a choisi une espèce de lutteuse, une créature bâtie en force, puissante comme une jument de labour. Il étudie avec elle un one-step, danse pour laquelle, comme on sait, la rapidité est ce qu'il y a de plus important. Karl, de son côté, danse avec une jeune fille de l'Office du Ravitaillement, qui est harnachée de chaînes et d'anneaux comme un cheval de traîneau. Il réunit ainsi, d'une manière commode, les affaires et le plaisir ; quant à Albert... Albert n'est pas à notre table ; un peu embarrassé, il nous salue du coin d'en face, où il est installé avec une jeune fille blonde.

« Celui-là est perdu pour nous », dit Willy, prophétique.

Moi-même, je m'efforce de choisir une bonne danseuse. Ce n'est pas facile, car beaucoup, assises à leur table, semblent avoir la gracilité d'une gazelle qui, mises à l'épreuve, dansent comme des femelles d'éléphants pleines. Au surplus, les danseuses légères sont fort recherchées. Je réussis tout de même à m'aboucher avec une petite couturière.

Une fanfare éclate. Un homme s'avance, un chrysanthème à la boutonnière et annonce au public qu'un couple de danseurs, venu de Berlin, va faire une exhibition de la dernière nouveauté : un fox-trot. C'est une danse qu'ici nous ne connaissons pas encore ; il nous est arrivé seulement d'en entendre parler.

Curieux, nous nous rassemblons, tandis que l'orchestre attaque un air syncopé. Les deux danseurs sautillent légèrement, l'un autour de l'autre, tels des agneaux. Parfois aussi ils s'éloignent, puis ils s'accrochent de nouveau par les bras et tournent en rond à cloche-pied. Willy se redresse et ouvre de grands yeux. Voilà une danse selon son cœur.

On apporte la table chargée des prix et nous nous précipitons vers elle. Il y a trois prix pour chacune des trois danses : one-step, boston et fox-trot. Nous ne comptons pas sur le fox-trot, puisque nous ne savons pas le danser. Mais pour les autres catégories, nous sommes résolus à mener l'assaut comme le vieux Blücher lui-même !

Chaque premier prix est constitué par dix œufs de mouette ou une bouteille d'eau-de-vie. Willy, soupçonneux, demande si les œufs de mouette sont vraiment comestibles. Il revient, rassuré. Pour les deuxièmes prix : six œufs de mouette ou un passe-montagne en pure laine ; pour les troisièmes prix : quatre œufs ou deux boîtes de cigarettes de la marque « Gloire héroïque de l'Allemagne ».

« Celles-là, il n'y a pas de danger que nous les prenions », dit Karl, qui s'y connaît en la matière.

Le concours commence. Pour le boston nous avons prévu Karl et Albert ; pour le one step, Willy et moi. Mais nous n'avons guère d'espoir pour Willy. Il ne peut gagner que si les juges ont le sens de l'humour.

Pour le boston, Karl et Albert prennent part aux éliminatoires, avec trois autres couples. Karl a l'avantage. Le grand col de son uniforme de fantaisie, ses bottes neuves vernies, comme les chaînes et les anneaux de son cheval de traîneau, forment un ensemble d'une élégance troublante, à laquelle personne ne peut résister. En maintien et en style il est inégalable, mais Albert, en harmonie, est au moins aussi remarquable. Les arbitres prennent des notes, comme si c'étaient les éliminatoires du Jugement dernier qui se déroulaient ce soir dans ce dancing.

Karl est déclaré vainqueur et prend les dix œufs de mouette ; car il connaît trop bien la marque de l'eau-de-vie, l'ayant vendue lui-même à Waldmann. Généreux, il nous offre son butin ; il a mieux chez lui. Albert enlève le deuxième prix. Il porte ses six œufs de mouette à la jeune fille blonde, en lançant un regard gêné dans notre direction. Willy fait entendre un sifflement.

Je me lance dans le one-step avec la petite couturière et j'atteins également la finale. À mon grand étonnement, Willy est simplement resté assis et ne s'est même pas fait inscrire. Je me distingue par une variante spéciale du « genou plié » et du « chassé arrière » que je n'avais pas dévoilée auparavant. La petite danse comme une plume et nous ramassons le deuxième prix, que nous partageons.

Tout fier, je reviens à notre table, portant sur la poitrine la médaille d'honneur en argent de l'Union nationale de la danse.

« Willy, espèce de "ballot", dis-je, pourquoi n'as-tu pas fait un essai au moins ? Tu aurais peut-être eu la médaille de bronze !

— Bien sûr, dit Karl venant à la rescousse, pourquoi n'as-tu pas essayé ? »

Willy se lève, s'étire, rajuste les pans de son habit, nous regarde d'un air majestueux et laisse tomber :

« Parce que. »

Voici que l'homme au chrysanthème annonce l'ouverture du concours de fox-trot. Il ne se présente que quelques couples. On ne peut pas dire que Willy marche, il gagne la piste avec majesté.

« Mais il n'y connaît rien du tout ! » pouffe Karl.

Prodigieusement intéressés, nous nous penchons par-dessus nos chaises pour voir ce que cela va donner. La dompteuse de lions vient à la rencontre de Willy. Il lui tend le bras d'un geste magnifique. La musique commence à jouer.

Au même instant, Willy paraît se transformer en chameau sauvage. Il fait des bonds, saute à cloche-pied, cabriole, tournoie, étend les jambes et secoue sa cavalière en tous sens. Puis il se précipite à travers la salle dans une courte galopade de cochon, la dompteuse n'étant plus devant lui mais à côté de lui, de telle sorte qu'elle fait de la barre fixe sur son bras droit tandis qu'il a pleine et entière liberté de mouvements du côté gauche, sans risque de lui écraser les pieds.

Aussitôt après, sur place, il imite un carrousel et tourbillonne si vite que les basques de son habit planent, horizontales ; puis il se met à piquer des pointes gracieuses sur le parquet, à la manière d'un bouc qui aurait du poivre sous la queue. Il tonne, tournoie, se déchaîne et termine enfin sur une pirouette invraisemblable, au cours de laquelle il balance sa danseuse dans l'espace.

Plus de doute pour personne dans la salle : on se trouve en présence d'un maître, jusqu'ici inconnu, du super-fox-trot. Willy a distingué sa chance et a su s'en servir. Il remporte si nettement la victoire que le second prix ne vient que très loin derrière. Triomphant, il nous rapporte le flacon d'eau-de-vie à bras tendus. En tout cas, il a tellement transpiré que la teinture de son habit a souffert ; la chemise et le gilet ont tourné au noir ; tandis que la queue-de-pie paraît sensiblement plus pâle.

Le tournoi est fini, mais on continue à danser. À notre table nous vidons la bouteille gagnée par Willy. Seul, Albert manque ; il n'y a pas moyen de l'arracher à la jeune fille blonde.

Willy me pousse : « Dis donc, voilà Adèle.

— Où ? » dis-je précipitamment.

Il désigne du pouce un endroit sur la piste, dans la mêlée des couples. C'est vrai, elle valse avec un cavalier noiraud et maigre.

« Il y a longtemps qu'elle est là ? » Je pose la question, car je serais heureux qu'elle eût assisté à notre triomphe.

« Arrivée il y a cinq minutes, répond Willy.

— Avec le grand flandrin ?

— Avec le grand flandrin. »

Adèle, en dansant, porte la tête légèrement inclinée en arrière et sa main repose sur l'épaule de son cavalier. Parfois quand je vois son visage de profil, ma respiration s'arrête, tant elle ressemble, sous la lumière voilée des diffuseurs, à mon souvenir des soirs d'avant-guerre. Mais de face, elle a la figure plus pleine ; et quand elle rit, je ne la reconnais plus.

J'avale une solide rasade de la bouteille de Willy. La petite couturière passe en dansant. Elle est plus menue et plus gracieuse qu'Adèle. L'autre jour dans le brouillard de la grand-rue, je ne l'avais pas remarqué, mais Adèle est devenue vraiment femme, avec une gorge pleine et des jambes vigoureuses. Je ne peux pas me rappeler si elle était ainsi autrefois ; probablement n'y avais-je pas fait attention.

« C'est devenu un beau morceau, hein ? fait Willy, comme s'il avait deviné ma pensée.

— Ah, toi, ferme ça ! » riposté-je, fâché.

La valse est finie. Adèle s'adosse à la porte et je me dirige vers elle. Elle me dit bonjour tout en continuant à bavarder et à rire avec son noiraud de danseur. Je m'arrête et je la regarde : mon cœur bat, comme devant une grande décision...

« Pourquoi me regardes-tu donc comme cela ? demande-t-elle.

— Oh, pour rien, dis-je. Dansons-nous ensemble ?

— Pas celle-ci, la suivante », répond-elle en se dirigeant vers la piste avec son compagnon.

Je l'attends et nous dansons un boston. Je m'applique de mon mieux et elle me rend justice, en souriant :

« Au moins, tu as appris à danser, au front !

— Pas précisément là, dis-je. Mais nous avons remporté un prix au concours, tout à l'heure. »

Elle relève vivement les yeux. « Dommage, nous aurions pu le gagner ensemble. Qu'est-ce que c'était ?

— Six œufs de mouette et une médaille », répliqué-je, tandis que le rouge me monte au front. Les violons jouent si doucement qu'on peut entendre les pas glissés sans nombre.

« Mais maintenant, nous dansons ensemble, dis-je. Te rappelles-tu quand nous courions l'un après l'autre, le soir, en sortant de la gymnastique ? »

Elle fait signe que oui. « Oui, dans ce temps-là, nous étions des gosses. Regarde donc, là-bas, cette jeune fille avec une robe rouge. Ces tuniques sont à la dernière mode maintenant. Chic, hein ? »

Les violons passent la mélodie au violoncelle. Tremblants comme des pleurs retenus, ils frissonnent dans les sons brun doré.

« Lorsque je t'ai parlé pour la première fois, dis-je, nous nous sommes sauvés tous les deux. C'était en juin près des remparts de la ville, je m'en souviens comme si c'était aujourd'hui. »

Adèle fait signe à quelqu'un, puis elle tourne à nouveau la tête vers moi.

« Oui, c'était joliment ridicule. Dis-moi, sais-tu danser le tango ? Le Noir, là-bas, c'est un merveilleux danseur de tango. »

Je ne réponds pas. La musique se tait. Je lui demande : « Veux-tu venir à notre table ? »

Elle regarde. « Qui est-ce, le grand mince, avec des souliers vernis ?

— Karl Bröger », lui dis-je. Elle vient s'asseoir près de nous. Willy lui offre une consommation et fait une plaisanterie. La voilà qui rit, mais elle regarde Karl, de l'autre côté. De temps en temps elle lance un coup d'œil au cheval de traîneau de Karl ; c'est la jeune fille à la robe dernier cri.

Je la regarde avec étonnement. Elle a tellement changé ! Le souvenir m'a-t-il trahi cette fois encore ? Ou bien a-t-il grandi, tant grandi, qu'il a dépassé la réalité ? Cette jeune femme-là, à ma table, c'est une étrangère, un peu bruyante et qui parle beaucoup trop. Ou bien, quelque autre, que je connais mieux, est-elle cachée sous cette apparence ? Suffit-il d'avancer en âge pour se transformer à ce point ? Sont-ce peut-être les années écoulées, me dis-je..., il y a plus de trois ans de cela ; à l'époque, elle avait seize ans, c'était une fillette ; elle en a dix-neuf, maintenant, c'est une femme. Et brusquement, je perçois l'inexprimable tristesse du temps qui fait que lors du retour, on ne retrouve plus rien. Ah ! le départ est dur ; mais revenir... c'est quelquefois plus pénible encore.

« Quelle drôle de figure tu fais, Ernst, demande Willy, as-tu des crampes d'estomac ?

— Il est ennuyeux, dit Adèle en riant. Il a toujours été comme ça. Allons, sois donc un peu plus gai ! Les femmes aiment mieux cela que de voir quelqu'un planté là, triste comme un bonnet de nuit... »

Passé..., me dis-je..., cela aussi est bien passé. Est-ce parce qu'elle flirte avec le noiraud et avec Karl Bröger, qu'elle me trouve ennuyeux ou parce qu'elle n'est plus la même ? Non. Je vois maintenant que tout mon espoir est vain.

J'ai couru longtemps, partout et partout, j'ai frappé à toutes les portes de ma jeunesse, avec la volonté d'y rentrer. Je pensais qu'elle serait obligée de m'accueillir à nouveau, parce que je suis encore bien jeune et que j'aurais tant aimé oublier... Mais elle se dérobait devant moi, comme un mirage, elle se disloquait sans bruit, elle s'effritait comme de l'amadou, dès que je l'effleurais, et je ne pouvais pas comprendre... Tout de même, ici quelque chose aurait dû survivre !... J'ai essayé, sans trêve, au point que j'en suis devenu ridicule et triste. Et je me rends compte maintenant qu'une guerre sourde et silencieuse a ravagé aussi le pays du souvenir et qu'il serait insensé de ma part de chercher encore...

Entre ma jeunesse et moi, le temps est comme un large abîme ; il est impossible de revenir en arrière ; il n'y a pas d'autre issue que de marcher de l'avant, et vers n'importe quoi, puisque je n'ai pas encore de but.

Je serre mon verre d'eau-de-vie dans la main et je lève les yeux. En face de moi, Adèle est assise, et interroge Karl, pour apprendre de lui où l'on peut acheter des bas de soie de contrebande. Dans la salle, on danse, tout comme avant et l'orchestre joue toujours la même valse de *Chanson d'amour*; moi-même, je suis toujours assis sur ma chaise et je respire, je vis... tout comme avant.

Est-il possible qu'aucun éclair ne soit descendu du ciel pour m'emporter ? Est-il possible qu'autour de moi un monde n'ait pas brusquement sombré, et que je n'en sois pas le survivant qui viendrait réellement à l'instant de tout perdre ?

Adèle se lève et prend congé de Karl. « Donc, chez Meyer et Nickel, dit-elle avec satisfaction, c'est entendu. Ils vendent des tas de choses en fraude dans cette maison. Demain, j'irai y faire un tour. Au revoir, Ernst !

— Je t'accompagne un bout de chemin », dis-je.

Dehors, elle me tend la main. « Tu ne peux pas venir avec moi plus loin. Je suis attendue. »

Je me trouve niais et sentimental, mais je ne peux pas m'en empêcher. J'ôte ma casquette et je la salue profondément, comme si je prenais congé pour longtemps, pas d'elle, mais en réalité de tout le passé. Elle m'observe une seconde avec pénétration : « Il y a des moments où tu es vraiment drôle », dit-elle. Puis, elle se hâte en chantonnant et descend le chemin.

Les nuages se sont dispersés et la nuit claire est sur la ville. Je regarde au loin, pendant un long moment. Puis, je rentre.

IV

La première réunion des anciens du régiment, depuis que nous sommes revenus de la guerre, a lieu dans la grande salle chez Konersmann. Tous les camarades ont été invités. Ce sera une grande fête.

Karl, Albert, Jupp et moi arrivons une heure à l'avance, tant il nous tarde de revoir les vieilles figures.

Entre-temps, nous nous installons dans une petite salle, à côté de la grande, pour y attendre Willy et les autres. Juste au moment où nous allions jouer une tournée de Steinhäger[1] la porte s'ouvre et Ferdinand Kosole entre. Les dés nous tombent des mains, tant son aspect nous stupéfie ; il est en civil.

Jusqu'à présent, comme la plupart d'entre nous, il avait continué à porter son vieil uniforme. Mais il apparaît en pékin aujourd'hui pour la première fois en l'honneur de la fête régimentaire. Il porte un pardessus bleu à col de velours, un chapeau vert sur le crâne, un col empesé et une cravate. Il est méconnaissable.

---

1. Eau-de-vie de grain.

Nous ne sommes pas encore revenus de notre étonnement que nous voyons surgir Tjaden, également en civil pour la première fois. Vêtu d'une jaquette à rayures, chaussé de souliers bas fauves, il tient à la main une canne à pommeau argenté. Il traverse la pièce, faraud, la tête haute. Mais il sursaute en arrivant à la rencontre de Kosole. Tous deux ne se sont jamais vus qu'en uniforme. Ils se toisent pendant une seconde, puis éclatent de rire. Chacun d'eux trouve l'autre du dernier comique en civil.

« Mon vieux Ferdinand ! Je m'étais toujours figuré que tu étais un type élégant, ricane Tjaden.

— Comment ça ? fait l'autre, dont le rire cesse.

— Eh bien, mais, et Tjaden désigne le pardessus de Kosole, ça se voit que tu l'as acheté chez le fripier.

— Crétin », grogne Ferdinand furieux, en se détournant ; mais je le vois rougir peu à peu. Je n'en crois pas mes yeux ; il est vraiment gêné et, quand il peut supposer que personne ne le regarde, il examine à la dérobée le pardessus que Tjaden a tourné en ridicule. Pour son uniforme cette préoccupation ne lui serait jamais venue ; le voilà maintenant qui, de la manche râpée, essaye d'effacer quelques taches, puis qui regarde longuement Karl Bröger, habillé d'un complet neuf du bon faiseur. Kosole ne se doute pas que je l'ai vu faire. Un moment après, il me demande :

« Que fait exactement le père de Karl ?

— Il est juge de paix.

— Ah ! juge de paix, répète-t-il pensif. Et celui de Ludwig ?

— Secrétaire des Contributions. »

Il se tait quelques minutes. Puis il dit : « Oui... je crois que bientôt vous ne voudrez plus rien avoir affaire avec nous...

— Es-tu fou, Ferdinand », lui dis-je.

Il hausse les épaules, avec un air de doute. Je n'en reviens toujours pas. Non seulement il a un autre air, dans ces satanées frusques civiles, mais il a encore réellement changé lui-même. Jusqu'alors, il se souciait de semblables contingences comme de sa première culotte, tandis qu'il ôte maintenant son pardessus et va l'accrocher dans le coin le plus sombre de la pièce.

« Trop chaud ici », dit-il de mauvaise humeur, voyant que je l'observe. J'approuve. Puis, après un nouveau silence, il me demande un peu troublé :

« Et ton père, que fait-il ?

— Relieur, dis-je.

— Vraiment ? » Il commence à respirer. « Et celui d'Albert ?

— Mort, il était serrurier.

— Serrurier, répète-t-il tout joyeux, comme si c'était un titre aussi reluisant que celui de pape. Serrurier ? C'est épatant. Moi, je suis tourneur, nous aurions été des confrères, pas vrai ?

— Vous l'auriez été », dis-je.

Je vois que le sang du soldat Kosole recommence à couler dans les veines du Kosole civil. Il reprend des forces et de la couleur.

« C'eût été dommage autrement », m'assure-t-il d'un ton pénétré. Et lorsque Tjaden passe près de nous en faisant une nouvelle grimace, il lui lance, sans se lever de sa chaise et sans dire un mot, un coup de pied merveilleusement ajusté. L'ancien Kosole est tout à fait revenu.

La porte de la grande salle commence à battre et les premiers camarades arrivent. Nous entrons. La salle vide, avec ses guirlandes de papier et ses tables inoccupées, produit encore une impression désagréable. Quelques groupes se tiennent dans les coins. Je découvre Julius Weddekamp dans sa vieille veste militaire déteinte et j'écarte promptement quelques chaises pour aller lui dire bonjour.

« Comment va ? Julius, dis-je. Tu n'as pas oublié que tu me dois toujours une croix d'acajou, hein ? Tu comptais la fabriquer avec un couvercle de piano dans ce temps-là. Mets-la bien de côté, hein, ma vieille branche !

— J'aurais déjà pu l'utiliser, Ernst, répond-il tristement. Ma femme est morte.

— Bon Dieu, Julius, fais-je. Mais qu'est-ce qu'elle a donc eu ? »

Il hausse lentement les épaules. « Elle a dû s'esquinter la santé, l'hiver, à faire la queue pendant des heures aux portes des boutiques. Puis, un enfant est arrivé... Elle n'a pas pu supporter...

— Et l'enfant ? demandé-je.

— Mort aussi. » Il relève son épaule déviée comme s'il avait froid. « Oui, Ernst, Scheffler est mort aussi, tu le sais, sans doute ? »

Je secoue la tête négativement. « Comment est-ce arrivé ? »

Weddekamp allume sa pipe. « Il avait reçu sa blessure à la tête en 17, n'est-ce pas ? Depuis, tout était parfaitement guéri. Mais il y a six semaines à peu près, il a commencé à ressentir tout à coup de si violentes douleurs dans la tête qu'il voulait, à chaque instant, se briser le crâne contre les murs. Il a fallu nous mettre à quatre pour le porter à l'hôpital. Inflammation cérébrale ou quelque chose comme ça. Le lendemain, il était déjà mort. » Il prend une seconde allumette. « Oui, et maintenant, on ne veut même pas donner de pension à sa femme.

— Et Gerhard Pohl ? continué-je.

— Il n'a pas pu venir. Fassbender et Fritsch non plus. Chômage. Pas même d'argent pour bouffer. Pourtant, ils auraient bien volontiers été des nôtres, ces vieux copains-là ! »

Entre-temps, la salle s'est à moitié remplie. Nous retrouvons beaucoup de camarades de la compagnie. Mais, c'est bizarre : l'atmosphère n'y est quand même pas. Depuis des semaines, nous nous étions fait une joie d'assister à cette réunion ; nous espérions qu'elle nous libérerait de bien des soucis, de bien des incertitudes, de bien des malentendus. Est-ce à cause des vêtements civils qui se mêlent partout aux tenues militaires ? Ou bien les fonctions, la famille et les positions sociales ont-elles, comme autant de coins, disjoint cette camaraderie ? En tout cas, ce n'est plus la bonne vieille camaraderie d'autrefois.

Tout est sens dessus dessous. Voilà Bosse, la tête de Turc de la compagnie, dont on se moquait toujours, tant il était peu dégourdi ; Bosse, qui, au front, était si sale et si négligé que plus d'une fois nous l'avions traîné sous la pompe ; Bosse, enfin, qui est là, parmi nous, habillé d'un costume « copurchic » de laine peignée, une perle à la cravate et des guêtres aux pieds ; un homme considérable, et qui pérore avec autorité ! Et, à côté de lui, Adolf Bethke, qui, au front, le surclassait de telle sorte que Bosse était content quand il daignait lui adresser la parole, Adolph n'est plus soudain qu'un pauvre petit cordonnier possédant tout juste quelques lopins de terre ! Ludwig Breyer porte son costume d'école étriqué et râpé, avec une cravate de garçonnet en tricot défraîchi, mise de travers, au lieu de son uniforme de lieutenant ; et son ancienne ordonnance lui frappe familièrement sur l'épaule, redevenue aujourd'hui le grand entrepreneur d'installations sanitaires dont l'établissement est admirablement placé dans la rue la plus commerçante. Valentin, sous sa veste militaire déchirée et ouverte, porte un vieux chandail bleu pâle ; il a l'air d'un vagabond, mais quel magnifique soldat c'était ! Et Ledderhose, ce chien cagneux, est assis à côté, gonflé d'importance avec son chapeau éblouissant et son imperméable jaune canari, fumant des cigarettes anglaises ! Tout est mélangé, bouleversé.

Cela pourrait encore passer ; mais le ton même a changé et c'est encore la faute des vêtements. Tels qui, auparavant, n'ouvraient pas la bouche, ont aujourd'hui le verbe haut. Ceux qui portent de beaux habits affectent des airs quelque peu protecteurs, tandis que ceux qui portent des costumes râpés sont le plus souvent silencieux. Un professeur titulaire, qui était caporal, et même un mauvais caporal, demande, l'air important, à Karl et à Ludwig où en est leur futur examen. Cela devrait suffire à Ludwig pour lui verser son verre de bière dans le cou. Dieu merci, Karl lui répond par une diatribe sur l'instruction, les examens et le reste, en exaltant le commerce et les affaires.

Tout ce bavardage me rend malade. Il aurait mieux valu que nous ne nous soyons pas rencontrés, nous aurions au moins gardé un souvenir intact. J'essaye, mais en vain, de m'imaginer tous ces êtres portant de nouveau des uniformes sales ; je cherche à me figurer que l'établissement de Konersmann est une cantine, dans un cantonnement de repos. Mais je n'y parviens pas. Les réalités qui se manifestent ici sont plus fortes et les éléments étrangers beaucoup plus puissants. L'esprit commun ne règne plus ; il est déjà dispersé en préoccupations individuelles. Une légère lueur de ce qui fut là-bas, quand nous portions le même uniforme, brille encore de temps à autre, mais elle est déjà bien indécise et bien falote. Ce sont encore nos camarades, mais des camarades qui n'en sont tout de même plus ; voilà précisément ce qui est attristant ; notre foi en tout le reste avait été détruite par la guerre, mais nous croyions encore à la camaraderie. Et nous nous apercevons maintenant que la vie réussit là où la mort, elle même, avait échoué : *elle nous sépare*.

Mais nous ne voulons pas y croire. Nous nous rassemblons à une table : Ludwig, Albert, Karl, Adolf, Willy et Valentin. Une sorte de gêne pèse sur nous.

« Nous autres, au moins, nous resterons ensemble », dit Albert en jetant un regard sur la grande salle. Nous approuvons tous et nous nous tendons les mains, cependant que, là-bas, commence le rassemblement des beaux habits. Nous n'entendons pas respecter ce nouvel ordre des choses et nous entendons conserver comme point de départ ce que les autres ont précisément repoussé.

« Ta main, Adolf, toi aussi », dis-je à Bethke. Il place son énorme patte sur nos mains réunies, et sourit pour la première fois depuis longtemps.

Nous restons encore un moment ensemble. Adolf Bethke nous a quittés assez vite, il n'avait pas l'air bien. Je me promets d'aller le voir un de ces jours.

Un garçon apparaît et vient chuchoter à l'oreille de Tjaden. Celui-ci déclare, avec un geste de la main : « Les femmes n'ont rien à faire ici. » Surpris, nous levons les yeux vers lui qui se met à sourire, flatté. Mais le garçon revient, suivi d'une jeune fille, une solide gaillarde, marchant d'un pas rapide. Tjaden est ahuri et nous commençons à ricaner. Mais il ne se démonte pas pour si peu ; il fait un grand geste à la ronde : « Ma fiancée. »

Cette présentation générale effectuée, il estime que tout est en règle. C'est Willy qui régularise et entreprend les présentations individuelles en commençant par Ludwig et en finissant par lui-même. Puis il offre un siège à la jeune fille. Elle s'assied. Willy se met à côté d'elle et pose le bras sur le dossier de la chaise. « Votre père, c'est bien la boucherie fort connue du Fossé Neuf ? » dit-il pour engager la conversation.

La jeune fille incline la tête en signe d'assentiment. Willy se rapproche. Tjaden ne se préoccupe pas le moins du monde de ce manège. Il boit sa bière tout à son aise. Mais la jeune fille est bientôt dégelée par la conversation vivante et spirituelle de Willy.

« Je désirais tellement connaître ces messieurs, fait-elle ; "trésor" m'a tant parlé de vous, mais quand je lui demandais de vous amener, il refusait toujours.

— Quoi ? » Willy foudroie Tjaden du regard. « Il a refusé ? Mais nous aurions pourtant été très heureux, extraordinairement heureux de venir. Ce gredin-là ne nous en a pas soufflé mot ! »

Tjaden commence à s'agiter un peu. Maintenant, Kosole se penche en avant. « Alors vraiment, il vous a souvent parlé de nous, ce "trésor". Et qu'est-ce qu'il vous disait de nous, au juste ?

— Mariette chérie, il faudrait que nous partions », dit Tjaden en se levant. Mais Kosole le rassied de force sur sa chaise. « Reste assis "trésor". Alors, dites-nous un peu ce qu'il vous a raconté, mademoiselle ? »

Mariette est tout à fait en confiance. Elle regarde Willy d'un air mutin. « Êtes-vous M. Homeyer ? » Et Willy s'incline devant la boucherie chevaline. « Alors, c'est à vous qu'il a sauvé la vie ? dit-elle en minaudant, tandis que Tjaden remue sur son siège comme s'il était assis sur une fourmilière. Vous ne vous le rappelez donc plus ? »

Willy se prend la tête : « J'ai été enterré plus tard sous un éboulement, dit-il, ça vous fait perdre la mémoire d'une façon extraordinaire. Il y a malheureusement des tas de choses que j'ai oubliées...

— Sauvé la vie ? demande Kosole, le souffle court.

— Mariette chérie, je m'en vais, viens-tu, oui ou non ? » déclare Tjaden. Mais Kosole le tient ferme.

« Il est si modeste, fait en riant Mariette, radieuse. Et cependant, il a exterminé trois Nègres qui voulaient abattre M. Homeyer avec leurs haches ! Il a abattu le premier d'un coup de poing...

— D'un coup de poing ? répète Kosole d'une voix caverneuse.

— ... et les deux autres, avec leurs propres haches. Et il vous a même ensuite ramené dans les lignes... » La petite Mariette regarde de haut en bas les 1,90 m de Willy et fait à son fiancé d'énergiques signes de tête. « On peut bien raconter sans crainte ce que tu as fait, trésor.

— Ça, c'est vrai, opine Kosole, ce sont des choses qui peuvent être dites. »

Willy, perplexe, regarde un instant Mariette dans les yeux.

« Oui, c'est un gars remarquable », dit-il alors. Puis il fait un signe de tête à Tjaden : « Viens un peu dehors avec moi. »

Tjaden se lève en hésitant, mais Willy n'a pas de mauvaises intentions. Au bout de quelques minutes, ils reparaissent bras dessus bras dessous. Willy s'incline vers la petite Mariette : « Alors c'est entendu, je viendrai vous rendre visite demain soir. Je dois, c'est la moindre des choses, présenter mes remerciements officiels pour avoir été arraché aux mains des nègres. Mais, vous savez, moi aussi, j'ai sauvé une fois votre fiancé !

— Vraiment, fait la petite Mariette étonnée.

— Il vous racontera peut-être cela, un jour », ricane Willy.

Et Tjaden soulagé s'éclipse avec sa fiancée.

« Ils abattent justement une bête demain », fait Willy. Mais personne ne l'écoute ; nous nous sommes contenus trop longtemps et nous éclatons en hennissements comme toute une écurie de chevaux affamés. Kosole est près de vomir tant le rire le secoue. Ce n'est qu'au bout d'un certain temps que Willy peut nous faire part des conditions avantageuses qu'il a obtenues de Tjaden pour la fourniture de saucisson de cheval. « Je l'ai en main, le petit », dit-il en riant avec satisfaction.

V

J'ai passé l'après-midi à la maison, cherchant à m'occuper d'une manière quelconque. Mais cela n'a rien donné et depuis une heure déjà je flâne dans les rues, sans but. Au cours de ma promenade, je passe devant la Taverne Hollandaise. C'est la troisième boîte de nuit inaugurée en trois semaines. Des établissements de ce genre poussent partout, entre les façades des maisons, avec leurs enseignes bariolées, comme des champignons attrape-mouches et cette Taverne Hollandaise est le plus grand et le plus luxueux d'entre eux.

Devant la porte vitrée, inondée de lumière, se tient un portier qui ressemble, tout à la fois, à un colonel de hussards et à un évêque. C'est un gaillard bien bâti, portant à la main un bâton doré. Je le regarde de plus près, au même instant toute sa morgue l'abandonne et il me bourre le ventre avec son bâton, en riant :

« Salut, Ernst, vieil épouvantail à moineaux ! "Commang sava ?" comme disent les Français. »

C'est le caporal Anton Demuth, l'un de nos anciens cuistots. Je le salue militairement avec vigueur, car on nous a inculqué à l'armée que les marques extérieures de respect s'adressent à l'uniforme et non à celui qui le porte. Et cet uniforme de fantaisie est certainement d'une classe assez élevée pour mériter un « À vos rangs... fixe ! ».

Puis je me remets à rire : « Bonsoir, Anton ! Dis donc, pour parler tout de suite sérieusement : as-tu quelque chose à bouffer ?

— T'en fais pas, répond-il, affirmatif. Franz Elstermann est également ici, dans ce comptoir à sirops. Comme cuisinier !

— Quand pourrai-je venir faire un tour ? » dis-je. Car ce fait suffit à m'éclairer. Elstermann et Demuth étaient les deux plus grands chapardeurs de tout le front français.

« Cette nuit, après une heure, dit Anton en clignant de l'œil. Nous sommes parvenus à rafler une douzaine d'oies, en fraude, bien entendu, grâce à un inspecteur du Ravitaillement. Et tu peux être sûr qu'Elstermann se débrouillera pour en amputer quelques-unes. Veux-tu me dire qui pourrait affirmer que les oies ne se font pas la guerre et qu'il ne leur arrive jamais d'y perdre des pattes ?

— Personne, bien sûr ! dis-je, et je m'enquiers : Ça marche les affaires ?

— Plein comme un œuf tous les soirs. Veux-tu jeter un coup d'œil ? »

Il écarte un peu la portière, mon regard plonge dans la salle par la fente. Une lumière douce et tiède baigne les tables. La fumée des cigarettes flotte dans l'air, en rubans bleuâtres ; les tapis rutilent, la porcelaine luit et l'argenterie brille. Des femmes, autour desquelles s'empressent des maîtres d'hôtel, sont assises aux tables. À leurs côtés, des hommes, qui ne transpirent pas le moins du monde et qui n'ont pas du tout l'air emprunté, donnent des ordres avec une aisance étonnante.

« Hé, vieux, tu ferais bien une partie de toboggan avec une de celles-là, hein ? » dit Anton, en me bourrant les côtes.

Je ne réponds pas, car cette tranche de vie, à la fois vaporeuse et colorée, me trouble singulièrement.

J'éprouve une sensation d'irréel, comme si ce n'était qu'un rêve — comme si c'était en rêve seulement que je me trouve dans cette rue sombre, les pieds dans cette pâte de neige fondue — comme si c'était en rêve seulement que je vois ce tableau par l'entrebâillement de la porte. Je suis fasciné par la vision et je sais pourtant qu'il n'y a là, c'est bien probable, que des mercantis qui s'emploient à dépenser leur argent. Mais nous avons trop longtemps gîté dans la terre boueuse, pour n'avoir pas senti parfois jaillir en nous, en brusques bouffées, un désir effréné, parfois même insensé de luxe et d'élégance, car le luxe implique une protection et des soins diligents, toutes choses qui nous manquaient précisément au plus haut point.

« Eh bien, mon vieux, qu'est-ce que t'en dis, me demande encore une fois Anton. Des belles petites chattes de plumard, hein ? »

Je me sens stupide, mais sur le moment, il m'est impossible de répondre sur le ton qui convient. Toutes ces manières de vivre et de parler auxquelles je m'étais habitué, sans y réfléchir, depuis des années, m'apparaissent tout à coup, comme grossières et choquantes. Par bonheur,

Anton se raidit, reprend son maintien et sa dignité : une auto s'arrête. Une créature svelte en descend et franchit la porte, légèrement inclinée en avant, la fourrure ramenée d'une main sur la poitrine, les cheveux brillants sous un petit casque d'or étroitement collé à la tête, les genoux serrés, les pieds petits, le visage menu. Elle passe devant moi avec un mol déhanchement, dans une bouffée de parfum langoureux et âpre, et subitement, un désir furieux m'empoigne : le désir de passer le tambour de la porte, avec cette femme délicate, de pouvoir m'avancer avec elle vers les tables, dans l'ambiance confortable et ouatée des couleurs et de la lumière, de flâner sans soucis, à travers cette existence brillante semée de serviteurs et de maîtres d'hôtel, protégée par la couche isolante de l'argent, exempte de cette misère et de cette saleté qui, depuis des années, sont notre pain quotidien.

Je dois avoir l'air d'un collégien, car Anton Demuth laisse fuser un rire dans sa barbe et, avec un regard en coin, me donne encore un coup dans les côtes. « Elles ont beau être habillées de velours et de satin... dans le lit, c'est du pareil au même !

— Naturellement, dis-je, en ajoutant une plaisanterie obscène, afin qu'il ne remarque pas mon trouble. Alors, à une heure, Anton !

— T'en fais pas ! répond-il avec dignité, ou bien, "bonne soar" », comme disent les Français.

Je continue mon chemin, les mains profondément enfoncées dans les poches. La neige gicle sous mes semelles et, maussade, je la repousse du pied. Que pourrais-je donc bien faire, s'il m'arrivait, pour de bon, d'être à table avec une femme pareille ? Je me bornerais à la regarder fixement, c'est tout. Je ne pourrais même pas manger sans être embarrassé. Comme cela doit être difficile, de passer des journées entières avec une créature de cette espèce. Il doit falloir toujours être en éveil, toujours sur le qui-vive. Et la nuit... là, surtout, je serais d'une ignorance complète. Bien sûr, j'ai déjà eu affaire à des femmes... mais je ne possède dans cette matière que ce que m'ont appris Jupp et Valentin. Et certainement, avec ce genre de dames, cela ne doit pas être la bonne manière de s'y prendre...

C'est en juin 17, que j'ai approché une femme pour la première fois. À cette époque, notre compagnie était au repos ; il était midi et nous jouions dans la prairie avec deux jeunes chiens qui nous avaient suivis. Les bêtes bondissaient, les oreilles flottantes et le poil luisant, dans l'herbe haute de l'été ; le ciel était bleu et la guerre était loin.

Jupp arriva au pas de course du bureau de la compagnie. Les chiens coururent à sa rencontre et sautèrent après lui, mais il s'en débarrassa et cria : « Un ordre vient d'arriver, on remonte ce soir ! »

Nous savions ce que cela signifiait. Depuis des jours, le bombardement de la grande offensive grondait à l'horizon occidental. Depuis des jours nous voyions descendre des régiments épuisés par la bataille, et quand nous en demandions des nouvelles à un homme, il se contentait de répondre d'un geste vague de la main et continuait à regarder droit devant lui, les yeux fixes. Depuis des jours passaient des convois de blessés, depuis des jours et des jours aussi, nous creusions sans relâche de longues files de fosses...

Nous nous levâmes. Bethke et Wessling se dirigèrent vers leurs sacs pour prendre du papier à lettres, Willy et Tjaden allèrent flâner du côté de la « roulante » ; quant à Franz Wagner et à Jupp, ils me persuadèrent d'aller avec eux au bordel.

« Ernst, mon vieux, dit Wagner, il est quand même temps que tu te fasses une idée de ce que c'est qu'une femme ! Qui sait si demain nous ne serons pas tous foutus. De l'autre côté, là-bas, ils doivent avoir un tas de nouvelle artillerie. Et ce serait vraiment trop idiot de clamecer chaste et pur comme une vierge. »

Le bordel de campagne était installé dans une petite ville à une heure de marche environ. On nous donna un laissez-passer et il nous fallut ensuite attendre assez longtemps. D'autres régiments, en effet, montaient également en ligne et nombreux étaient ceux qui voulaient en hâte emporter encore ce qu'ils pouvaient de la vie. Dans une petite pièce, on nous fit montrer nos laissez-passer. Puis, un soldat infirmier de première classe nous passa la visite pour voir si nous étions sains et on nous injecta avec une seringue quelques gouttes de protargol. Ensuite, un sergent-major nous expliqua que le prix était de trois marks et que, vu l'affluence, cela ne devait pas durer plus de dix minutes. Là-dessus nous prîmes la file dans l'escalier.

La file avançait lentement. À l'étage les portes battaient. À chaque fois, un homme sortait et cela voulait dire : au suivant.

« Combien de vaches, là-dedans ? demanda Franz Wagner à un sapeur.

— Trois, répondit celui-ci. Mais t'as pas le droit de choisir. C'est une loterie. Si t'as de la veine, tu tombes sur une grand-mère. »

Je commençais à me sentir indisposé, dans l'atmosphère étouffante de l'escalier, où se mélangeaient la chaleur et les émanations puantes des soldats... en appétit.

Je me serais volontiers éclipsé, car toute ma curiosité s'était évanouie. Mais j'eus peur que les autres ne se moquent de moi et je continuai à attendre.

Mon tour vint enfin. Mon prédécesseur passa devant moi, d'un pas lourd, et j'entrai dans la chambre. Sombre et basse, elle sentait si fort la sueur et le phénol, tout y était tellement usé, qu'il me parut extraordinaire d'apercevoir par la fenêtre les branches d'un tilleul et dans le feuillage tendre tourbillonner le soleil et le vent. Sur une chaise un bassin plein d'eau rosée, dans un coin une sorte de lit de camp sur lequel était jetée une couverture en loques. La femme était grasse et portait une courte chemise transparente. Elle ne me regarda même pas et se coucha immédiatement. Lorsqu'elle s'aperçut que je ne m'approchais pas, elle leva les yeux avec impatience ; puis une lueur de compréhension apparut sur son visage. Elle vit que j'étais encore tout jeune.

Vraiment, je ne pouvais pas ; un frisson m'avait saisi, en même temps qu'une nausée me montait à la gorge. La femme fit quelques gestes pour m'encourager, des gestes ignobles, repoussants, elle essaya même de m'attirer à elle en souriant d'une manière mièvre et doucereuse. Elle eût pu inspirer de la pitié, car elle n'était, après tout, qu'une misérable paillasse à soldats, obligée de subir chaque jour vingt ou trente individus et même davantage. Mais je posai simplement l'argent auprès d'elle et je dégringolai rapidement l'escalier.

Jupp me cligna de l'œil. « Alors ?

— Épatant », répondis-je comme un ancien. Et nous voulûmes nous en aller. Mais il nous fallut d'abord repasser devant l'infirmier, et subir une seconde injection de Protargol.

« Ainsi, c'est ça l'amour, pensais-je, abattu et désespéré, pendant que nous bouclions nos sacs. C'est ça l'amour, dont tous mes livres à la maison étaient pleins et dont j'avais tant attendu dans les rêves confus de ma jeunesse. » Je roulai ma capote et emballai ma toile de tente. On me donna des munitions et nous nous mîmes en route. Je me taisais, attristé, et je pensais qu'à présent rien ne me restait de tous mes nobles rêves sur la vie et l'amour, qu'un fusil, une garce adipeuse et ce grondement sourd à l'horizon, dans lequel nous pénétrions lentement. Là-dessus, l'obscurité tomba, puis vinrent les tranchées et la mort. Franz Wagner fut tué cette nuit-là et nous perdîmes encore vingt-trois hommes.

La pluie filtre des arbres et je relève mon col. J'éprouve souvent maintenant un désir mélancolique de tendresse, de mots timides, d'émotions vibrantes et profondes ; je voudrais m'évader de l'effroyable réalisme de ces dernières années.

Mais qu'adviendrait-il si ce rêve se réalisait, si tout ensemble revenaient la douceur et les horizons d'autrefois, si quelqu'un voulait vraiment être bon pour moi, une femme délicate et tendre par exemple, comme celle au casque d'or et aux attaches fines. Qu'adviendrait-il si vraiment, dans un abandon total et sans limites, nous sentions descendre sur nous, comme un crépuscule, la griserie d'une soirée d'un bleu argenté ?

Est-ce que l'image bouffie de la prostituée n'y surgirait pas au dernier moment ? Est-ce que les voix de mes caporaux ne viendraient pas tout à coup y beugler leurs cochonneries ? Est-ce que des souvenirs, des propos, des précisions militaires ne viendraient pas cribler et mettre en pièces chacun de ces purs sentiments ?

Peu s'en faut que nous soyons encore chastes, mais notre imagination s'est corrompue sans que nous y prissions garde. Avant que nous sachions quoi que ce soit de l'amour, nous avions déjà été soumis, en rangs et sans aucun mystère, à des inspections médicales pour les maladies vénériennes. La hâte, la fougue, le vent, l'obscurité, l'incertitude, qui nous faisaient cortège à seize ans, lorsque nous courions après Adèle et ses compagnes, sous la lumière vacillante des réverbères, ne sont plus jamais revenus depuis, jamais ; même lorsque j'étais avec une femme qui n'était pas une professionnelle et que je croyais que ce serait différent, même lorsqu'elle s'accrochait à moi et que je tremblais de désir... J'ai toujours été triste, ensuite.

Inconsciemment, je me mets à marcher de plus en plus vite, à respirer fort. Je veux retrouver tout cela, il me le faut à nouveau.

Et il faudra que cela revienne, autrement, cela ne vaudrait pas la peine de vivre...

Je me dirige vers la maison de Ludwig Breyer. Il y a encore de la lumière dans sa chambre. Je jette des cailloux contre les vitres. Ludwig descend et m'ouvre la porte.

Georg Rahe est là, devant les vitrines de la collection géologique. Il tient à la main un gros cristal de roche et le fait scintiller.

« Je suis content de te rencontrer tout de même, Ernst, dit-il en souriant. J'étais déjà passé chez toi. Je pars demain. »

Il est en uniforme. « Georg, dis-je avec difficulté..., tu ne vas quand même pas...

— Mais si ! » Il fait signe que oui. « Redevenir soldat. C'est exact. Tout est réglé. Demain, en avant.

— Tu comprends ça, toi ? dis-je à Ludwig.

— Oui, répond-il, je le comprends. Mais cela ne lui servira de rien ! » Il se tourne vers Rahe : « Tu es déçu, Georg, mais dis-toi bien que c'est normal. Au front, nos nerfs étaient constamment tendus à l'extrême, car il s'agissait sans cesse de vie ou de mort. Maintenant, nos nerfs flottent de-ci, de-là, comme une voile par temps calme, car il s'agit d'une progression très lente, ici...

— Exact, interrompt Rahe, une petite bagarre mesquine faite de chasse à la nourriture et de convoitises mélangées à quelques idéaux !... j'en vomirais ! Voilà pourquoi je veux m'en aller.

— Si tu tiens absolument à entreprendre quelque chose, dis-je, pourquoi ne jouerais-tu pas un rôle dans la révolution. Qui sait si tu ne deviendrais pas ministre de la Guerre ?

— Bah ! cette révolution, répond Georg avec mépris ; elle a été faite avec le petit doigt sur la couture du pantalon par des secrétaires de partis qui ont bientôt eu peur de leur propre audace. Regarde comme ils sont déjà aux prises tous, tant qu'ils sont, les sociaux-démocrates, les indépendants, les spartakistes, les communistes. Pendant ce temps-là, les autres abattent tout à leur aise leurs quelques vraies têtes de parti et ils ne s'en rendent même pas compte.

— Non Georg, dit Ludwig, ce n'est pas cela. Nous avons fait la révolution avec trop peu de haine, c'est vrai, parce que, dès le début, nous avons voulu rester dans la justice ; voilà pourquoi tout s'en est allé à vau-l'eau. Une révolution doit se déchaîner comme un incendie de forêt, on peut ensuite commencer les semailles. Mais si nous voulions rénover, nous entendions pourtant ne rien détruire ; nous n'avions même plus la force de haïr, tant nous étions exténués et vidés par la guerre. On arrive à s'endormir de fatigue sous un bombardement, tu le sais... Mais peut-être n'est-il pas encore trop tard pour atteindre par le travail ce qui s'est dérobé devant l'attaque brutale.

— Le travail, répond Georg Rahe avec dédain, et en faisant étinceler le cristal sous la lampe, nous savons nous battre, nous ne savons pas travailler.

— Il faut que nous l'apprenions à nouveau, dit tranquillement Ludwig, du coin de son sofa.

— Pour cela, nous ne valons rien », rétorque Georg Rahe.

Un moment de silence. Le vent bourdonne devant les fenêtres. Rahe marche à grands pas de long en large dans la petite chambre de Ludwig, et il semble réellement qu'il n'est plus à sa place entre ces murs où règnent les livres, le travail et le calme. Sa figure énergique et claire, au-dessus de l'uniforme gris, semble toujours appartenir au monde des tranchées, des combats et de la guerre. Il s'appuie des bras sur la table et se penche vers Ludwig. La lumière de la lampe tombe sur ses pattes d'épaule et les quartz étincellent derrière lui.

« Ludwig, dit-il doucement, que faisons-nous donc ici ? Regarde autour de toi comme tout est avachi, désespéré... Nous sommes à la charge de nous-mêmes et des autres. Notre idéal a fait faillite, nos rêves sont en pièces et nous parcourons ce monde d'honnêtes opportunistes et de mercantis comme des Don Quichotte égarés en pays étranger. »

Ludwig le regarde longuement. « Je crois que nous sommes malades, Georg, nous avons encore la guerre dans la peau. »

Georg approuve. « Nous n'en guérirons jamais...

— Si, répond Ludwig, sans quoi tout aurait été en vain... »

Rahe bondit et frappe du poing sur la table.

« C'était en vain, précisément, Ludwig, voilà ce qui me rend fou ! Quels hommes nous étions à l'époque où nous sommes partis, dans cette tempête d'enthousiasme ! Il semblait qu'on allait assister à l'avènement d'une ère nouvelle, tout ce qui était vieux, pourri, imparfait, partial était balayé ; nous étions une jeunesse comme jamais on n'en avait vu ! »

Il empoigne le bloc de cristal de roche comme une grenade, ses poings se crispent.

« Ludwig, poursuit-il, au front, je me suis trouvé dans bien des abris. Là, nous étions tous des jeunes hommes, accroupis autour d'une misérable bougie, des jeunes hommes qui attendaient... tandis que les tirs de barrage déferlaient sur nos têtes, comme des tremblements de terre. Nous n'étions plus des "bleus" et nous savions à la fois ce que nous attendions et ce qui nous attendait. Mais Ludwig, sur ces figures, dans la pénombre souterraine, il y avait plus que de la force d'âme, plus que du courage, bien plus encore que de la fermeté devant la mort. On lisait, sur ces masques impassibles et durs, la volonté d'un autre avenir et cette volonté y restait gravée quand nous montions à l'assaut, elle s'y lisait encore au moment de la mort. D'année en année, nous devenions plus calmes, beaucoup de choses disparaissaient, mais cette volonté, cette volonté seule demeurait. Qu'est-elle devenue maintenant, Ludwig ? Comprends-tu que tout cela ait pu sombrer dans cette mixture faite d'ordre, de devoir, de femmes, d'habitudes et d'un tas d'autres choses qu'ils appellent la vie ? Non, nous avons vécu, à cette époque-là ! Et tu auras beau me répéter cent fois que tu hais la guerre, il n'en est pas moins vrai que c'est dans ce temps-là que nous avons réellement vécu, parce que nous étions ensemble, et parce qu'une flamme brûlait en nous qui valait mieux que toute la saleté d'ici ! »

Il respire fortement. « Il faut que cela ait servi à quelque chose, Ludwig ! Il m'est arrivé une fois, quand on parlait de révolution, de penser, le temps d'un éclair : c'est la libération, voici que le torrent remonte son cours en emportant tout et va se creuser un nouveau lit. Et, pardieu ! J'en aurais été, je t'en réponds ! Mais le torrent s'est divisé en mille ruisseaux, la révolution est devenue un prétexte de querelles pour des places et des emplois, elle a dépéri, gâchée, absorbée par les fonctions, les relations, la famille et les partis. Dans ces conditions, je n'en suis plus. Je vais au seul endroit où je puisse encore retrouver la camaraderie. »

Ludwig se lève, le front rouge, les yeux brûlants. Il regarde Rahe bien en face. « Et pourquoi, Georg, pourquoi ? Parce que nous avons tous été trompés, et trompés à un point tel, que nous commençons à peine à nous en rendre compte ! Parce qu'on a effroyablement abusé de notre naïveté ! On nous parlait de Patrie, et on pensait : plans d'annexions d'une industrie cupide ; on nous parlait d'honneur et cela signifiait querelles et soif de puissance d'une poignée de diplomates et de souverains ambitieux ; on nous parlait de Nation et cela voulait dire : désir d'activité de quelques généraux inoccupés ! » Il secoue Rahe par les épaules. « Tu ne comprends donc pas ça ? Ils ont fourré dans le mot patriotisme leur phraséologie, leur désir de gloire, leur esprit de domination, leur faux romantisme, leur bêtise, leur avidité, et nous l'ont présenté comme un idéal rayonnant ! Et nous avons cru que c'était le coup de clairon initial d'une existence nouvelle, solide et puissante.

« Tu ne comprends donc pas ? C'est à nous-mêmes que nous avons fait la guerre, sans le savoir, et chacune de nos balles qui touchait son but atteignait l'un de nous. Mais écoute donc, je me tue à te le dire ! La jeunesse du monde s'est levée, dans tous les pays, croyant combattre pour la liberté ! Et dans chaque pays, elle a été trompée et abusée, dans chaque pays elle a combattu pour des intérêts et non pour un idéal ; dans chaque pays elle a été massacrée et elle s'est elle-même exterminée ! Tu ne comprends donc pas ? Il n'y a qu'une seule lutte, celle contre le mensonge, les demi-vérités, les compromissions, contre l'esprit des vieilles générations !

« Nous nous sommes laissé prendre à leurs phrases et nous avons combattu pour eux au lieu de les combattre. Nous croyions qu'il s'agissait de l'avenir, alors que nous marchions contre lui. Notre avenir est mort, car la jeunesse est morte, qui le portait en elle.

« Nous ne sommes plus que des survivants, des déchets. Mais les autres sont vivants, les repus, les satisfaits, plus repus et plus satisfaits que jamais ! Les non-satisfaits, toute cette jeunesse ardente, impérieuse, sont morts pour cela ! Pense que toute une génération a été anéantie, qu'une génération pleine d'espoir, de foi, de volonté, de force et de savoir été hypnotisée à ce point qu'elle s'est entre-tuée bien que, dans le monde entier, cette jeunesse ait poursuivi les mêmes buts ! »

Sa voix se casse. Ses yeux sont pleins de larmes et brillent d'un feu sauvage. Nous nous sommes levés tous les trois.

« Ludwig ! » dis-je, en lui passant le bras autour du cou.

Rahe prend sa casquette et rejette le cristal dans la vitrine.

« Au revoir, Ludwig, vieux camarade ! »

Ludwig est en face de lui, la bouche crispée, la mâchoire volontaire.

« Tu pars, Georg, s'écrie-t-il, mais moi, je reste ! Je n'y renonce pas encore ! »

Rahe le regarde longuement, puis il dit froidement :

« Il n'y a pas d'espoir... » et il rajuste son ceinturon.

Je l'accompagne jusqu'au bas de l'escalier. La lueur plombée de l'aube filtre à travers la porte vitrée. Les marches de pierre résonnent. Nous sortons de la maison comme d'un abri. La rue s'allonge, déserte et grise. Rahe fait un geste :

« Rien que des tranchées, Ernst » ; il désigne les maisons. « Rien que des abris..., la guerre continue, mais une guerre sordide, l'un contre l'autre. »

Nous nous serrons la main. Je ne puis parler. Rahe sourit :

« Qu'as-tu donc, Ernst... mais ce n'est plus une vraie guerre, là-bas, dans l'Est ! Allons, tête haute ! Ne sommes-nous pas des soldats ? Ce n'est pas la première fois que nous nous quittons !...

— Si, Georg, dis-je d'une voix rapide..., je crois que c'est la première fois que nous nous quittons réellement... »

Il reste encore un instant devant moi. Puis il incline lentement la tête et descend la rue, sans un regard en arrière, élancé, calme...

Et pendant quelque temps, après qu'il a disparu, j'entends encore le bruit de ses pas.

CINQUIÈME PARTIE

I

Les instructions nécessaires ont été données pour que l'indulgence préside aux examens des anciens combattants. Ils peuvent faire connaître les matières auxquelles ils se sont spécialement intéressés et sur lesquelles on les interrogera.

Malheureusement, les matières auxquelles nous portons un intérêt spécial ne sont guère celles qui conviennent à un examen scolaire. C'est pourquoi nous simplifions les choses à notre façon. Chacun de nous propose quelques questions sur chaque sujet et s'engage à pouvoir y répondre correctement. Westerholt est assis au pupitre du professeur, il a devant lui de grandes feuilles blanches où nos noms sont inscrits et nous lui dictons les questions que nous entendons qu'on nous pose.

Willy est extraordinairement difficile dans son choix. Il feuillette ses livres, et, après avoir longtemps hésité, il choisit dans l'histoire universelle les deux questions suivantes :

« Quelle est la date de la bataille de Zama ? »
Et :
« Quand a régné Othon le Fainéant ? »

Westerholt et Albert sont chargés de porter les

listes avec les questions et les sujets aux professeurs respectifs. Ils vont d'abord les soumettre au Directeur, qui les voit arriver avec quelque appréhension ; de nous, il n'attend rien de bon. Il parcourt d'abord les listes puis les écarte avec un geste de dégoût.

« Mais, messieurs, les instructions du ministre portent que vous devez indiquer les sujets auxquels vous vous intéressez spécialement, c'est-à-dire des parties de cours d'une certaine ampleur, dans chaque branche. Ce que vous me présentez là, ce ne sont que de simples questions.

— Mais c'est que les matières auxquelles nous nous intéressons sont justement fort restreintes, répond Albert.

— Par contre, nous les possédons sur le bout du doigt », complète Westerholt.

Le Directeur leur rend les listes.

« Non, je ne peux pas me prêter à cela. L'examen tout entier ne serait qu'une comédie !

— Mais c'en est une de toute façon », répond Westerholt rayonnant de jubilation.

Le Directeur hausse les épaules, mais en fin de compte il conserve tout de même les listes par-devers lui.

Willy arrive malheureusement avec deux heures de retard à l'écrit, parce qu'il s'est pochardé la veille au soir avec Karl. Hollermann lui demande, ahuri, s'il aura encore le temps de faire sa composition. Willy fait signe que oui, d'un air superbe, s'assied à sa place, tire de la poche de son habit le texte que lui a préparé Ludwig et le place devant lui. Puis, satisfait, il incline sa tête lourde pour faire un petit somme. Mais il est encore si peu d'aplomb qu'il a failli remettre les réponses de sciences naturelles à l'examen de religion ; il avait apporté tout ensemble dans la même enveloppe. Albert évite le dégât au dernier moment.

Nous utilisons les moments d'attente pendant l'examen oral pour faire — cela ne nous était pas arrivé depuis longtemps — une formidable partie de scat. C'est l'une des rares choses que nous ayons vraiment apprises à fond, à l'armée.

Lorsque l'un de nous est appelé à l'oral, il pose ses cartes pour les reprendre et jouer lui-même à son retour, ou bien les confie à un remplaçant qu'il connaît assez pour savoir qu'il tirera du jeu le maximum.

Willy a une veine si prodigieuse qu'il en oublie tout. Juste au moment où il a en main un jeu splendide, tout servi, un jeu qui lui donne la possibilité de faire les autres « capot », voilà qu'il est appelé à l'oral, pour la langue allemande. Il regarde ses cartes d'un air navré :

« Je préfère être recalé que de ne pas jouer cette partie-là ! » Mais finalement, il met tout de même ses cartes en poche, et fait donner aux deux autres leur parole solennelle d'attendre son retour sans tricher. La conséquence... c'est qu'il a oublié une réponse en littérature. « La littérature, c'est une matière principale, dit Hollermann ennuyé, si vous n'arrivez pas à la cote 3, vous serez refusé. »

Mais Willy s'anime. « Voulez-vous parier que je ne serai pas recalé », répond-il, la tête rayonnante encore de son jeu magnifique et de la conviction qu'un ancien combattant ne peut rater un examen. Le professeur de classe hoche la tête.

Accoutumé à beaucoup de la part de Willy, il attend patiemment. Et, en effet, Willy s'en tire en retrouvant subitement sa réponse. Puis, il se précipite vers sa partie de cartes, pour donner de ses larges pattes réjouies le coup de grâce à Reinersmann et Westerholt : « Soixante et un, et sec ! » triomphe-t-il et il se fait payer.

Naturellement, nous réussissons tous à l'examen. Le Directeur, qui se sent un peu revivre à la pensée qu'il va être débarrassé de ses énergumènes les plus agités, ne peut pas s'empêcher de nous adresser encore quelques paroles de circonstance. Il a une prédilection pour les sorties théâtrales et il nous dit que « maintenant, après de dures expériences, nous rentrerons aguerris dans la vie, pleins de bonne volonté et des plus grands espoirs ». Willy l'interrompt en faisant ironiquement observer que nous avons assez souvent failli en sortir. Après quoi, le Directeur écourte son allocution. Il voit qu'avec nous il perdrait son latin. Avec des sujets aussi rétifs et aussi ingrats, il est impossible d'aboutir même à une réconciliation finale.

Nous décampons. La promotion suivante doit passer son examen dans trois mois. Ludwig est obligé d'attendre jusque-là, bien qu'il ait écrit toutes les compositions de quatre d'entre nous. La loi suprême d'un monde où la vieillesse gouverne la jeunesse, c'est celle-ci : Attendre son tour. Ce n'est pas une question de mérite. Car alors, que deviendraient les vieillards avides d'autorité ?

Peu de jours après l'examen, on nous fait tenir des postes d'instituteurs suppléants dans les villages des environs. Je m'en réjouis, car j'en ai assez de cette vie qui tourne en rond, sans but. Elle ne m'a conduit qu'à la rêverie, à la tristesse, à des excès bruyants et absurdes. Je veux travailler, maintenant.

Je fais ma malle et je pars en compagnie de Willy. Nous avons la chance de devenir voisins, car nos villages sont à peine à une heure l'un de l'autre.

Je suis logé dans une vieille ferme. Il y a des chênes devant les fenêtres et le bêlement des moutons s'échappe de la bergerie. La fermière me fait asseoir dans un grand fauteuil et s'emploie aussitôt à dresser la table. Elle est convaincue que tous les citadins sont à moitié morts de faim ; c'est, du reste, à peu près exact. Avec une émotion muette, je vois apparaître sur la table des choses presque oubliées : un solide jambon, des saucisses longues comme le bras, du pain de froment blanc comme neige et ces crêpes de sarrasin — si chères à Tjaden — avec leurs grands yeux de lard, au milieu. Un monceau de victuailles capable de rassasier toute une compagnie.

Je commence à taper dedans, tandis que, les poings sur les hanches, la fermière s'en réjouit avec un large sourire. Au bout d'une heure, je suis obligé de m'arrêter en soupirant, bien que la mère Schomaker continue à m'encourager...

Juste à ce moment entre Willy, venu me faire une visite.

« Attention, maintenant, dis-je à la fermière,

vous allez assister à quelque chose de rare ; à côté de celui-là, je ne suis qu'un enfant de chœur. »

En tant que soldat, Willy sait ce qu'il a à faire. Il n'hésite pas longtemps, mais il agit. Sur une brève invite de la mère Schomaker, il attaque les crêpes. Quand il en arrive au fromage, la fermière, appuyée contre l'armoire et les yeux écarquillés, le contemple comme s'il était la huitième merveille du monde. Enthousiasmée, elle fait encore glisser sur la table un grand plat de pudding ; et Willy l'engloutit. « Eh bien..., fait-il alors, en soufflant et en reposant sa cuillère, maintenant je commence vraiment à me sentir en appétit... qu'est-ce qu'on pourrait bien manger de solide ? »

Ces paroles lui ont gagné le cœur de la mère Schomaker pour l'éternité.

Je suis assis à mon pupitre, embarrassé et manquant un peu d'assurance. Devant moi, quarante enfants : les plus jeunes. Les uns derrière les autres, ils sont alignés comme au cordeau, sur huit bancs de profondeur. Leurs mains grasses et menues sont jointes sur les plumiers et les boîtes à crayons d'ardoise ; cahiers et ardoises sont posés devant eux. Les plus petits ont sept ans ; les plus âgés, dix. L'école n'ayant que trois salles, chacune d'elles réunit des enfants de plusieurs classes différentes.

Les sabots raclent le plancher, un feu de tourbe crépite dans le poêle. Beaucoup de ces enfants ont fait deux heures de chemin pour venir à l'école avec leurs fichus de laine et leurs sacoches de cuir. Les vêtements, devenus humides, commencent à fumer dans la chaleur sèche de la pièce.

Les tout-petits me regardent, le visage rond comme une pomme. Quelques petites filles étouffent des rires furtifs. Un blondin cure son nez avec abandon. Un autre est occupé à bâfrer une épaisse tartine derrière le dos de son camarade du rang précédent. Mais tous observent avec attention chacun de mes mouvements.

Mal à mon aise, je m'agite sur mon siège. Il y a une semaine j'étais encore assis sur un banc, comme eux, et je regardais les gestes arrondis, sempiternels de Hollermann commentant les poètes de la guerre de Libération. Aujourd'hui, je suis moi-même devenu un Hollermann, tout au moins pour ces petits qui sont rangés là, en dessous...

« Mes enfants, nous allons écrire un L majuscule en caractère latin, dis-je en me dirigeant vers le tableau. Dix rangées de L, puis cinq rangées de *Lino* et cinq rangées de *Linotte*. » J'écris les mots à la craie, lentement. Derrière moi, une agitation bruyante. Je m'attends à ce que l'on se moque de moi et je me retourne. Mais ce ne sont que les cahiers qu'on a ouverts et les ardoises qu'on a disposées pour écrire. Dociles, les quarante têtes se penchent sur l'ouvrage. J'en suis presque ahuri.

Les crayons d'ardoise crissent, les plumes grincent. Je circule de-ci, de-là, entre les bancs.

Un crucifix, une chouette empaillée et une carte générale de l'Allemagne ornent les murs. Dehors, devant la fenêtre, les nuages passent sans arrêt, bas et rapides.

La carte de l'Allemagne est imprimée en vert et en brun. Je reste planté devant elle. Les frontières tracées en hachures rouges courent de haut en bas, en zigzags bizarres. Cologne, Aix-la-Chapelle ; et voilà les minces fils noirs des voies ferrées, Herbestal, Liège, Bruxelles, Lille ; je me dresse sur la pointe des pieds : Roubaix, Arras, Ostende ; où donc est le mont Kemmel ? Il n'y figure pas. Mais voici Langemarck, Ypres, Bixschoote, Staden ; comme ils sont petits sur la carte, rien que des points minuscules, des points immobiles, microscopiques. Et pourtant, dans ces coins-là, le 31 juillet, le ciel tonnait et la terre tremblait lorsque commença la grande tentative de rupture du front et qu'avant la nuit, nous avions déjà perdu tous nos officiers...

Je me détourne et je parcours du regard les têtes blondes et brunes qui sont inclinées avec zèle sur les mots *Lino* et *Linotte*. Étrange..., pour eux, ces points minuscules sur la carte ne représenteront rien de plus qu'une matière d'étude ; quelques nouveaux noms de villes et un certain nombre de dates à savoir par cœur pour la leçon d'histoire universelle..., exactement comme la guerre de Sept Ans et la bataille du Teutoburger Wald.

Un petit bonhomme, au second rang, se dresse en brandissant son cahier. Il a fini les vingt lignes. Je vais voir et je lui montre qu'il a fait la boucle inférieure du L un peu trop large. Il me regarde, l'œil humide et bleu, d'un air tellement radieux qu'il me faut un instant baisser les paupières. Je retourne vite au tableau et j'écris deux mots commençant par une nouvelle lettre. J'écris Karl et... j'hésite une seconde, mais je ne puis faire autrement, comme si une main invisible conduisait la craie : mont Kemmel.

« Qu'est-ce que Karl ? » demandé-je.

Tous les doigts se lèvent. « Un homme », crie le petit bonhomme de tout à l'heure.

« Et le mont Kemmel ? » continué-je, après un court silence.

Pas de réponse. Finalement, une petite fille lève le doigt : « C'est dans la Bible », fait-elle, en hésitant.

Je l'observe un instant. « Non, remarqué-je alors, ce n'est pas cela. Tu as pensé au mont des Oliviers... ou aux monts Liban, n'est-ce pas ? »

La petite fait signe que oui, intimidée. Je caresse ses cheveux. « Bon... alors nous allons écrire cela. Liban, c'est un très joli mot. »

Pensif, je continue ma promenade, de-ci, de-là entre les tables. De temps à autre un regard investigateur m'atteint, par-dessus le bord d'un cahier. Posté près du poêle, je considère les jeunes visages. La plupart sont sages et médiocres, quelques-uns roués, d'autres bêtes ; mais certains d'entre eux sont éclairés d'une flamme plus vive. Voilà ceux auxquels les choses ne paraîtront pas si naturelles, dans la vie, et pour lesquels tout n'ira pas tout seul.

Un grand découragement m'empoigne soudain. Je songe : demain, nous attaquerons les prépositions, la semaine prochaine, nous ferons une dictée, dans un an vous connaîtrez par cœur 50 questions du catéchisme, dans quatre ans vous commencerez la grande table de multiplication ; et vous grandirez, et la vie vous prendra dans ses tenailles, une vie assourdie ou brutale, une vie régulière ou brisée, vous aurez vos destins et ils vous atteindront d'une façon ou d'une autre.

Que puis-je faire pour vous être utile, moi, avec mes conjugaisons ou la nomenclature des cours d'eau allemands ? Vous êtes quarante, quarante vies différentes se tiennent derrière vous et attendent. Si je pouvais vous aider, comme je le ferais volontiers ! Mais qui donc, dans ce monde, peut se flatter d'en aider vraiment un autre ? Est-ce que j'ai pu seulement porter secours à Adolf Bethke ?

La cloche tinte, la première heure de classe est finie.

Le lendemain Willy et moi, nous passons notre habit ; le mien a pu m'être livré juste à temps, et nous rendons visite au pasteur. C'est une obligation traditionnelle.

Nous sommes reçus aimablement, mais avec beaucoup de réserve toutefois ; nous avons acquis, grâce à notre émeute scolaire, une assez mauvaise réputation dans les milieux « bien-pensants ». Dans la soirée, nous nous proposons de rendre visite au maire, c'est une autre obligation traditionnelle. Mais nous le rencontrons à l'estaminet qui sert aussi de bureau de poste. C'est un vieux paysan madré, au visage ridé, qui, dès l'abord, nous offre quelques grands verres d'eau-de-vie. Nous acceptons. Deux ou trois fermiers arrivent là-dessus, échangeant des clins d'œil, et, après nous avoir salués, nous invitent à leur tour à prendre une consommation. Poliment nous trinquons avec eux. Ils se jettent des regards entendus, chuchotent, la main devant la bouche. Les pauvres bougres ! Naturellement, nous avons deviné tout de suite ce dont il s'agit : ils complotent de nous griser afin de s'amuser un brin. Ils paraissent avoir l'habitude de ce genre de plaisanterie, car ils évoquent, en riant sous cape, d'autres jeunes instituteurs qui ont passé dans le village. Ils s'appuient sur trois points pour ne pas douter d'une victoire rapide. Le premier, c'est que les citadins, à leur point de vue, supportent beaucoup moins de boisson qu'eux ; le second, c'est que notre fonction de maîtres d'école nous met, par ce fait même, en infériorité à leur égard en matière de boire ; le troisième enfin, c'est que de si jeunes gens ne peuvent avoir l'entraînement nécessaire.

Il est possible que ces raisons aient été valables pour les normaliens qui nous ont précédés ; mais en ce qui nous concerne, ils oublient une chose : c'est que nous avons été soldats pendant quelques années et que nous avons bu l'eau-de-vie à pleines gamelles. Nous acceptons la bataille. Ces fermiers ne cherchent qu'à nous rendre un peu ridicules ; mais nous, nous avons ici un triple honneur à défendre et notre valeur d'attaque s'en trouve raffermie.

Le maire, le secrétaire communal et quelques paysans noueux s'asseyent en face de nous ; ce sont apparemment les champions soiffards de l'endroit. Ils trinquent avec nous, et grimacent de leurs malicieux sourires de campagnards rusés. Willy fait semblant d'être déjà un peu éméché, et les sourires alentour s'élargissent.

Nous nous fendons nous-mêmes d'une tournée de bière à l'eau-de-vie. Puis tombent comme grêle sept tournées consécutives offertes par les autres. Les paysans pensent qu'avec cela nous serons nettoyés. Un peu étonnés, tout de même, ils nous voient vider nos verres sans broncher. Dans les regards dont ils nous scrutent, on discerne déjà une certaine considération. Willy commande, impassible, une nouvelle tournée. « Mais, pas de bière, rien que des doubles d'eau-de-vie, crie-t-il au patron.

— Sacré tonnerre, rien que de l'eau-de-vie ? fait le maire.

— Naturellement, répond Willy avec calme. Sans quoi nous serons encore là demain matin. Avec de la bière, on se dégrise entre chaque verre... »

La surprise grandit dans les yeux du maire. D'une voix déjà pâteuse, l'un des fermiers assure que nous savons bougrement bien « licher ». Deux autres se lèvent sans rien dire et s'éclipsent. Plusieurs de nos adversaires tentent déjà de vider leurs verres sur le plancher, à la dérobée. Mais Willy les surveille, de façon que personne ne puisse tricher. Il les oblige à garder leurs mains sur la table et à vider le liquide dans leur gosier. Les ricanements ont cessé. Nous gagnons du terrain.

Au bout d'une heure, la plupart sont déjà couchés un peu partout à travers la salle, avec des figures de fromage blanc, d'autres sont sortis, en festonnant, le caquet rabattu.

Le groupe adverse, à notre table, est réduit au maire et au secrétaire. Un duel s'engage entre eux et nous. À dire vrai, nous commençons à voir double aussi, mais nos antagonistes bafouillent depuis longtemps, et cette constatation nous donne une ardeur nouvelle.

Après une demi-heure, au cours de laquelle nos visages à tous ont passé au rouge, Willy porte le grand coup.

« Quatre gobelets pleins de cognac ! » crie-t-il vers le comptoir.

Le maire bondit sur sa chaise. Les cognacs arrivent. Willy en place deux dans les mains de nos adversaires : « À la vôtre ! »

Ils nous regardent d'un air hagard. « Allez, en avant ! crie Willy dont la tête étincelle, hop ! d'un seul trait ! » Le secrétaire communal veut protester, mais Willy est inexorable. « En quatre coups, implore le maire déjà très petit garçon.

— D'un seul », insiste Willy, qui se lève et choque son verre contre celui du secrétaire.

Je me dresse aussi : « Hop ! À la vôtre ; cul sec ! À votre excellente santé ! » braillons-nous aux deux autres, stupéfaits.

Ils nous regardent comme des veaux qu'on mènerait à l'abattoir et boivent une gorgée.

— Non, non, rugit Willy, en avant ! Vous mollissez ? Debout ! » Ils se lèvent en chancelant et boivent. Plusieurs fois, ils essayent de s'arrêter, mais nous les talonnons, montrant nos récipients vides. « À la vôtre — hop, d'un trait ! — allez ! cul sec ! » Et ils vident leurs verres à fond. Puis, lentement mais sûrement, ils glissent sous la table, les yeux vitreux. Nous sommes vainqueurs. À faibles doses répétées, ils nous auraient peut-être « eus » ; mais nous sommes habitués aux doses massives, et les obliger à adopter notre cadence, c'était la chance la plus sûre de triompher.

Titubants et fiers, nous contemplons le champ de bataille. Nous restons seuls debout. Le facteur, qui est également patron de l'établissement, a laissé tomber sa tête sur le comptoir et se lamente au sujet de sa femme, morte en couches pendant qu'il était au front. « Martha ! Martha ! » sanglote-t-il d'une voix singulièrement aiguë. La servante nous affirme qu'il gémit toujours ainsi dans ces occasions. Mais ses pleurs nous percent les oreilles, et d'ailleurs il est temps de sortir.

Willy se charge du maire et moi du secrétaire, plus malingre et plus léger à porter ; nous les traînons jusqu'à leurs domiciles. C'est notre suprême triomphe. Nous déposons le secrétaire devant la porte de sa maison et nous frappons jusqu'à ce qu'on fasse de la lumière. Quant au maire, il est attendu : sa femme se tient sur le pas de la porte.

Elle se répand en cris stridents : « Seigneur Jésus ! les nouveaux instituteurs ! Si jeunes et déjà si "poivrots" ! Eh bien, ça va être du joli ! »

Willy entreprend de lui expliquer qu'il s'est agi d'une affaire d'honneur, mais il s'embrouille dans son explication.

« Où faut-il le porter ? dis-je finalement.

— Laissez-le là, ce "saoulard" », décide-t-elle. Nous déballons le maire sur un sofa. Puis, Willy demande du café, avec un sourire d'enfant. La femme le regarde comme si elle avait affaire à un Hottentot.

« Nous vous avons tout de même rapporté votre mari », déclare Willy radieux. Devant tant d'impudence inconsciente, l'implacable vieille elle-même capitule. En secouant la tête, elle nous verse quelques grandes tasses de café et nous donne par-dessus le marché de sages conseils. Nous répondons « Oui » à tout, c'est ce qu'il y a de mieux à faire pour le moment.

Depuis ce jour, nous sommes considérés au village comme des hommes et salués avec égards.

II

Les jours s'écoulent, semblables et monotones. Le matin, quatre heures de classe ; deux, l'après-midi ; et puis le temps qui s'allonge, interminable, qu'on emploie à errer sans but et à attendre sans cause, seul avec soi-même et avec ses pensées.

Les dimanches sont les plus pénibles. Si l'on ne tient pas à courir les cabarets, c'est vraiment insupportable. L'instituteur titulaire qui est ici, avec moi, habite le village depuis trente ans. Il est devenu entre-temps un éleveur de cochons remarquable, souvent primé. Mais c'est à peine si l'on peut aborder avec lui d'autres sujets de conversation. Quand je l'aperçois, j'ai envie de filer tout de suite, tant l'idée de devenir un jour comme lui m'inspire d'effroi. Il y a bien encore une institutrice, une brave vieille créature qui sursaute quand on laisse échapper « Nom de Dieu... » et le reste ; ce qui n'est pas précisément encourageant non plus.

Willy s'accommode mieux de la situation. En sa qualité de personnage respectable, il assiste à toutes les noces et à tous les baptêmes. Lorsque les chevaux ont la colique ou que les vaches ne veulent pas vêler, il aide les paysans de ses conseils et met la main à la pâte. Et le soir, il s'installe avec eux dans les cabarets et leur flanque des piles au scat.

Mais moi, je ne veux plus aller au cabaret, je préfère rester dans ma chambre. Pourtant les heures y sont longues et des ombres bizarres sortent souvent des encoignures en rampant... des mains pâles, livides, qui font des signes et qui menacent ; des ombres d'un passé spectral, étrangement métamorphosé ; des souvenirs qui remontent ; des figures grises, inconsistantes ; des plaintes, des accusations...

Un dimanche maussade. Je me lève tôt, je m'habille et je vais à la gare pour rendre visite à Adolf Bethke. C'est une bonne idée, je serai de nouveau en compagnie d'un homme qui est réellement très près de moi et ce dimanche ennuyeux sera passé lorsque je reviendrai.

J'arrive chez lui l'après-midi. La porte grince. Le chien aboie dans sa niche. Je longe d'un pas rapide l'allée des arbres fruitiers. Adolf est chez lui. Et sa femme est là également. Lorsque j'entre et que je tends la main à Adolf, elle sort. Je m'assieds. Il me dit, après un instant : « Ça t'étonne, hein, Ernst ?

— Pourquoi, Adolf ?

— Qu'elle soit revenue.

— Non... c'est ton affaire... »

Il pousse vers moi un compotier de fruits. « Veux-tu une pomme ? » J'en prends une et je lui offre un cigare. Il en coupe la pointe avec les dents et poursuit : « Vois-tu, Ernst, j'ai traîné de-ci de-là, et j'en ai bientôt perdu la tête. Quand on est seul, une maison comme ça, c'est épouvantable. Tu rôdes d'une chambre à l'autre. Ici, un de ses corsages ; là, ses affaires de couture ; là encore, la chaise où elle avait l'habitude de s'asseoir en travaillant, et le soir, l'autre lit est là, si blanc, si abandonné, près du tien... Tu le regardes à chaque instant et tu vires et tu tournes dans ton lit sans pouvoir dormir. Toutes sortes de choses te passent par la tête, Ernst...

— Je le crois volontiers, Adolf.

— Et alors, tu cours dehors, tu te saoules et tu fais des bêtises... »

J'incline la tête. L'horloge fait tic-tac. Le poêle grésille. La femme rentre, silencieuse, et pose du beurre et du pain sur la table ; puis elle sort de nouveau. Bethke passe la main sur la nappe.

« Oui, Ernst, et au fond, il lui est arrivé la même chose, à elle ; elle aussi a traîné toute seule dans la maison durant ces longues années, elle aussi est restée là et a eu peur, elle aussi a douté, elle aussi s'est creusé la tête et a tendu l'oreille, et à la fin la chose est arrivée. Elle ne l'a sûrement pas voulu d'abord, mais lorsque ce fut accompli, elle était tout à fait désemparée, et voilà pourquoi cela a continué. »

La femme rentre et apporte du café. Je voudrais lui dire bonjour, mais elle ne me regarde pas.

« Tu n'apportes pas une tasse pour toi ? demande Adolf.

— J'ai encore à faire à la cuisine, dit-elle d'une voix sourde, voilée.

— Alors, j'ai pesé le pour et le contre et je me suis dit que mon honneur était sauf puisque je l'avais flanquée dehors. Mais qu'est-ce que tu peux attendre de l'honneur ? Ce n'est qu'un mot... Que tu sois seul, avec ou sans l'honneur, où est la différence ? Alors, je lui ai dit qu'elle pouvait revenir. À quoi bon, après tout ? On est fatigué, on n'a que quelques années à vivre... Si on ne l'avait pas appris, tout serait resté comme d'habitude. Alors ? Qui sait ce qu'on ferait, si on savait toujours tout ? »

Adolf tambourine nerveusement de la main sur la table de la cuisine. « Sers-toi de café, Ernst. Voilà du beurre. »

Je remplis les tasses et nous buvons.

« Vois-tu, Ernst, dit-il à mi-voix, pour vous autres, c'est plus facile, vous avez vos livres et votre instruction et des tas d'autres choses. Mais moi, moi je n'ai que cette femme... »

Je ne réponds rien, car je ne pourrais pas lui expliquer... Il n'est plus le même qu'au front et je ne suis plus le même, non plus. Après un instant, je demande : « Et qu'est-ce qu'elle en dit ? »

Adolf laisse tomber la main. « Au fond, elle ne dit pas grand-chose, et il n'y a pas grand-chose non plus à tirer d'elle. Elle est là... elle me regarde... Tout au plus pleure-t-elle quelquefois. Elle parle très peu. »

Il écarte sa tasse. « Des fois, elle dit que si elle a fait ça, c'est pour qu'elle sente une présence... D'autres fois qu'elle ne comprenait pas, qu'elle n'avait pas cru me faire du mal... que cela s'était passé comme si c'était moi qui avais été ici. Mais c'est pas concevable... ce sont des choses qu'on doit pouvoir distinguer, surtout qu'elle est, en général, si raisonnable... »

Après réflexion, je dis : « Peut-être veut-elle dire, Adolf, qu'elle n'était plus elle-même pendant ce temps-là, comme si elle avait vécu dans un rêve ?

— C'est possible, répond-il, mais je ne le comprends pas. Et puis, ça n'a pas duré bien longtemps.

— Mais elle ne veut plus rien savoir de l'autre ? dis-je.

— Elle dit qu'elle a sa place ici... »

Cela me fait encore réfléchir. Mais pourquoi en demander davantage ?

« Et pour toi, Adolf, est-ce que ça va mieux, maintenant ? »

Il me regarde. « Pas tant que cela, Ernst, tu penses bien, pas encore. Mais cela viendra, c'est ton avis, n'est-ce pas ? »

Lui-même ne semble pas en être persuadé.

« Sûr, ça viendra, Adolf », dis-je en posant sur la table quelques cigares que j'avais mis de côté. Nous causons encore un peu, puis je m'en vais. Dans le vestibule, je croise sa femme, qui veut passer rapidement. « Au revoir, madame Bethke », dis-je en lui tendant la main. « Au revoir », répond-elle, et elle me donne la main en détournant la tête.

Adolf m'accompagne jusqu'à la gare. Le vent souffle. Je le regarde de côté et je me rappelle qu'aux tranchées il souriait toujours en lui-même, lorsque nous parlions de la paix. Qu'est-il advenu de tout cela ?...

Le train s'ébranle. « Adolf, dis-je encore vite par la portière, je te comprends si bien ; tu ne peux pas te faire une idée comme je comprends bien... »

Il rentre tout seul chez lui, à travers champs.

La cloche sonne la grande récréation de dix heures. J'ai donné une heure de leçon à la classe supérieure. Les élèves de quatorze ans filent devant moi et s'élancent en liberté. Je les observe par la fenêtre. En quelques secondes, ils se sont transformés complètement, et, rejetant la contrainte de l'école, ils ont repris la fraîcheur et le naturel de leur âge.

Assis sur leurs bancs, ils ne sont pas eux-mêmes ; ils ont des expressions sournoises, ambitieuses ou encore hypocrites et révoltées.

Sept années d'enseignement ont réussi à les façonner de la sorte.

Lorsque l'école les a arrachés à leurs prairies, à leurs jeux et à leurs rêves, ils étaient frustes, sincères et ingénus, comme de jeunes animaux ; la loi élémentaire les régissait encore ; le plus vivant, le plus fort était le chef, les autres le suivaient.

Mais la formation scolaire, débitée en tranches hebdomadaires, leur a inculqué progressivement une autre notion des valeurs, artificielle, celle-là ; celui qui avalait sa tranche le plus sagement était distingué et considéré comme le meilleur. Les autres devaient prendre exemple sur lui.

Rien d'étonnant à ce que les plus vivants aient fait de l'opposition. Mais il leur fallut quand même se soumettre, car l'idéal de l'école est et restera toujours le *bon élève*. Mais quel idéal est-ce là ! Que sont donc devenus les bons élèves dans le monde ? Dans la serre chaude de l'école ils ont joui d'une existence brève et illusoire, et ils ont ensuite sombré d'autant plus sûrement dans la médiocrité et les petits emplois subalternes. Le monde n'a progressé que du fait des mauvais écoliers.

J'observe les enfants qui jouent. Ils sont conduits par Dammholt, aux cheveux crépus, aux mouvements vigoureux et souples, qui les domine tous par son énergie. La joie de l'attaque et l'audace étincellent dans son regard ; ses muscles, ses sens sont tendus et les autres lui obéissent sans hésitation. Cependant, dans dix minutes, le même enfant, lorsqu'il sera assis sur le banc de l'école, deviendra un gaillard buté, récalcitrant, qui ne sait jamais ses leçons et qui probablement, redoublera son année à Pâques. Il me montrera un visage innocent, lorsque j'aurai l'œil sur lui, mais me fera aussitôt après des grimaces dans le dos ; il mentira avec aisance quand je lui demanderai s'il a copié son devoir et, s'il en a l'occasion, crachera sur mon pantalon ou mettra sur ma chaise une agrafe de cahier.

Le « premier », lui, qui, dehors, fait maintenant piètre figure, verra son rôle grandir dans la classe ; il lèvera le doigt, sûr de lui, alors que Dammholt en est incapable et attend son zéro, résigné et rageur à la fois. Le « premier » sait tout, il sait même aussi qu'il sait tout. Mais Dammholt, qu'au fond je devrais punir, m'est mille fois plus sympathique que le pâle élève modèle.

Je hausse les épaules. N'ai-je pas déjà observé quelque chose d'analogue à la réunion des anciens du régiment, chez Konersmann ? Est-ce que là aussi, subitement, l'homme n'a pas disparu devant la situation, alors qu'auparavant ç'avait été tout le contraire ? Je secoue la tête. Comment donc est bâti ce monde dans lequel nous nous sommes à nouveau fourvoyés ?

La voix perçante de Dammholt retentit sur la place. Je réfléchis sur ce point : des relations de réelle camaraderie de maître à élève pourraient-elles conduire à quelque chose ? Il est possible que cela puisse améliorer les rapports et éviter bien des heurts. Mais au fond, ce ne serait qu'un leurre. Je le sais par expérience personnelle, la jeunesse est clairvoyante et incorruptible, les jeunes se tiennent et forment un front infranchissable pour ceux qui sont déjà des hommes faits. La jeunesse n'est pas sentimentale ; on peut l'approcher, mais on ne peut pas la pénétrer. Celui qui a été chassé du Paradis ne peut jamais y rentrer. Il y a une loi de l'âge.

De son regard pénétrant, Dammholt ne verrait dans de semblables relations de camaraderie qu'une occasion, et une occasion qu'il utiliserait froidement à son avantage. Peut-être montrerait-il un certain attachement ; mais cela ne l'empêcherait pas de chercher avant tout son profit. Les éducateurs qui croient être en communion de sentiments avec la jeunesse sont des rêveurs. La jeunesse ne cherche nullement à être comprise ; il lui suffit de rester comme elle est. L'homme fait, qui s'approche d'elle d'une manière trop importune, lui paraît tout aussi ridicule que s'il portait des vêtements d'enfant. Nous pouvons à la rigueur sentir avec la jeunesse, mais la jeunesse ne peut pas sentir comme nous, avec nous. C'est d'ailleurs son salut.

La cloche tinte. La récréation est finie. Dammholt, réticent, prend sa place dans le rang, devant la porte.

Je musarde à travers le village, dans la direction de la lande. Wolf court devant moi. Tout à coup, rapide comme la flèche, un dogue jaillit d'une cour de ferme et se précipite sur lui. Wolf ne l'a pas vu venir. C'est pourquoi le dogue réussit tout d'abord à le bouler sur le sol. L'instant d'après, il n'y a plus rien qu'un tourbillon confus de poussière, de corps roulant en tous sens et de grognements furieux.

Le fermier, une trique à la main, sort de chez lui en courant : « Pour l'amour de Dieu, monsieur l'instituteur, crie-t-il de loin, rappelez votre chien ! Pluton va le mettre en pièces ! »

Je fais un geste négatif. « Pluton ! Pluton ! Charogne, sale bête, ici ! » hurle le fermier, hors de lui, en accourant, le souffle court, pour taper dans le tas. Mais le tourbillon de poussière file avec des aboiements désordonnés et se reforme cent mètres plus loin.

« Il est perdu, dit le fermier haletant en laissant retomber son bâton, mais je vous préviens tout de suite, je ne le paierai pas. Vous auriez pu le rappeler !

— Lequel est perdu ? demandé-je.

— Votre chien, répond le fermier avec résignation, cette rosse de bête en a déjà refroidi une douzaine.

— Ben... s'il s'agit de Wolf, nous allons d'abord voir ce qui va se passer, dis-je, ce n'est pas un berger ordinaire, mon bon. C'est un chien de guerre, un vieux soldat, vous saisissez ? »

La poussière se dissipe. Les deux bêtes sont arrivées sur un pré. Je vois le dogue essayant de maintenir Wolf sous lui et de le happer aux reins. S'il y réussit, Wolf est perdu, car il peut lui casser net la colonne vertébrale. Mais le chien de berger, souple comme une anguille, évite la prise d'un centimètre, se retourne et recommence aussitôt l'attaque. Le dogue grogne et jappe. Wolf, par contre, se bat sans jamais donner de la voix.

« Diable », fait le fermier.

Le dogue se secoue, bondit, donne un coup de mâchoires dans le vide, tourne sur lui-même avec rage, saute de nouveau et manque encore la prise. On dirait réellement qu'il est tout seul, tant on voit peu le chien de berger. Celui-ci se meut rapidement tel un chat, au ras du sol — comme chien de liaison, il en a l'habitude — il se glisse entre les pattes de l'adversaire et l'attaque par en dessous ; il trace des cercles autour de lui, feinte, l'accroche soudain au ventre et tient ferme.

Le dogue se met à hurler comme un possédé, s'efforçant de s'aplatir sur le sol pour immobiliser Wolf. Mais d'un coup de reins, plus vif qu'une ombre, Wolf a lâché prise et profité de l'occasion pour le happer à la gorge. Alors, pour la première fois, je l'entends gronder sourdement, dangereusement, maintenant qu'il tient l'ennemi, qu'il le maintient ferme, au point que le dogue, renversé, se débat sur le sol.

« Au nom du ciel, monsieur l'instituteur, crie le fermier, rappelez votre chien ! Il va mettre Pluton en pièces !

— Hé..., je peux toujours l'appeler maintenant ; il ne viendra pas, dis-je, et c'est justice, après tout. Il faut qu'il en finisse d'abord avec cette saloperie de Pluton. »

Le dogue geint, lamentable. Le fermier lève son gourdin pour lui venir en aide. Mais je le lui arrache des mains et je l'empoigne à la poitrine en hurlant : « Nom de Dieu, c'est ce bâtard qui a commencé, tout de même ! » Encore un peu et, de mon côté, je me jetterais sur le fermier.

Par bonheur, je n'en fais rien, car je vois aussitôt Wolf lâcher son adversaire et accourir, me croyant attaqué. Cela me permet de l'attraper, autrement le fermier s'en serait tiré à bon compte avec une veste neuve !

Entre-temps, Pluton s'est trotté. Je tapote le cou de Wolf et je le calme. « C'est un vrai démon, balbutie le fermier, complètement abasourdi.

— Parfaitement, dis-je avec fierté, voilà ce que c'est qu'un vieux soldat. Il ne faut pas s'y frotter. »

Nous continuons. Derrière le village s'étendent quelques prairies ; puis commence la lande avec des genévriers et des dolmens. Dans le voisinage d'un petit bois de bouleaux paît un troupeau de moutons. Leurs dos laineux luisent dans l'éclat du couchant comme de l'or mat.

Tout d'un coup, je m'aperçois que Wolf, à grands bonds allongés, s'élance vers le troupeau. Pensant que son combat avec le dogue l'a rendu furieux, je cours après lui, pour éviter une hécatombe de moutons.

« Attention ! crié-je au berger, gare au chien ! »

Il se met à rire : « Mais c'est un chien de berger, il ne leur fera pas de mal !

— Si, si ! crié-je encore, il ne connaît pas ça ! c'est un chien de guerre !

— Bah ! pensez-vous, fait le berger. Chien de guerre ou pas chien de guerre, il ne leur fera rien. Là.. tenez... voyez donc ! Bien, mon chien, continue ! ramène-les !... »

Je n'en crois pas mes yeux. Wolf, Wolf qui

auparavant n'avait jamais vu un mouton, rassemble à présent le troupeau comme s'il n'avait fait que cela de sa vie. À grands bonds, il poursuit en aboyant deux agneaux qui s'étaient écartés et les ramène vers le troupeau. Chaque fois qu'ils tentent de s'enfuir ou de s'arrêter, il leur barre la route ou leur mordille les pattes, les obligeant ainsi à courir dans la bonne direction.

« Épatant, dit le berger, il ne fait que les mordiller, c'est parfait, absolument rien à dire. »

Le chien est comme métamorphosé. Ses yeux étincellent, son oreille blessée flotte, il encercle le troupeau avec vigilance, je vois qu'il est prodigieusement excité.

« Je vous l'achète séance tenante, fait le berger, le mien ne fait pas mieux. Regardez donc comme il pousse les bêtes vers le village ! Il n'a plus rien à apprendre. »

Je ne sais pas ce qui se passe en moi. J'appelle : « Wolf ! Wolf ! » Pour un peu, je pleurerais de le voir ainsi transformé... *Il a grandi sous les obus, et maintenant, sans que personne le lui ait appris, il sait ce qu'il doit faire...*

« Cent marks comptant et un mouton abattu », insiste le berger.

Je hoche la tête : « Pas pour un million de marks, vieux. »

Et c'est au tour du berger de hocher la tête.

Les panicules rugueuses de la bruyère me grattent la figure. Je ploie les tiges et je pose la tête sur mon bras. Le chien halète tranquillement près de moi. Du lointain m'arrive le son affaibli des clochettes de troupeaux. À part cela, tout est silence.

Des nuées nagent lentement dans le ciel crépusculaire. Le soleil se couche. Le vert sombre des buissons de genévriers tourne au brun profond et je sens que la brise du soir se lève lentement des forêts lointaines. D'ici une heure, elle soufflera dans les bouleaux. La campagne est aussi familière aux soldats qu'aux paysans et aux forestiers, ils n'ont pas vécu enfermés dans des maisons. Ils connaissent les heures où souffle le vent et les teintes de cannelle que prend la brume dans les soirs voilés ; ils connaissent les ombres qui palpitent sur le sol quand les nuages font la lumière prisonnière et la course de la lune dans le ciel.

Dans les Flandres après une furieuse surprise de bombardement, nous avions parmi nous un blessé pour lequel du secours se faisait longuement attendre. Afin de le bander, nous avions employé tous nos sachets de pansements et fait toutes les ligatures possibles ; mais il continuait à saigner, à se vider littéralement de son sang. Et derrière lui, pendant ce temps, un nuage immense pendait dans le ciel du soir, tout seul, mais semblable à une grande montagne de neige, d'or et de pourpre étincelante. Irréel et majestueux, arrière-plan de la dévastation brune du paysage, ce nuage était immobile et rutilant tandis que le mourant immobile perdait son sang ; on eût dit qu'ils faisaient partie l'un de l'autre. Et pourtant, je ne pouvais concevoir que ce nuage pût être à la fois si beau et si indifférent dans le ciel pendant qu'un homme était en train de mourir...

Les derniers rayons du soleil teintent la lande

d'un rouge profond. Des vanneaux s'envolent avec des cris plaintifs ; un butor, de l'étang, lance un appel. Le regard fixe, je contemple la grande étendue d'un brun pourpre... Il y avait un endroit près d'Houthulst où les coquelicots poussaient si serrés que les prairies paraissaient entièrement rouges. Nous les appelions les prairies de sang ; par l'orage, elles avaient en effet la couleur livide du sang frais, à peine répandu... C'est là que Köhler est devenu fou. Comme nous passions par une nuit claire, ravagés et las, il crut, dans la lueur incertaine de la lune, que c'étaient des lacs de sang et voulut s'y jeter...

Je frissonne et je relève les yeux. Qu'est-ce que cela signifie ? Pourquoi ces souvenirs se réveillent-ils si souvent maintenant ? Et si bizarres, si différents de ceux de là-bas, au front ? Serais-je trop seul ?

Wolf bouge à mon côté et aboie, c'est un aboiement aigu mais très léger. Rêve-t-il de son troupeau ? Je le regarde longuement. Puis, je l'éveille et nous rentrons.

Samedi soir. Je vais trouver Willy et je lui demande s'il veut venir avec moi passer le dimanche à la ville. Mais il repousse ma proposition. « Demain nous avons une oie farcie, dit-il, et je ne veux la laisser en plan sous aucun prétexte. Pourquoi donc veux-tu t'en aller, toi ?

— Je ne peux pas supporter les dimanches, ici..., dis-je.

— Comprends pas, fait-il, de la façon dont on est soignés... »

Je fais seul le voyage. Dans la soirée, je vais chez Waldmann, poussé par je ne sais quel vague espoir. Là-bas, grande animation. Je reste un moment à parcourir la salle des yeux. Une foule de jeunes gens qui ont échappé de justesse à la guerre s'agitent sur la piste. Ils sont sûrs d'eux-mêmes et savent ce qu'ils veulent ; leur monde a un commencement net et un but précis : la réussite. Ils sont mieux armés que nous, bien qu'ils soient plus jeunes.

Parmi les couples, je découvre la gracieuse petite couturière, avec laquelle j'ai gagné le concours de one-step. Je lui demande une valse et nous restons ensemble ensuite. Ayant touché mon traitement depuis quelques jours, je commande du vin rouge et doux. Nous le buvons lentement, et plus je bois, plus je sombre dans une étrange mélancolie. Que disait donc Albert, l'autre jour ? Il faudrait un être humain, un être qui vous appartînt vraiment ?

J'écoute, pensif, le babillage de la jeune fille, qui, dans un gazouillis d'hirondelle, parle de ses compagnes, du paiement aux pièces dans la lingerie, des danses nouvelles et de mille riens. Si le prix à la pièce était augmenté de vingt pfennigs, elle pourrait manger au restaurant à midi et elle serait contente. J'envie son existence claire et simple et je la questionne toujours plus avant. Je voudrais demander à chacun des êtres qui rient et s'amusent dans cette salle quelle est sa façon de vivre. Peut-être l'un d'eux pourrait-il me raconter quelque chose qui me viendrait en aide ?

Je raccompagne ensuite la petite hirondelle

jusque chez elle. Elle habite sous les toits, dans une grande caserne de logements, toute grise. Nous nous arrêtons devant la porte. Je sens la chaleur de sa main dans la mienne. Son visage luit, indécis, dans l'obscurité. Un visage d'être humain, une main pleine de chaleur et de vie... « Laisse-moi venir avec toi, lui dis-je hâtivement... laisse-moi venir... »

Nous grimpons avec précaution l'escalier qui craque. Je frotte une allumette, mais elle me l'éteint immédiatement d'un souffle, me prend la main et conduit.

Une toute petite chambre. Une table, un canapé brun, un lit, quelques images aux murs, la machine à coudre dans le coin, un mannequin d'osier et un panier contenant du linge blanc à coudre.

Preste, la petite va chercher un réchaud à alcool et prépare une infusion, avec des épluchures de pommes et des feuilles de thé dix fois bouillies et séchées ensuite. Deux tasses, une frimousse souriante et un peu malicieuse, une touchante petite robe bleue, l'aimable pauvreté d'une chambre, une petite hirondelle, dont la jeunesse est la seule richesse... Je m'assieds sur le canapé. Est-ce ainsi que l'amour commence ? Comme cela ? si facilement, comme un jeu ? Il n'y aurait qu'à faire un bond par-dessus soi-même, de l'autre côté...

La petite est gentille, et puis, c'est un peu de sa petite vie que quelqu'un vienne, la prenne dans ses bras, puis s'en aille. La machine continue à bourdonner et un autre arrive... la petite hirondelle rit, pleure et coud sans relâche...

Elle couvre la machine d'une housse multicolore, qui transforme la bête laborieuse d'acier et de nickel en une petite colline de fleurs de soie rouges et bleues.

Et puis, elle ne veut plus penser à ce qu'elle a fait dans la journée, elle se pelotonne dans mes bras et babille, bourdonne, murmure et chante, dans son léger costume. Elle est si mince, si pâle, un peu amaigrie par la faim et si grêle qu'on peut la porter sans effort jusqu'au lit, un lit de fer pliant. Son expression d'abandon est si douce, qu'on dirait un enfant aux yeux fermés quand elle s'accroche à votre cou, qu'elle soupire et sourit. Elle soupire, elle tremble, elle balbutie un peu, puis respire profondément et pousse de légers cris.

Je la regarde, je la regarde sans cesse ; je voudrais être comme elle et je me demande : « Est-ce que c'est cela ?... est-ce que c'est cela ? » Puis la petite hirondelle me donne toutes sortes de petits noms, elle est confuse et tendre, elle se blottit contre moi. Et lorsque je m'en vais, et que je lui demande : « Es-tu heureuse, petite hirondelle ? » elle m'embrasse cent fois et me fait des mines, des signes et approuve de la tête, encore et encore.

Mais moi, en descendant l'escalier, je suis plein d'étonnement. Elle est heureuse... comme cela va vite. Je ne puis comprendre. N'est-elle pas toujours un être différent, une vie indépendante dans laquelle je ne pourrai jamais entrer ? Et n'en sera-t-il pas toujours ainsi, même si je disposais de toutes les flammes de l'amour ?

Ah ! l'amour... un flambeau qui tombe dans un abîme, pour vous en mesurer d'abord la profondeur...

Par les rues, je rejoins la gare. Non, ce n'est pas cela, ce n'est pas encore cela. On est encore plus seul que d'habitude...

III

La couronne lumineuse de la lampe éclaire la table. Devant moi, des piles de cahiers bleus. À côté, un flacon d'encre rouge. Je parcours les devoirs, je coche les fautes, je mets les buvards à leur place et je referme les cahiers.

Puis, je me lève. Est-ce vraiment la vie, cela ? Cette régularité monotone des jours et des heures ? Comme au fond, cette régularité remplit peu... Il reste toujours beaucoup trop de temps pour réfléchir. J'avais espéré que l'uniformité me tranquilliserait, mais elle ne fait qu'accroître mon inquiétude. Comme les soirs sont longs ici !

Je traverse la cour de la ferme. Les vaches soufflent du mufle et tapent de leurs pattes dans la pénombre. Les filles de ferme sur de petits escabeaux sont accroupies auprès des bêtes pour les traire. Chacune d'elles semble assise dans une petite chambre, dont les murs sont formés, de chaque côté, par les corps tachetés de noir des animaux. De petites lumières vacillent au-dessus d'elles, dans une chaude buée d'étable ; en jets minces, le lait jaillit dans les seaux et les gorges des jeunes filles sont mobiles sous les blouses bleues. Elles lèvent la tête et sourient, elles respirent, montrent des dents blanches et saines. Leurs yeux brillent dans l'ombre. Une odeur de foin et de bétail.

Je reste un moment devant la porte, puis je rentre dans ma chambre. Les cahiers bleus sont sous la lampe — toujours, ils seront placés ainsi, et moi, vais-je rester également toujours ainsi, jusqu'à la vieillesse, qui peu à peu me gagnera, jusqu'à la mort ? Je veux dormir.

Une lune rouge avance lentement au-dessus du toit de la grange et projette le quadrilatère lumineux de la fenêtre sur le plancher — un parallélogramme coupé d'une croix, qui glisse insensiblement, sans arrêt, et monte de plus en plus haut. Au bout d'une heure, il escalade mon lit et la croix d'ombre atteint ma poitrine.

Je suis couché dans un grand lit de paysan, couvert de la « couette » à carreaux bleus et rouges, et je ne peux pas dormir. Mes yeux se ferment parfois, et je sombre en ronronnant dans un espace sans limites ; mais au dernier moment, un sursaut de peur m'arrache au sommeil, me ramène à l'état de veille, et je recommence à écouter l'horloge de l'église sonner les heures, à écouter et à attendre, à me tourner et à me retourner en tous sens.

Finalement, je me lève et je me rhabille. Puis, je saute par la fenêtre, tirant le chien après moi et je cours vers la lande. La lune brille, l'air frémit et la plaine s'étend, immense. La voie sombre du chemin de fer la coupe au travers.

Je m'assieds sous un buisson de genévriers, je vois au bout d'un moment la chaîne de lampes à signaux s'allumer sur la ligne ; le train de nuit arrive. Les voies s'animent d'une légère vibration métallique. Les phares de la locomotive étincellent à l'horizon, chassant devant eux une vague de lumière. Le train passe en tempête, toutes vitres allumées, et, le temps d'une aspiration, les compartiments avec leurs bagages et leurs destins sont tout près ; puis ils s'enfuient, les voies brillent à nouveau dans la clarté humide ; et, au loin, il n'y a plus que le feu rouge du fourgon qui regarde encore fixement, comme un œil flamboyant et menaçant.

Je vois la lune devenir jaune et claire, je cours à travers l'azur crépusculaire des bois de bouleaux ; des gouttes de pluie tombent des rameaux sur ma nuque ; je trébuche sur des racines et sur des pierres et la lueur plombée du jour commence à poindre lorsque je rentre. La lampe brûle encore. D'un regard désespéré, je fais le tour de la chambre... Non, c'est impossible à supporter. Il faudrait que j'aie vingt ans de plus... pour pouvoir accepter ce sort...

Las, exténué, je tâche de me déshabiller, sans y parvenir. Mais, au moment de m'endormir, je serre encore les poings. Non, je n'abandonnerai pas ; non, je n'y renoncerai pas encore !...

Puis de nouveau je sombre en ronronnant dans l'espace sans limites, et...

... j'avance en rampant avec prudence. Lentement, centimètre par centimètre. Le soleil grille les pentes blondes, les genêts sont en fleur, l'air est chaud et calme, des « saucisses » et quelques nuages blancs — des éclatements — sont accrochés à l'horizon. Les pétales rouges d'un coquelicot tremblent devant mon casque.

J'entends un grattement très faible, à peine perceptible derrière le taillis. Puis, le calme revient. J'attends encore. Un coléoptère aux élytres d'or vert escalade devant moi une tige de camomille. Ses antennes palpent les feuilles dentelées. De nouveau un léger bruissement se fait entendre dans la chaleur de midi. Maintenant, le bord d'un casque apparaît derrière le taillis. Au-dessous, un front, des yeux vifs, une bouche serrée. Les yeux examinent attentivement le paysage, puis reviennent vers un bloc de papier blanc. L'homme, sans se douter de rien, dessine un croquis de la ferme, là-bas.

Je tire lentement une grenade. C'est long. Enfin, la voici près de moi. Je l'amorce de la main gauche et je compte, mentalement. Puis, je la jette, en trajectoire tendue, contre le taillis de ronces et je glisse rapidement dans mon trou. Je m'écrase contre la terre, j'enfouis ma figure dans l'herbe et j'ouvre la bouche.

L'explosion déchire l'air, des éclats ronflent, un cri s'élève, un long cri furieux d'épouvante. Une seconde grenade en main, je regarde par-dessus le bord de mon trou. L'Anglais est étendu en terrain découvert, le bas des jambes est arraché et le sang jaillit à flots. Les bandes molletières déroulées par l'explosion traînent derrière lui, comme des rubans dénoués. Il est couché sur le ventre, il rame des bras dans l'herbe et il hurle, la bouche grande ouverte.

Il se redresse et m'aperçoit. Alors, les mains appuyées au sol, il se redresse en arc, comme un phoque ; il rugit vers moi et il saigne... saigne.

Puis la figure rouge blêmit et s'effondre, le regard s'éteint ; finalement, les yeux et la bouche ne sont plus que des cavités noires et béantes dans une face qui s'affaisse, qui se penche lentement vers le sol, s'écroule et sombre dans les touffes de camomilles. Fichu.

Je me retire en rampant, pour regagner nos lignes. Mais je jette encore un regard en arrière ; et voici que, soudain, le mort est redevenu vivant ; il se redresse comme s'il voulait courir après moi. J'amorce ma deuxième grenade et je la lui jette. Elle tombe à un mètre de lui, elle cesse de rouler, elle est immobile, je compte... je compte... pourquoi donc n'éclate-t-elle pas ? Maintenant, le mort est debout, il montre les dents ; je jette encore une grenade, elle rate aussi. Et l'autre, là-bas, qui avance déjà... il court sur ses moignons, en ricanant, les bras allongés vers moi. Je jette ma dernière grenade. Elle le frappe à la poitrine, mais il l'écarte simplement. Alors, je saute sur mes pieds pour m'enfuir ; mais mes genoux se dérobent, mous comme du beurre ; je mets un temps infini à les tirer, je suis collé au sol, je me traîne ; puis je me lance en avant et son halètement me poursuit ; j'empoigne mes jambes défaillantes, mais deux mains se referment sur mon cou, me renversent en arrière, sur le sol ; le mort s'agenouille sur ma poitrine, il saisit les molletières qui traînent derrière lui dans l'herbe, me les serre autour du cou. Je détourne violemment la tête, et bandant tous mes muscles, je me jette à droite pour échapper à la boucle. Puis, un sursaut, j'éprouve une douleur étouffante dans la gorge, le mort me traîne vers le bord de la fosse remplie de chaux, il m'y précipite, je perds l'équilibre, je tente de me raccrocher, je glisse, je tombe, je crie, c'est une chute sans fin, je crie, j'atteins le fond, je crie encore...

De l'ombre, en mottes sombres, tombe sous mes mains qui griffent le sol, quelque chose dégringole en craquant à côté de moi, je me heurte à des pierres, à des angles, à du fer ; les cris m'échappent sans arrêt, des cris aigus, je ne puis cesser de hurler ; et dans tout cela, je perçois des appels, je sens des mains qui agrippent mon bras et que je repousse ; quelqu'un trébuche sur moi, je rafle un fusil, je cherche un abri à tâtons, je mets en joue, je tire, criant toujours... Puis, dans cette mêlée, un appel m'atteint, perçant comme un coup de couteau : « Birckholz. » Et encore : « Birckholz. » Je bondis, on vient à mon secours, il faut me frayer un chemin... je m'arrache ; en courant, je reçois un coup au genou et je m'effondre dans un creux mou, dans de la lumière, de la lumière crue et palpitante : J'entends encore : « Birckholz... Birckholz... » Et il n'y a plus que mon cri aigu dans l'espace, mon cri qui s'interrompt soudain...

Le fermier et sa femme sont devant moi. Je suis couché moitié sur le lit, moitié sur le sol. À mon côté, le valet de ferme se relève ; je tiens une canne dans mes mains, convulsivement, comme un fusil. Je dois saigner quelque part... Mais non, ce n'est que le chien qui me lèche la main.

« Monsieur l'instituteur, dit la fermière en tremblant... Mais qu'est-ce que vous avez donc ? »

Je n'y comprends rien. « Comment suis-je arrivé ici, dis-je d'une voix rauque.

— Mais voyons, monsieur l'instituteur, réveillez-vous, vous avez rêvé...

— Rêvé, dis-je..., j'aurais rêvé cela ? »

Et tout à coup, je me mets à rire, à rire... d'un rire qui me secoue... qui me fait mal... je ris...

Mais soudain, le rire se brise en moi : « C'était le capitaine anglais, dis-je tout bas, celui d'autrefois... »

Le valet frotte son bras écorché. « Vous avez rêvé, monsieur l'instituteur, et vous êtes tombé du lit, dit-il, vous n'entendiez rien et vous avez failli me tuer... »

Je ne comprends pas ce qu'il dit ; je suis infiniment las et misérable. Puis j'aperçois la canne dans ma main. Je la pose et je m'assieds sur le lit. Le chien avance sa tête entre mes genoux.

« Donnez-moi un verre d'eau, mère Schomaker, dis-je, et retournez donc vous mettre au lit... »

Mais je ne me recouche pas, je m'enveloppe d'une couverture et je reste assis à ma table, sans éteindre la lumière. J'y reste longtemps, sans bouger, le regard absent, comme il n'y a que les soldats qui puissent le faire, quand ils sont tout seuls. Au bout d'un certain temps, une inquiétude me traverse, j'ai la sensation d'une autre présence dans la chambre. Sans faire un mouvement, je me rends compte que mes yeux retrouvent lentement leur faculté de voir, d'observer et, lorsque je lève un peu les paupières, je m'aperçois que je me trouve juste en face du miroir suspendu au-dessus de la petite table de toilette. Sur la glace, légèrement irrégulière, me regarde un visage taché d'ombres, avec des orbites noires : mon visage...

Je me lève, je décroche le miroir et je le pose dans un coin, la glace tournée contre le mur.

Le matin paraît. Je me rends à ma classe. Les petits sont là, les mains jointes. On lit encore dans leurs grands yeux l'étonnement timide de l'enfance. Ils me regardent d'un air si plein de confiance et de foi, que j'en éprouve soudain un coup au cœur...

Me voici devant vous, enfants, moi, l'un des innombrables faillis, dont la guerre a anéanti toutes les croyances et presque toutes les forces. Me voici devant vous et je sens combien vous êtes plus vivants et plus reliés à l'existence que moi. Me voici devant vous, moi qui dois vous conduire et vous enseigner. Mais que dois-je donc vous apprendre ? Dois-je vous dire que dans vingt ans vous serez desséchés et rabougris, entravés dans vos instincts les plus libres et impitoyablement soumis à la médiocrité de la masse ? Dois-je vous raconter que toute l'instruction, toute la civilisation, toute la science ne peuvent être qu'une effroyable dérision, aussi longtemps que les hommes se feront la guerre avec les gaz, le fer, la poudre et le feu au nom de Dieu et de l'Humanité ? Que dois-je donc vous apprendre, à vous, petits êtres, à vous, qui, seuls, êtes restés purs au cours des années terribles ?

Et que puis-je vous apprendre du reste ? Vais-je vous expliquer comment on amorce une grenade et comment on la jette sur des êtres humains ? Vais-je vous montrer comment on traverse quelqu'un à la baïonnette, comment on l'assomme à coups de crosse, comment on l'abat à coups de pelle ? Vais-je vous démontrer comment on pointe le canon d'un fusil sur un miracle aussi inconcevable qu'une poitrine qui palpite, un poumon qui respire, un cœur qui bat ? Vais-je vous raconter ce que sont une paralysie tétanique, une moelle épinière déchirée ou une boîte crânienne arrachée ? Vais-je vous décrire l'aspect d'une cervelle répandue, d'os fracassés, d'entrailles coulant d'un abdomen ? Vais-je vous apprendre comment on gémit avec une blessure au ventre, comment on râle avec un trou dans le poumon, comment on souffle avec une blessure à la tête ? Je ne sais rien de plus ! je n'ai rien appris de plus !

Dois-je vous conduire vers cette carte verte et brune, y promener le doigt et vous dire que, là, l'amour a été assassiné ? Dois-je vous dire que les livres que vous tenez en vos mains sont des filets avec lesquels on veut attirer vos âmes simples dans la jungle des phrases et dans les barbelés des falsifiés ?

Me voici là, devant vous ; je suis souillé, coupable, je devrais vous prier : restez ce que vous êtes, ne laissez jamais transformer en brandon de haine la flamme chaude de votre enfance. Autour de vos fronts palpite encore le souffle de l'innocence... Comment pourrais-je prétendre à vous instruire ! Derrière moi, je sens encore la poursuite des ombres sanglantes du passé ; comment puis-je oser m'aventurer parmi vous ? Ne me faut-il pas d'abord redevenir un être humain ?

J'ai le sentiment qu'un spasme m'envahit, que

je deviens de pierre et que je vais m'écrouler en poussière. Je retombe lentement sur ma chaise et je comprends que je ne peux plus rester ici. J'essaye de saisir et de fixer une idée mais sans y parvenir. Au bout d'un moment seulement, un moment qui me semble infini, l'engourdissement disparaît. Je me lève : « Mes enfants, dis-je avec effort, vous pouvez partir. Je vous donne congé pour aujourd'hui. »

Les petits me regardent pour voir si ce n'est pas une plaisanterie. Je leur fais encore signe de la tête : « Oui..., c'est vrai... Allez jouer aujourd'hui, toute la journée. Allez jouer dans les bois, ou bien avec vos chiens et vos chats, ne revenez que demain ! »

Alors, en faisant claquer les couvercles, ils jettent leurs plumiers dans leurs cartables et, pépiant comme des oiseaux, se précipitent, haletants, au-dehors.

Je fais mes bagages et je vais au village voisin, pour prendre congé de Willy. Il s'appuie à la fenêtre, en manches de chemise et étudie au violon : « Ô mai, toi qui tout renouvelles... » Sur la table, tout servi, attend un dîner magnifique.

« Mon troisième aujourd'hui, déclare-t-il avec satisfaction ; j'ai constaté que je pouvais bouffer à l'avance et mettre en réserve, comme un chameau. »

Je lui annonce que je vais quitter le pays ce soir. Willy n'est pas homme à en demander long. « Je vais te dire, Ernst, fait-il pensif, c'est vrai qu'on s'ennuie ici. Mais aussi longtemps que je serai soigné comme ça — il montre la table —

dix chevaux réunis ne me sortiront pas de l'écurie de Pestalozzi[1]. »

Puis, il tire une caisse de bouteilles de bière placée sous le canapé « Haute pression ! » et il sourit, en montrant l'étiquette à la lumière de la lampe.

Je le regarde longuement. « Willy, mon vieux Willy, je voudrais bien être comme toi ! dis-je enfin.

— Je le crois », fait-il en riant légèrement et en décalottant une bouteille de bière.

Lorsque je prends le chemin de la gare, des petites filles aux museaux barbouillés, les cheveux noués d'un ruban qui tremblote, sortent en courant de la maison voisine. Elles viennent d'enterrer une taupe morte dans le jardin et de dire une prière pour elle ! Maintenant, elles me tendent la main avec une petite révérence : « Au revoir, monsieur l'instituteur. »

---

1. Célèbre pédagogue suisse.

SIXIÈME PARTIE

I

« Ernst, il faut que je te parle », dit mon père.

Je me représente très bien ce qui va suivre. Depuis quelques jours, il tourne dans le logis, la mine préoccupée, et fait des allusions. Mais jusqu'à présent, étant rarement à la maison, je lui ai toujours échappé.

Nous allons dans ma chambre. Il s'assied dans le sofa, l'air soucieux. « Nous nous inquiétons de ton avenir, Ernst. »

Je vais chercher une boîte de cigares dans la bibliothèque et je lui en offre. Sa figure s'éclaire un peu, car ce sont de bons cigares ; je les ai eus par Karl, qui ne fume pas des feuilles de hêtre.

« As-tu vraiment renoncé à ta situation d'instituteur ? » demande-t-il.

Je fais oui de la tête.

« Pourquoi as-tu fait ça ? »

Je hausse les épaules. Comment le lui expliquerais-je ? Nous sommes deux hommes complètement différents ; et, si jusqu'à présent, nous nous sommes très bien entendus, c'est précisément et surtout parce que nous ne nous sommes pas compris.

« Et que vas-tu faire maintenant ? poursuit-il.
— N'importe quoi, dis-je. Ça a si peu d'importance. »

Il me regarde effrayé et commence à me parler d'une bonne situation honorable, d'une situation d'avenir, d'une place dans la vie... Je l'écoute avec émotion et ennui et je pense qu'il est vraiment singulier que cet homme qui est là, sur le sofa, soit mon père, un père qui ordonnait autrefois mon existence. Mais il n'a pas pu me protéger durant les années de front, il n'a même pas pu m'aider à la caserne, où l'autorité du moindre caporal était supérieure à la sienne. J'ai dû me débrouiller tout seul et il était absolument indifférent qu'il existât ou non.

Quand il a fini, je lui verse un verre de cognac. « Vois-tu, père, dis-je en m'asseyant près de lui, il se peut que tu aies raison. Mais j'ai appris à habiter des trous, creusés en terre, à vivre d'un croûton de pain, et d'une soupe claire. Et quand on ne tirait déjà pas, j'étais satisfait. Une vieille baraque me paraissait presque un luxe, et une paillasse au cantonnement de repos, c'était le paradis. Tu dois bien te rendre compte que le fait essentiel de me sentir vivant et de savoir qu'on ne tire plus me suffit pour l'instant. Le peu de nourriture dont j'ai besoin, j'arriverai toujours à me le procurer, et pour tout le reste, j'ai encore le temps, toute ma vie.

— Oui, mais, répond-il, ce n'est pas une vie, rester ainsi dans les nuages...

— C'est selon, dis-je. Pouvoir dire plus tard que je suis allé tous les jours pendant trente ans consécutifs à la même classe ou au même bureau, je n'appelle pas ça une vie ! »

Il répond surpris : « Je vais depuis vingt ans à la fabrique de cartonnages et j'ai en tout cas réussi à être un artisan libre.

— Je ne tiens pas à réussir en quoi que ce soit... père, je ne tiens qu'à une chose, à vivre.

— J'ai aussi mené une vie honorable, dit-il avec une bouffée d'orgueil. Ce n'est pas pour rien que j'ai été élu membre de la Chambre des métiers.

— Réjouis-toi d'avoir eu une existence aussi simple, rétorqué-je.

— Mais il faut quand même que tu deviennes quelque chose ! gémit-il.

— Je pourrais, en attendant, travailler dans l'affaire d'un de mes camarades de guerre, dis-je pour l'apaiser. Il me l'a proposé. J'y gagnerais suffisamment pour mes besoins. »

Il secoue la tête. « Et pour cela tu abandonnerais ta belle position de fonctionnaire ?

— J'ai déjà dû souvent abandonner tant de choses, père ! »

Il tire sur son cigare, d'un air préoccupé. « Et tu aurais même eu droit à une retraite !

— Ah ! dis-je, lequel de nous autres, qui avons été soldats, vivra soixante ans ? Nous avons dans la carcasse tant de choses qui ne se révéleront que plus tard, nous passerons l'arme à gauche bien avant, c'est certain. »

Je ne puis m'imaginer avec la meilleure volonté que j'atteindrai cet âge. J'ai vu mourir trop de jeunes gens de vingt ans.

Pensif, je fume en observant mon père. Je sens bien encore, tout de même, que c'est mon père, mais c'est aussi un brave homme assez âgé, prudent et pédant, dont les opinions n'ont plus aucune signification pour moi. Je puis très bien m'imaginer comment il se serait comporté au front : on aurait été obligé de le surveiller tout le temps, et il n'aurait certainement jamais passé caporal...

Je rends visite à Ludwig. Il est assis au milieu d'un tas de brochures et de livres. Je voudrais m'entretenir avec lui de bien des choses qui me pèsent sur le cœur car j'ai le sentiment qu'il pourrait peut-être m'indiquer une issue. Mais lui-même est aujourd'hui inquiet et agité. Nous devisons pendant un moment sur des sujets sans importance, puis il dit :

« Il faut que j'aille chez le docteur.

— Toujours ta dysenterie ? demandé-je.

— Non, pour autre chose.

— Qu'as-tu donc d'autre, Ludwig », dis-je étonné.

Il se tait un instant, ses lèvres tremblent. Puis il dit :

« Je ne sais pas.

— Veux-tu que j'aille avec toi ? De toute façon, je n'ai rien de prévu... »

Il cherche sa casquette. « Oui, viens donc avec moi. »

En chemin, il me regarde parfois de côté à la dérobée. Il est singulièrement déprimé et silencieux. Nous tournons dans la Lindenstrasse et entrons dans une maison précédée d'un jardinet désolé planté d'arbrisseaux. Je lis, sur la plaque d'émail blanc de la porte :

Friedrich Schulz,
Docteur en Médecine,
Spécialiste des maladies de la peau,
des voies urinaires et des maladies sexuelles.

Je m'arrête. « Qu'est-ce qu'il y a donc, Ludwig ? »

Il me regarde, tout pâle. « Encore rien, Ernst ; j'ai eu une espèce de furoncle... et maintenant on dirait que ça recommence...

— Oh ! si ce n'est que cela, Ludwig, dis-je avec soulagement, qu'est-ce que j'ai eu comme furoncles, moi ! Gros comme des têtes d'enfants. Cela vient de la nourriture "ersatz". »

Nous sonnons. Une infirmière en costume blanc nous ouvre. Nous sommes tous deux terriblement gênés et nous entrons, le rouge au visage, dans le salon d'attente. Dieu merci, nous y sommes seuls. Sur la table, un paquet de numéros de la revue *Die Woche*. Nous les feuilletons. Les numéros sont déjà assez anciens ; on y est tout juste à la paix de Brest-Litovsk.

Le docteur arrive. Ses lunettes brillent. Derrière lui, la porte du cabinet de consultation reste entrouverte. On aperçoit un fauteuil d'examen, tubes nickelés et cuir, pratique à faire peur et pénible à voir.

C'est curieux que tant de médecins éprouvent une prédilection à traiter les malades comme de petits enfants. Chez les dentistes, cela fait même partie intégrante des études ; mais il semble bien que ce soit la même chose chez ce genre de spécialistes.

« Eh bien, monsieur Breyer, plaisante le serpent

à lunettes, nous allons devenir bientôt des amis un peu plus intimes... ? »

Ludwig est immobile comme un spectre, il s'étrangle :

« Est-ce que c'est la... »

Le docteur approuve de la tête d'une manière encourageante. « Oui, l'analyse du sang est revenue. Positive. Maintenant, nous allons commencer à parler sévèrement à cette vieille canaille.

— Positive, bredouille Ludwig, cela veut dire...

— Oui..., répond le médecin, il nous faut suivre un petit traitement.

— Cela veut dire alors que j'ai la syphilis ?

— Oui ! »

Une grosse mouche bourdonne dans la pièce et se cogne contre la fenêtre. Le temps est comme suspendu. Un air visqueux colle entre les murs. Le monde a changé. Une angoisse effrayante s'est transformée en une effrayante certitude.

« Ne peut-il y avoir une erreur ? demande Ludwig. Ne pourrait-on faire une seconde analyse ? »

Le docteur secoue la tête. « Il vaut mieux commencer le traitement au plus tôt. Vous êtes en période secondaire. »

Ludwig avale sa salive. « Est-ce guérissable ? »

Le docteur s'anime. Sa figure est presque joviale d'assurance.

« Mais complètement. Vous voyez ces petites ampoules ? Des injections pendant six mois d'abord. Après, nous verrons. Peut-être à ce moment-là ne sera-t-il même plus nécessaire de faire grand-chose. La syphilis est guérissable aujourd'hui. »

La syphilis, mot hideux, qui siffle comme un mince serpent noir.

« L'avez-vous attrapée au front ? » demande le médecin.

Ludwig fait signe que oui.

« Pourquoi ne vous êtes-vous pas fait traiter tout de suite ?

— Je ne savais pas ce que c'était. On ne nous a jamais rien dit autrefois de ce genre de choses ! Je n'ai d'ailleurs eu des symptômes que beaucoup plus tard, et ils semblaient sans aucune gravité. Puis, ils ont disparu d'eux-mêmes. »

Le docteur secoue la tête : « Oui, c'est le revers de la médaille », dit-il d'un ton léger.

Je lui flanquerais volontiers une chaise à la tête. Se doute-t-il de ce que signifie une permission de trois jours à Bruxelles, quand sortant tout droit des entonnoirs, de l'ordure, de la boue et du sang, on débarque dans une ville par le train du soir ? Une ville avec des rues, des réverbères, des lumières, des magasins et des femmes, avec de véritables chambres d'hôtel et des baignoires blanches, dans lesquelles on peut barboter et racler sa crasse ; une ville avec des musiques douces, des terrasses, du vin capiteux et frais...

Que sait-il de l'enchantement que porte en elle la vapeur bleue du crépuscule, pendant une halte aussi brève, entre l'horreur et l'horreur encore ? c'est comme une éclaircie entre des nuages, un cri sauvage de la vie dans une courte trêve accordée par la mort.

Qui sait si on ne crèvera pas dans quelques jours, accroché dans les barbelés, les os fracassés, hurlant, mourant de soif ? Encore une gorgée de ce vin capiteux, encore un peu d'air dans les poumons, encore un regard à ce monde irréel de couleurs soyeuses, de rêves, de femmes et de murmures excitants, de mots sous lesquels le sang devient comme un jet noir ; de mots sous lesquels les années de saleté, de rage et de désespoir se fondent en un tourbillon suave et harmonieux de souvenir et d'espérance.

Demain, la mort déchaînera de nouveau sa furie contre nous, avec son cortège de canons, de grenades, de lance-flammes, de sang et de destruction... Mais aujourd'hui, cette peau tendre est encore près de nous, elle embaume, elle appelle comme la Vie elle-même, elle attire mystérieusement, ombres troublantes de la nuque, délicatesse des bras... ; tout crépite, étincelle, se précipite et ruisselle, le ciel flambe...

Qui songeait encore, en de pareils moments, que dans ce murmure et cette séduction, ce parfum, cette peau, l'*Autre* se dissimule peut-être et attend, cachée, rampante, aux aguets..., la vérole ; qui donc le sait et qui voudrait le savoir ? qui s'inquiète, d'ailleurs, au-delà de l'heure présente ?... Tout sera peut-être fini, demain. Guerre maudite, qui nous a appris à ne regarder et à ne saisir que l'immédiat !

« Et maintenant ? demande Ludwig.

— Commencer le plus tôt possible.

— Alors, tout de suite », dit Ludwig avec calme. Et il entre avec le médecin dans le cabinet d'examen.

Resté dans le salon d'attente, je déchire quelques numéros de la *Woche*, dans lesquels ne flamboient que des parades, des victoires et des paroles énergiques de pasteurs exaltés par la guerre.

Ludwig revient. Je lui souffle : « Va donc trouver un autre docteur, celui-ci n'y connaît certainement rien du tout. Il n'a pas la moindre idée de ce que c'est. » Il fait un mouvement las et nous descendons l'escalier en silence. En bas, il dit brusquement, la figure détournée :

« Alors, au revoir... »

Je lève les yeux sur lui. Il s'appuie à la rampe et tient ses mains crispées dans ses poches.

« Qu'y a-t-il donc ? demandé-je, effrayé.

— Je m'en vais, maintenant, répond-il.

— Alors, serre-moi au moins la patte », dis-je étonné.

Il répond, la bouche contractée : « Tu ne voudrais plus me toucher, maintenant, bien sûr... »

Timide, mince, il est là, contre la balustrade, dans la même position qu'autrefois dans la tranchée, la figure triste, les yeux baissés...

« Ah ! Ludwig, Ludwig, qu'est-ce qu'on fait donc de nous tous, ici ? Moi je ne voudrais plus ?... Oh ! grand serin, grand bêta, tiens, je te touche, je te touche cent fois ! »

Je me sens tellement ému... Ah ! sacré nom... voilà que je pleure, âne que je suis !... je passe mon bras autour de ses épaules et je le serre contre moi, je le sens trembler.

« Ah ! Ludwig, tout cela est stupide ; après tout, peut-être l'ai-je aussi, moi ! sois tranquille, va, le vieux serpent à lunettes, là-haut, remettra tout cela en ordre. » Et il tremble, il tremble... et moi je le tiens, bien fort.

II

On annonce des manifestations en ville pour l'après-midi. Les prix montent partout depuis des mois et la misère est devenue pire que pendant la guerre. Les salaires ne suffisent pas à procurer le strict nécessaire et lors même que l'on dispose d'argent, il arrive souvent qu'on ne puisse acquérir quelque chose en échange. Par contre, le nombre des bars et des dancings augmente sans cesse et le règne des mercantis et des fraudeurs s'affermit chaque jour davantage.

Des groupes isolés de grévistes circulent dans les rues. Un rassemblement se forme de temps à autre. On entend dire que des troupes doivent être concentrées dans les casernes. Mais rien de cela n'est encore visible.

On entend des vivats et des cris de colère. Au coin d'une rue quelqu'un prononce une allocution. Mais, soudain, tout devient silencieux...

Un cortège s'avance lentement, un cortège d'hommes vêtus d'uniformes pâlis, formés en groupes distincts, en colonne par quatre. En tête, de grandes pancartes blanches.

« Que devient la reconnaissance de la Patrie ? »

« Les mutilés de guerre ont faim. »

Les pancartes sont portées par des manchots, qui se retournent souvent pour regarder si la colonne les suit à distance normale. Car ce sont eux qui marchent le plus vite.

Derrière eux viennent des hommes tenant en laisse courte des chiens de berger dont le harnais de cuir porte la croix rouge des chiens d'aveugles. Les bêtes marchent, attentives, à côté de leurs maîtres. Si la colonne stoppe, elles s'asseyent immédiatement, et les aveugles s'arrêtent. Parfois, des camarades en liberté dans la rue pénètrent dans les rangs, jappant et frétillant de la queue, pour jouer et folâtrer avec eux. Mais les chiens d'aveugles se contentent de tourner la tête sans s'inquiéter des museaux qui flairent ni des aboiements. Pourtant leurs oreilles se dressent et pointent, vigilantes, et leurs yeux sont vifs ; mais ils marchent comme s'ils n'entendaient plus jamais ni courir ni sauter, comme s'ils comprenaient vraiment leur mission. Ils se différencient de leurs congénères, comme des sœurs de charité se distinguent de demoiselles de magasins enjouées. Les autres chiens, du reste, n'insistent pas longtemps ; au bout de quelques minutes, ils abandonnent la partie et déguerpissent à telle allure qu'ils semblent fuir quelque chose... Seul, un mâtin de boucher, les pattes de devant largement écartées, hurle à la mort, longuement, jusqu'à ce que la colonne ait défilé devant lui...

C'est étrange... Ces hommes sont tous aveugles de guerre, c'est pour cela que leurs mouvements sont différents de ceux des aveugles de naissance. Ils sont à la fois plus brusques et plus prudents dans leurs gestes, que ceux qui possèdent l'assurance des longues années de ténèbres. La mémoire des couleurs, du ciel, de la terre et du crépuscule vit encore en eux. Ils se comportent toujours comme s'ils avaient des yeux, lèvent encore et tournent involontairement la tête comme pour regarder ceux qui leur parlent. Quelques-uns portent des pattes noires ou des bandeaux, mais la plupart marchent le visage libre comme s'ils pouvaient ainsi être un peu plus près des couleurs et de la lumière.

Le pâle couchant luit derrière leurs têtes inclinées. Les premières lampes s'allument aux vitrines des magasins. Mais les aveugles sentent à peine l'air tendre et plus léger du soir sur leurs fronts ; ils vont lentement, dans leurs lourdes bottes, à travers l'ombre éternelle qui les enveloppe comme un nuage. Et dans une angoisse tenace, ils calculent sans répit les sommes infimes qui doivent représenter pour eux le pain, les soins et la vie, et qui ne peuvent suffire cependant. La faim et la misère hantent les cavités obscures de leur cerveau. Désemparés, pleins d'une sourde anxiété, ils les sentent proches, et ne pouvant les voir ni agir différemment contre elles, ils en sont réduits à parcourir lentement les rues en cortège, visages morts sortant de l'ombre et tendus vers la lumière, prière muette à ceux qui voient encore, d'ouvrir tout de même les yeux...

Après les aveugles viennent les borgnes et les faces ravagées des blessés à la tête : des bouches bulbeuses et déviées, des têtes sans nez et sans mâchoires, des visages qui ne sont plus qu'une large cicatrice rouge percée de trous qui furent autrefois des bouches et des nez. Mais au-dessus de cette dévastation, des yeux silencieux, interrogateurs, des yeux tristes d'êtres humains.

À leur suite les longues files des amputés des jambes. Beaucoup portent déjà des membres artificiels qui se détendent obliquement en marchant et se posent à grand bruit sur le pavé, comme si l'homme tout entier était artificiel, fait d'acier articulé.

Puis viennent les « commotionnés ». Leurs mains, leurs têtes, leurs vêtements, leurs corps tremblent comme s'ils étaient toujours secoués par l'horreur. Ils ont perdu le contrôle de leurs mouvements, leur volonté est abolie, les muscles et les nerfs se sont révoltés contre le cerveau. Les yeux sont devenus hagards et impuissants.

Des borgnes et des manchots traînent sur des voitures d'osier enveloppés de draps les blessés graves condamnés au fauteuil roulant des infirmes. Parmi eux, quelques-uns tirent une charrette à bras plate, analogue à celles que les menuisiers emploient pour transporter des lits et des cercueils. Sur la plate-forme, un tronc. Les jambes manquent complètement. C'est le torse d'un homme vigoureux, il n'y a plus rien d'autre : la nuque est puissante, la figure large et honnête, barrée d'une forte moustache. Il se peut qu'il ait été emballeur de meubles. À côté de lui, une pancarte, probablement peinte par lui-même, où se lit, en lettres malhabiles : « Je préférerais avoir mes jambes, camarades ». L'homme est là, sur sa charrette, le visage grave. De temps en temps seulement, il s'appuie sur les bras et se déplace un peu pour changer de position.

La manifestation circule lentement par les rues. Sur son passage, le silence se fait. À un moment donné, elle est obligée de s'arrêter longuement, au coin de la Hakenstrasse. On bâtit là précisément un grand dancing et la rue est obstruée par des tas de sable, des chargements de ciment et des échafaudages. Entre les planches, au-dessus de la porte d'entrée, le nom de l'établissement flamboie déjà en lettres de feu : Astoria-Bar-Dancing.

La charrette de l'homme-tronc a stoppé juste en dessous et attend que des poutres de fer aient été enlevées. La lueur de braise de l'enseigne l'inonde, elle colore la face qui regarde en silence ; et cette face d'un rouge sombre paraît se gonfler d'une fureur terrible, comme si elle allait immédiatement éclater en un cri épouvantable.

Mais le cortège reprend sa marche et la face n'est plus que le visage de l'emballeur, avec sa pâleur d'hôpital dans le soir blême, qui sourit avec reconnaissance quand un camarade lui glisse une cigarette entre les lèvres.

Silencieux, les groupes continuent leur chemin, sans cri, sans révolte, avec calme ; rien qu'une plainte, pas une accusation. Ils savent que celui qui ne peut plus tirer un coup de fusil n'a pas grand secours à espérer.

Ils vont aller à l'Hôtel de Ville, on les fera attendre un certain temps ; un quelconque secrétaire leur dira quelque chose. Puis le cortège se disloquera et ils rentreront individuellement dans leurs chambres, dans leurs étroits logis, près de leurs enfants pâles, dans la misère grise, sans espoir. Prisonniers d'un destin que d'autres ont forgé...

Plus l'heure s'avance et plus la ville devient nerveuse. Je me promène dans les rues avec Albert. Des groupes stationnent à tous les carrefours et des rumeurs circulent. La troupe a déjà dû se rencontrer avec une manifestation d'ouvriers.

Soudain, dans la direction de l'église Sainte-Marie, quelques coups de fusil ; d'abord isolés, puis une salve. Albert et moi, nous nous regardons ; puis, sans un mot, nous marchons dans la direction des coups de feu.

Une foule de plus en plus dense arrive, en courant, à notre rencontre. « Allez chercher des armes, cette bande de charognes tire ! » crie-t-on. Nous allons plus vite. Nous nous faufilons entre les rassemblements, nous nous glissons en avant, nous courons maintenant, une âpre et dangereuse surexcitation nous entraîne. Nous haletons. Le bruit des détonations se renforce. J'appelle : « Ludwig ! »

Il court près de nous, les lèvres serrées, le maxillaire saillant, les yeux fixes et froids ; il a repris sa figure des tranchées. Albert aussi. Moi aussi. Nous courons dans la direction des coups de fusil comme vers un signal impératif et inquiétant.

En criant, la foule s'efface devant nous. Nous nous précipitons au travers. Des femmes, le tablier devant les yeux, fuient en se bousculant. Un hurlement de rage s'élève. On emporte un blessé.

Nous arrivons à la place du Marché. La Reichswehr tient solidement l'Hôtel de Ville. Les casques d'acier luisent, gris de cendre ; devant le perron, une mitrailleuse prête à entrer en action.

La place est vide ; la foule ne s'entasse que dans les rues adjacentes. Ce serait folie d'aller plus loin, la mitrailleuse commande la place.

Mais voici qu'un homme s'avance, tout seul. Derrière lui, la masse bout hors des rues, bouillonne autour des maisons et se condense, noire.

L'homme est loin en avant. Au milieu de la place, il franchit l'ombre de l'église et apparaît dans le clair de lune. Une voix commande, nette et tranchante : « En arrière ! »

L'homme lève les mains. Le clair de lune est si lumineux qu'on peut voir briller ses dents blanches dans la cavité sombre de la bouche, lorsqu'il commence à parler : « Camarades !... »

Et le silence se fait.

Sa voix retentit seule, entre l'église, la masse de l'Hôtel de Ville et l'ombre ; elle est seule, sur la place, comme une colombe qui battrait des ailes : « Camarades, bas les armes ! Allez-vous tirer sur vos frères ? Bas les armes et venez à nous !... »

Jamais la lune n'avait été si limpide. Les uniformes sur le perron de l'Hôtel de Ville semblent de craie. Les fenêtres brillent. La partie éclairée de la tour de l'église est un miroir de satin vert. Les chevaliers de pierre du portail avec leurs casques et leurs visières se détachent, étincelants, sur le mur d'ombre.

« En arrière, ou je fais tirer ! » La menace arrive du perron, glaciale. Je cherche des yeux Ludwig et Albert. C'est notre commandant de compagnie ! C'est la voix de Heel ! Une impression m'empoigne, étouffante, comme si j'allais assister à une exécution. J'en suis sûr : Heel donnera l'ordre de tirer.

La masse noire de la foule ondule dans l'ombre des maisons, elle oscille et murmure. Une éternité s'écoule. Puis, deux soldats armés de fusils se détachent de l'escalier et marchent vers l'homme, seul au milieu de la place. Il semble qu'il leur faut un temps infini pour l'atteindre ; on dirait des mannequins d'étoffe luisante, le fusil bas, prêt à tirer, qui marqueraient le pas dans la boue grise. Calme, l'homme les attend. Quand ils sont près de lui, il dit encore une fois : « Camarades... »

Ils l'empoignent sous les bras, et l'entraînent en avant ; l'homme ne fait pas de résistance. Ils l'emmènent si vite qu'il trébuche. Derrière monte alors une clameur ; la foule se met en mouvement, toute une rue s'avance, lentement, en désordre. La voix nette commande : « Ramenez-le vite ! Je vais faire tirer ! »

Une salve d'avertissement claque dans l'air. L'homme se dégage brusquement, mais il ne se sauve pas, il court en diagonale vers la mitrailleuse : « Ne tirez pas, camarades ! »

Il ne s'est encore rien passé, mais lorsque la foule voit l'homme sans armes se mettre à courir, elle fait un nouveau mouvement en avant. Elle se coule le long de l'église, en un ruban étroit. La seconde d'après, un ordre bref retentit sur la place ; le tac-tac de la mitrailleuse éclate comme un tonnerre, répercuté par les multiples échos des maisons et les balles sifflent, ricochant sur le pavé.

Prompts comme l'éclair, nous nous sommes jetés derrière une avancée de maisons. Une peur me paralyse, une peur ignoble qui s'est abattue sur moi dès le premier instant, toute différente de celle d'autrefois, au front. Une peur qui maintenant se change en fureur. J'ai vu l'homme isolé au moment où, tournant sur lui-même, il est tombé face contre terre. Prudemment j'observe derrière l'arête du mur. L'homme essaye maintenant de se relever, mais sans y parvenir. Lentement les bras se plient, la tête s'incline, et, comme s'il était infiniment las, le corps glisse sur le pavé... Alors, la boule qui me serrait la gorge disparaît... Je crie : « Non ! Non ! » Et ma voix résonne entre les murs des maisons.

Je me sens refoulé sur le côté. Ludwig Breyer se dresse et traverse la place, marchant vers le tas sombre que forme le corps de l'homme tué.

« Ludwig ! » crié-je.

Mais il continue à s'avancer, à s'avancer ; je le regarde faire, épouvanté.

« Arrière ! » Le commandement part à nouveau du perron.

Ludwig s'arrête un instant. « Faites donc encore tirer, lieutenant Heel ! » crie-t-il, dans la direction de l'Hôtel de Ville. Puis il continue à avancer et se penche vers le corps étendu sur le sol.

Nous voyons un officier quitter brusquement l'escalier. Sans même nous en rendre compte, nous voici soudain auprès de Ludwig, attendant celui qui vient, un officier qui pour arme n'a qu'une canne à la main. Il n'hésite pas un instant, bien que nous soyons trois et que nous puissions l'enlever si nous le voulions, car ses soldats n'oseraient tirer, de peur de l'atteindre.

Ludwig se redresse : « Je vous félicite, lieutenant Heel. Il est mort. »

Un filet de sang coule sous la veste de l'homme et remplit les interstices des pavés. Près de la main droite fine et jaune, largement dégagée de la manche, se forme une petite flaque de sang, qui miroite dans le clair de lune avec des reflets noirs.

« Breyer, dit Heel.

— Savez-vous qui c'est ? » demande Ludwig.

Heel le regarde et secoue la tête.

« C'est Max Weil. »

— J'ai voulu le laisser se sauver, dit Heel, après un moment, presque pensif.

— Il est mort », répond Ludwig.

Heel hausse les épaules.

« C'était notre camarade », poursuit Ludwig.

Heel ne répond pas.

Ludwig le regarde alors froidement : « C'est du beau travail. »

Alors, Heel bouge. « Il ne s'agit pas de cela, dit-il d'un ton glacial, il ne s'agit que du but, du calme et de l'ordre.

— Le but ? réplique Ludwig d'un ton méprisant…, depuis quand vous excusez-vous ? Le but ? Vous avez besoin d'occupation, c'est tout. Retirez vos gens, afin qu'on ne tire plus ! »

Heel fait un mouvement d'impatience. « Mes hommes resteront. S'ils se retiraient, ils seraient débordés demain par une foule dix fois supérieure. Vous le savez vous-même. Dans cinq minutes j'occuperai les débouchés des rues. Jusque-là, vous avez le temps d'emporter le cadavre.

— Prenez-le », nous dit Ludwig. Puis il se tourne encore une fois vers Heel. « Si vous vous retirez maintenant, personne ne vous attaquera. Mais si vous restez, il y aura des morts, et par votre faute. Vous le savez ?

— Je le sais », répond Heel toujours glacial.

321

Une seconde, nous restons encore en présence. Heel nous parcourt du regard. La minute est extraordinaire. Quelque chose se casse...

Nous prenons alors le corps inerte de Max Weil et nous l'emportons. Les rues, à nouveau, regorgent de monde. Une large trouée s'ouvre devant nous à notre arrivée. Des cris s'élèvent :

« Chiens de Noske ! Police de sang ! Assassins ! »

Le sang de Max Weil tombe de son dos goutte à goutte.

Nous le portons dans la maison la plus proche. C'est la Taverne Hollandaise. Quelques infirmiers y sont déjà et pansent deux blessés, allongés sur la piste de danse. Une femme gémit, son tablier plein de sang, et veut rentrer chez elle. On a de la peine à la maintenir jusqu'à ce qu'on apporte un brancard et qu'un médecin arrive. Elle est blessée au ventre. Près d'elle est étendu un homme portant encore sa vieille veste de soldat. Une balle lui a traversé les deux genoux. Sa femme est agenouillée près de lui et se lamente : « Mais il n'a rien fait du tout... Il passait seulement par là ! Je lui apportais juste à manger ! » Elle désigne la petite gamelle d'émail gris. « Seulement à manger... »

Les danseuses de la Taverne Hollandaise se sont réfugiées dans un coin. Le patron court partout, très agité, demandant si l'on ne pourrait pas porter les blessés ailleurs. Ce serait la ruine de son commerce, si cela se savait... les clients ne voudraient plus danser... Anton Demuth est là aussi, avec son uniforme de portier brodé d'or ; il a été chercher une bouteille de cognac et la porte à la bouche du blessé. Son patron l'observe, épouvanté, et lui fait des signes. Mais Anton n'est nullement troublé. « Crois-tu que je perdrai mes jambes ? demande le blessé. Je suis chauffeur... »

Les civières arrivent. Dehors les détonations recommencent à claquer ; nous sommes debout d'un saut. Ensuite, une rumeur, des cris, et un bruit de vitres brisées. Nous nous précipitons dehors : « Arrachez les pavés ! » crie un homme, en fichant un pic dans les interstices des pierres. Des matelas dégringolent, des chaises, une voiture d'enfant. Des coups de feu brillent vers la place, des coups de fusil répondent, partis des toits.

— Éteignez les réverbères ! » Un homme bondit en avant et jette une brique dans la lanterne. Instantanément l'obscurité s'abat. « Kosole ! » crie Albert. C'est lui, avec Valentin. Comme un tourbillon, les coups de feu les ont tous attirés.

« À moi, Ernst, Ludwig, Albert ! hurle Kosole. Ces cochons tirent sur des femmes ! »

Nous sommes rencoignés sous les portes, des détonations claquent, des gens crient, nous sommes submergés, entraînés, balayés, surexcités de haine furieuse ; du sang gicle sur les pavés, nous sommes de nouveau soldats, nous sommes repris ; la guerre, avec son fracas et sa rage, déferle sur nous, entre nous, en nous ; tout s'est écroulé, la camaraderie est trouée par les mitrailleuses, des soldats tirent sur des soldats, des camarades sur des camarades. La fin... c'est la fin.

III

Adolf Bethke a vendu sa maison et est venu habiter la ville.

Lorsqu'il eut repris sa femme chez lui, tout marcha bien pendant un certain temps. Il faisait son travail, elle faisait le sien et il semblait que les choses fussent rentrées dans l'ordre.

Cependant, le village commençait à jaser. Lorsque la femme d'Adolf passait dans la rue, le soir, on criait après elle. De jeunes gaillards, en la croisant, lui riaient insolemment sous le nez. Des femmes ramenaient leurs jupes d'un geste significatif. Elle n'en souffla mot à son mari. Mais elle dépérit et devint de jour en jour plus pâle.

Pour Adolf c'était pareil. S'il entrait dans un cabaret, les conversations s'arrêtaient. S'il rendait visite à quelqu'un il était reçu par un silence gêné ; peu à peu on osa des insinuations... le verre en main, on risqua même de lourdes allusions, et parfois, des rires ironiques éclataient derrière lui. Il ne savait guère comment riposter ; pourquoi aurait-il harangué tout le village à propos d'une affaire personnelle que le pasteur lui-même ne comprenait pas, le pasteur qui l'observait d'un air méfiant derrière ses lunettes d'or, quand il le rencontrait ! C'était un véritable tourment, mais Adolf, non plus, n'en parlait jamais à sa femme.

Ensemble ils vécurent ainsi pendant quelque temps, jusqu'à ce qu'un dimanche la meute s'enhardit à crier quelque chose à la femme en présence d'Adolf. Celui-ci se cabra ; mais elle lui mit la main sur le bras : « Laisse donc, ils le font si souvent que je ne l'entends même plus !

— Souvent ? » Il comprit tout d'un coup pourquoi elle était devenue si taciturne. Furieux, il bondit pour corriger l'un des crieurs. Mais ils avaient déjà disparu derrière le dos de leurs amis.

Adolf et sa femme rentrèrent chez eux, et se mirent au lit, sans rien dire. Adolf réfléchissait, les yeux perdus dans le vide. Soudain, il entendit un bruit léger, étouffé... sa femme pleurait sous la couverture. Peut-être avait-elle souvent pleuré ainsi, pendant qu'il dormait ?

« Sois tranquille, Marie, fit-il doucement, laisse-les donc dire... » Mais les sanglots ne s'arrêtèrent pas.

Il se sentit seul, en détresse. La nuit était là, hostile, derrière les fenêtres et les arbres chuchotaient comme de vieilles bavardes. Il mit avec précaution sa main sur l'épaule de sa femme. Elle leva vers lui un visage trempé de larmes.

« Adolf laisse-moi m'en aller... comme cela, ils s'arrêteront !... »

Elle se leva ; la bougie brûlait encore. Son ombre vacillait, grande, dans la chambre, une ombre qui glissait sur les murs et à côté de laquelle, dans la lumière avare, elle paraissait petite et frêle. Elle s'assit sur le bord du lit, étendit la main vers ses bas et son corsage. Étrange et immense, l'ombre tendit le bras avec elle, comme un destin muet, qui se fût glissé par la fenêtre, accourant de l'affût des ténèbres et qui, grotesque, tordu, avec un ricanement ironique, eût imité tous les gestes de sa proie avant de foncer sur elle et de l'entraîner dans l'obscurité frissonnante de la nuit.

Adolf sauta du lit et tira les rideaux de mousseline blanche, comme si, par ce geste, il pouvait protéger la chambre basse contre la nuit, dont les yeux avides de hibou regardaient fixement à travers les carreaux noirs.

Sa femme avait déjà mis ses bas et atteignait sa chemisette. Adolf fut près d'elle.

« Voyons… Marie… »

Elle leva les yeux et ses mains s'effondrèrent, le vêtement tomba sur le plancher. Adolf lut dans ses yeux la détresse profonde, la détresse de la créature, la détresse de l'animal battu, la détresse totale et désespérée de ceux qui ne savent pas se défendre. Il passa son bras autour de ses épaules. Comme elles étaient douces et tièdes !… Comment pouvait-on lui jeter la pierre ? N'étaient-ils pas tous deux de bonne volonté ? Pourquoi étaient-ils ainsi détestés et pourchassés sans pitié ? Il l'attira à lui, elle céda, glissa son bras autour de son cou et posa la tête contre sa poitrine.

Ils restèrent ainsi, grelottant tous deux dans leur chemise de nuit, étroitement serrés, chacun cherchant un réconfort dans la chaleur de l'autre. Puis ils s'assirent sur le bord du lit et échangèrent de rares paroles. Et lorsque les ombres devant eux tremblèrent à nouveau sur le mur, parce que le bout de bougie s'inclinait sur le côté et que la flamme allait s'éteindre, Adolf avec un mouvement tendre glissa sa femme de nouveau dans le lit... cela voulait dire : Nous restons ensemble, nous allons essayer encore... Puis il dit :

« Nous partirons d'ici, Marie. »

C'était la solution.

« Oui, Adolf, partons ! »

Elle se jeta sur lui, et pleura tout haut pour la première fois. Il la serra encore en lui répétant : « Demain, nous chercherons un acheteur... oui, dès demain. » Et dans un tourbillon de projets, d'espoir, de rage et de tristesse, il la prit. Le désespoir se transforma en ferveur ardente, jusqu'à ce qu'elle se tût, que les pleurs devinssent faibles comme ceux d'un petit enfant et finalement s'éteignissent de fatigue, dans une paisible respiration.

La bougie s'était éteinte, les ombres avaient disparu, la femme dormait. Mais Adolf resta longtemps encore éveillé dans son lit, à ruminer. Tard dans la nuit, la femme s'éveilla et sentit qu'elle portait encore les bas qu'elle avait passés lorsqu'elle avait voulu partir. Elle les enleva et les déplissa soigneusement, avant de les poser sur la chaise, près de son lit.

Deux jours plus tard, Adolf vendit sa maison et son atelier. Peu de temps après, il trouva un logement en ville. Les meubles furent emportés, mais il fallut abandonner le chien. Le plus dur, ce fut de quitter son jardin. Ce n'était pas facile de s'en aller ainsi et Adolf ne savait pas encore ce qu'il adviendrait de tout cela. Sa femme, pourtant, était calme et de bonne volonté.

La maison, en ville, est humide et sombre ; l'escalier aux rampes sales est plein d'odeurs de lessive ; les haines de voisinage et le relent des chambres mal aérées vicient l'atmosphère. Il y a peu de travail et, par suite, d'autant plus de loisirs pour ruminer ses pensées. Aucun des deux ne retrouve la joie ; c'est comme si toute leur peine les avait suivis.

Adolf reste affalé dans la cuisine, sans comprendre qu'un changement ne puisse se produire. Quand ils sont assis le soir l'un en face de l'autre, le journal lu et la table desservie, un vide mélancolique enveloppe de nouveau le logis, et Adolf sent sa tête tourner à force d'attention et de réflexion. Sa femme s'active, elle nettoie la cuisinière et quand il dit : « Viens donc, Marie », elle pose ses chiffons et son papier de verre, et elle vient. Et lorsqu'il l'attire à lui et murmure, pitoyablement seul : « Nous y arriverons », elle fait signe que oui, mais elle demeure silencieuse ; elle n'est pas gaie comme il le voudrait. Il ne sait pas que ce qui l'oppresse peut l'accabler elle aussi ; que leurs vies se sont dissociées durant ces quatre années de séparation et que maintenant chacun est un tourment pour l'autre. Il la brusque : « Mais voyons, dis donc quelque chose ! » Elle s'effraye et se met à parler, docile ; mais de quoi parlerait-elle ? Que peut-il bien se passer dans ce logis, dans sa cuisine ? Lorsqu'on en arrive à ce point que deux êtres soient obligés de parler, ils n'en diront jamais assez pour remettre les choses en ordre. C'est très joli de parler, quand il y a du bonheur derrière les mots, quand ils coulent aisément et d'une manière vivante ; mais à quoi peuvent servir, quand on est dans le malheur, des choses aussi capricieuses et aussi faciles à mal interpréter que des paroles ? Elles ne sont qu'une aggravation.

Adolf suit des yeux les mouvements de sa femme ; et il aperçoit, derrière, une autre femme, jeune, joyeuse, la femme de ses souvenirs, celle qu'il ne peut oublier. Les soupçons se réveillent et il lui jette, énervé : « Tu y penses toujours, à l'autre, hein ? » Et lorsqu'elle le regarde, les yeux agrandis et qu'il a conscience de son injustice, cette conscience ne fait que l'irriter davantage et il poursuit : « Faut que ça soit vrai, tu n'étais pas la même dans le temps ! Pourquoi donc es-tu revenue ? Tu aurais bien pu rester avec lui ! »

Chaque mot qu'il dit lui fait mal à lui-même, mais qui se tairait pour une pareille raison ? Il continue à parler, à parler, jusqu'à ce que la femme aille dans le coin, près de l'évier, où la lumière ne parvient pas, et recommence à pleurer comme un enfant égaré. Ah ! nous sommes tous des enfants, de stupides enfants égarés et la nuit enveloppe toujours notre maison...

Il ne peut le supporter, il s'en va, errant sans but dans les rues, s'arrêtant aux étalages sans rien voir, courant où il y a de la lumière. Les timbres des tramways sonnent, les autos passent avec un crissement soyeux, des passants le bousculent, et dans le cercle de lumière jaune des réverbères, les filles galantes attendent la clientèle. Elles balancent leurs croupes robustes, elles rient et se tiennent par le bras ; il demande :

« Es-tu gaie, toi ? » et les suit, heureux de voir et d'entendre autre chose. Mais, ensuite, il erre encore sans but, il ne veut pas rentrer chez lui et le voudrait pourtant quand même. En fin de compte, il court les cabarets et se saoule.

Voilà comment je retrouve, que j'écoute et que j'observe, assis devant moi, les yeux troubles, bégayant, le verre en main : Adolf Bethke, le soldat le meilleur et le plus avisé, le camarade le plus fidèle, celui qui en a secouru beaucoup et qui en a tant sauvé ; celui qui fut pour moi, au front, une protection et une consolation maternelle et fraternelle à la fois, quand brillaient les fusées à parachute et que mes nerfs étaient raclés à vif par les attaques et par la mort ; voilà celui avec qui j'ai dormi côte à côte dans les abris trempés et qui bordait ma couverture quand j'étais malade ; celui qui savait tout et qui donnait toujours un bon conseil...

Mais le voilà maintenant ici, accroché dans les fils de fer, qui se déchire les mains et la figure, le regard déjà trouble...

« Ah ! mon vieux, dit-il d'une voix désespérée... Pourquoi ne sommes-nous pas restés là-bas... là-bas, au moins, nous étions ensemble... » Je ne réponds pas. Je regarde seulement ma manche tachée de quelques gouttes de sang délavé. C'est le sang de Weil, qui a été tué sur l'ordre de Heel. Voilà où nous en sommes. C'est de nouveau la guerre ; mais la camaraderie est morte.

IV

Tjaden célèbre ses noces avec la boucherie chevaline. L'affaire est devenue une vraie mine d'or et le penchant de Tjaden pour la petite Mariette s'est développé proportionnellement.

Dans la matinée, le couple est conduit à la bénédiction nuptiale dans une voiture laquée noir, capitonnée de soie blanche, attelée à quatre chevaux naturellement, comme il sied à une entreprise dont la prospérité repose sur ces animaux. Willy et Kosole sont témoins. Pour cette festivité, Willy s'est rendu acquéreur d'une paire de gants blancs en coton véritable. Cela n'a pas été sans mal ; Karl a tout d'abord été obligé de se procurer une demi-douzaine d'autorisations ; puis les recherches ont commencé. Elles ont duré deux jours, car aucun magasin n'avait en réserve la pointure de Willy. On a tout de même été payé de sa peine. Les espèces de sacs d'un blanc de craie qu'il a réussi à dénicher font un prodigieux effet avec l'habit fraîchement passé à la teinture. Tjaden est en frac, Mariette porte une robe de mariée à traîne et une couronne de myrtes.

Peu avant le départ pour l'état civil, il y a

encore un incident. Kosole arrive, aperçoit Tjaden en frac et attrape le fou rire. À peine avait-il, dans une certaine mesure, réussi à reprendre ses esprits qu'il jette un coup d'œil de côté sur les oreilles décollées de Tjaden qui luisent au-dessus du faux col. Voilà que cela recommence. Rien à faire ; il éclaterait de rire au milieu de l'église et compromettrait toute la cérémonie ; au dernier moment, je me vois, de ce fait, obligé de servir de témoin.

Toute la boucherie chevaline est pompeusement décorée. Des fleurs et de jeunes bouleaux garnissent l'entrée ; l'abattoir lui-même est orné de guirlandes de sapins auxquelles Willy ajoute encore, aux applaudissements de tous, une pancarte portant : « Cordiale bienvenue ».

La viande de cheval, bien entendu, ne figure pas au menu ; de l'excellent porc fume dans les plats et un gigantesque rôti de veau, tout découpé, est placé devant nous.

Après le rôti de veau, Tjaden se débarrasse de son frac et enlève son faux col. Cela permet à Kosole de taper dans le tas avec plus d'ardeur, car, jusqu'à présent, il n'a pas pu regarder de côté sans s'exposer aux dangers d'un accès de suffocation. Nous suivons l'exemple de Tjaden et nous sommes à notre aise.

L'après-midi, le beau-père nous donne lecture d'un contrat qui fait de Tjaden le copropriétaire de la boucherie. Nous le félicitons et Willy, en gants blancs, apporte avec précaution notre présent de noces : un plateau de cuivre garni de douze verres à liqueur en cristal taillé. Puis s'ajoutent encore trois bouteilles de cognac provenant du stock de Karl. Le beau-père en est ému au point qu'il propose à Willy une place de gérant ; il a l'intention, dans les semaines qui suivent, d'ouvrir un restaurant quelque part. Willy décide d'y réfléchir.

Dans la soirée, Ludwig fait une apparition. Sur les instances de Tjaden, il est en uniforme, car Tjaden entend montrer aux gens qu'il a un vrai lieutenant pour ami. Mais Ludwig disparaît bientôt. Nous autres, nous restons jusqu'à ce qu'il n'y ait plus sur la table que des os et des bouteilles vides.

Quand enfin nous nous retrouvons dans la rue, il est minuit. Albert propose d'aller encore faire un tour au café Gräger.

« Il est déjà fermé depuis longtemps, dit Willy.
— On peut entrer par-derrière, insiste Albert. Karl est au courant. »

Aucun de nous n'en a vraiment envie, mais Albert insiste de telle manière que nous finissons par accepter. Cette insistance me surprend d'ailleurs, car, à l'ordinaire Albert est toujours le premier à vouloir rentrer chez lui.

Bien que du côté de la rue tout paraisse sombre et silencieux chez Gräger, nous faisons le tour, par la cour, et nous entrons dans une salle où l'agitation bat son plein. Gräger, c'est le rendez-vous des mercantis ; presque toutes les nuits on y boit jusqu'à l'aube.

Une partie de la salle est divisée en petites loges munies de rideaux de velours rouge. C'est là qu'on sert les vins. La plupart des rideaux sont tirés, et l'on entend fuser des rires et des piaillements. Willy ricane, la bouche fendue jusqu'aux oreilles : « Les bordels personnels de Gräger ! »

Nous nous installons plus loin. La salle est bondée. À droite, ce sont les tables des « poules ». Où les affaires prospèrent fleurit la joie de vivre ; c'est pourquoi les douze femmes attachées à l'établissement ne sont pas de trop. Toutefois, elles ont de la concurrence. Karl nous montre Mme Nickel, une brune plantureuse, dont le mari n'est qu'un petit trafiquant d'occasion, qui serait mort de faim sans elle. Son rôle consiste ordinairement à passer une heure, à domicile, avec les relations d'affaires de son époux.

À toutes les tables, un remue-ménage surexcité, des chuchotements, des murmures, des bruits de voix de toutes sortes. Des gens vêtus de complets anglais et coiffés de chapeaux neufs sont attirés dans les coins par des individus sans cols, en vestons courts. De petits paquets et des échantillons, sortis mystérieusement des poches, sont examinés, rendus, puis offerts à nouveau ; des calepins apparaissent, des crayons s'agitent. De temps en temps, quelqu'un se précipite au téléphone ou au-dehors. Et l'air ne vibre que de wagons, de kilos, de beurre, de harengs, de lard, d'ampoules, de dollars, de florins, de titres de Bourse et de chiffres.

Tout près de nous, une discussion particulièrement animée s'est engagée au sujet d'un wagon de charbon. Mais Karl fait un geste méprisant : « Tout ça, ce sont des affaires en l'air. L'un a vaguement entendu quelque chose, un autre le répète, un troisième y intéresse un quatrième, ils courent partout et font les importants, mais il n'y a presque jamais rien là-dessous. Ce ne sont que des courtiers de hasard qui courent après une commission. Les vrais princes de la mercante font leurs affaires à l'aide d'un ou de deux intermédiaires tout au plus, de gens qu'ils connaissent. Le gros, là-bas, a acheté hier deux wagons d'œufs en Pologne. Ils filent maintenant soi-disant pour les Pays-Bas, mais en chemin, on falsifiera la déclaration et ils réapparaîtront comme œufs frais de Hollande, qualité "à la coque" ; on les vendra trois fois leur prix. Ceux-là, là-devant, ce sont des trafiquants de cocaïne ; ils gagnent naturellement un argent fou. À gauche c'est Diederichs, qui ne travaille que dans le lard. C'est très bon aussi. »

« À cause de ces cochons-là, nous en sommes réduits à nos crampes d'estomac, nous autres, grogne Willy.

— Sans eux, ça serait pareil, répond Karl. La semaine dernière, l'État a fait vendre dix fûts de beurre, parce que la marchandise ayant trop attendu était complètement avariée. C'est la même chose pour les céréales. Récemment encore, Bartscher a pu acheter plusieurs chargements pour quelques pfennigs parce que l'État avait remisé le stock dans un hangar délabré et que le grain était complètement trempé et moisi.

— Comment s'appelle-t-il ? demande Albert.

— Bartscher. Julius Bartscher.

— Il vient souvent ici ?

— Je pense bien ! dit Karl. Tu veux faire des affaires avec lui ? »

Albert secoue la tête. « Il a beaucoup d'argent ?

— Plein les bottes, répond Karl, avec un certain respect.

— Regardez donc, voilà Arthur qui arrive », crie Willy en riant.

Le caoutchouc jaune canari apparaît à la porte du fond. Quelques personnes se lèvent et se précipitent vers lui. Ledderhose les écarte, salue à droite et à gauche d'un air protecteur et avance entre les tables comme un général. Je suis étonné de voir quelle expression âpre et désagréable a prise son visage ; une expression qui subsiste même lorsqu'il sourit.

Il nous salue d'un peu haut.

— Assieds-toi avec nous, Arthur », dit Willy, l'air aimable.

Ledderhose hésite, mais il ne peut résister à la tentation de nous montrer ici, dans son domaine, quel personnage il est devenu.

— Rien qu'un instant », dit-il en prenant la chaise d'Albert, qui, précisément, circule dans le café comme s'il cherchait quelqu'un. Je veux le rejoindre, mais j'abandonne l'idée croyant qu'un besoin l'oblige simplement à aller dans la cour. Ledderhose fait servir de l'eau-de-vie, et commence à traiter de 10 000 paires de bottes militaires et de vingt wagons de vieux matériel avec un homme dont les mains ne sont qu'un éclair de diamants. De temps en temps, Arthur s'assure, d'un coup d'œil, que nous prêtons aussi l'oreille.

Cependant, Albert passe le long des petits salons à rideaux ; quelqu'un lui a affirmé une chose qu'il n'a pas pu croire et qui, malgré tout, lui a trotté toute la journée par la tête. Soudain, alors que son regard inquisiteur pénétrait par la fente de l'avant-dernier box, il a la sensation qu'un énorme coup de hache s'abat sur sa tête. Il titube une seconde, puis il écarte violemment le rideau.

Sur la table, des coupes de champagne et à côté un bouquet de roses. La nappe, chiffonnée, traîne à moitié sur le plancher. Derrière la table, une jeune femme blonde est enfoncée dans un fauteuil, la robe dégrafée, les cheveux en déroute, les seins encore découverts. Elle tourne le dos à Albert et fredonne un refrain en vogue en se peignant devant une petite glace.

« Lucie », dit Albert d'une voix rauque.

Elle se tourne vivement et le regarde d'un œil hagard, comme une apparition. Puis, elle essaye de sourire, convulsivement, mais le sourire meurt sur ses lèvres, quand elle s'aperçoit qu'Albert, l'œil fixe, regarde ses seins nus. Il n'y a plus moyen de mentir. Prise de panique, elle se réfugie derrière le siège : « Albert... je ne suis pas coupable..., bégaye-t-elle. C'est lui... c'est sa faute... et, soudain, elle bafouille très vite : Il m'a grisée, Albert, je n'ai pas voulu... il m'a fait boire de plus en plus... je ne me suis plus rendu compte de rien... je te le jure. »

Albert ne répond pas.

« Eh bien, qu'est-ce qui se passe ? » demande quelqu'un derrière lui. Bartscher est revenu de la cour et se dandine sur ses jambes. Il souffle la fumée de son cigare à la figure d'Albert. « Ah, ah ! monsieur veut faire son pique-assiette, hein ? Demi-tour, marche ! »

Albert reste un instant devant lui, comme étourdi. Son cerveau enregistre avec une netteté incroyable le ventre rebondi, les carreaux du complet brun, la chaîne d'or et la face large et rouge de l'autre.

Au même instant, Willy, de notre table, jette par hasard un coup d'œil dans la direction d'Albert.

Il bondit, renverse plusieurs personnes et se met à courir à travers la salle. Il est déjà trop tard. Avant qu'il n'arrive, Albert a son revolver à la main et tire. Nous nous précipitons.

Bartscher a tenté de se protéger avec une chaise, mais il n'a pu la lever qu'à hauteur des yeux. La balle tirée par Albert lui a troué le front, deux centimètres plus haut. À peine s'il a visé, c'était le meilleur tireur de la compagnie et il avait la pratique de son revolver d'ordonnance depuis des années.

Bartscher s'effondre sur le plancher, ses pieds tressaillent. Le coup était mortel. La jeune femme pousse des cris perçants.

« Arrière ! » crie Willy, tenant en respect le flot des clients qui se précipitent.

Nous arrachons Albert, qui est demeuré sur place, sans mouvement et regarde toujours la jeune femme ; nous l'entraînons par la cour dans la rue, jusqu'au coin le plus proche, un endroit sombre où stationnent deux voitures de déménagement. Willy arrive derrière. « Il faut filer tout de suite, cette nuit même », fait-il, haletant.

Albert le regarde, comme s'il venait à peine de se réveiller. Puis il se dégage. « Laisse donc, Willy, dit-il avec effort, je sais ce qui me reste à faire maintenant.

— Tu n'es pas fou ? » renâcle Kosole.

Albert chancelle un peu. Nous le soutenons. Il nous repousse à nouveau. « Non, Ferdinand, dit-il à voix basse, comme s'il était épuisé, quand on fait quelque chose, il faut le faire jusqu'au bout. »

Il s'en va lentement le long de la rue.

Willy court après lui et essaye de le convaincre. Mais Albert secoue simplement la tête et tourne le coin de la Mühlenstrasse. Willy le suit.

« Il faut l'emmener de force, dit Kosole, il est capable d'aller à la police.

— Je crois que ce serait inutile, Ferdinand, dit Karl, bouleversé, je connais Albert.

— Mais cela ne ressuscitera pas l'homme, crie Ferdinand. À quoi cela va-t-il servir ? Il faut qu'Albert se sauve. »

Silencieux, nous attendons Willy.

« Comment a-t-il pu faire ça ? demande Kosole un moment après.

— Il tenait tellement à cette femme », dis-je.

Willy revient seul. Kosole est debout d'un saut. « Il est parti ? »

Willy fait non de la tête « ... À la police. Il n'y avait rien à faire. Quand j'ai voulu l'emmener de force, il m'aurait presque tiré dessus.

— Nom de Dieu ! » Kosole penche la tête sur le timon de la voiture. Willy se laisse tomber dans l'herbe. Karl et moi, nous nous appuyons aux parois du camion de déménagement.

Kosole, Ferdinand Kosole, sanglote comme un petit enfant.

V

Un coup de feu a retenti, une pierre s'est détachée, une main sombre a happé parmi nous. Nous avons fui devant une ombre, mais nous courions en cercle et l'ombre nous a rejoints.

Nous nous sommes étourdis et nous avons cherché ; nous nous sommes endurcis et nous nous sommes laissés aller ; nous nous sommes baissés et nous avons bondi ; nous nous sommes égarés et nous avons continué à marcher ; mais nous sentions toujours peser sur nos épaules l'ombre à laquelle nous voulions échapper. Nous croyions qu'elle nous poursuivait, ignorant que nous la traînions avec nous ; qu'elle était là, muette, partout où nous étions ; qu'elle n'était pas derrière, mais qu'au contraire nous la portions en nous, en nous-mêmes.

Nous avons voulu construire des maisons, nous avons eu des désirs ardents de jardins et de terrasses, car nous voulions voir la mer et sentir le vent ; mais nous avions oublié que les bâtiments ont besoin de fondations. Nous étions comme les champs d'entonnoirs abandonnés de la terre de France, aussi tranquilles que les labours voisins, mais dans lesquels l'explosif est toujours caché, mettant, aussi longtemps qu'il n'est pas déterré et arraché, la charrue en danger, et la rendant elle-même redoutable.

Sans nous en être rendu compte, nous sommes toujours des soldats. Si la jeunesse d'Albert avait été paisible et sans heurt, il eût grandi entouré d'éléments dont la chaleur et la confiance l'eussent soutenu et protégé. Mais tout avait été mis en pièces au point qu'il ne trouva plus rien à son retour ; sa jeunesse entière balayée, ses aspirations bâillonnées, son immense besoin de foyer natal et de tendresse se jetèrent aveuglément sur ce seul être humain, pour lequel il croyait éprouver de l'amour.

Et lorsque tout s'écroula, il ne sut que tirer, car il n'avait rien appris d'autre. N'eût-il pas été un soldat, il aurait trouvé bien d'autres issues. Mais sa main ne trembla même pas, depuis des années il était habitué à tirer juste.

Dans Albert, jeune homme rêveur, dans Albert, amoureux timide, il y avait toujours Albert, le soldat.

La pauvre vieille, toute chiffonnée, n'arrive pas à comprendre. « Comment a-t-il pu seulement faire cela ? Il avait toujours été un enfant si tranquille. »

Les rubans de son chapeau de vieille femme tremblent, le mouchoir tremble, la mantille noire tremble ; toute la femme n'est qu'une douleur tremblante. « Peut-être est-ce arrivé parce qu'il n'a plus de père. Il n'avait que quatre ans quand son père est mort. Pourtant, il a toujours été un si bon petit garçon, si tranquille...

— Il l'est encore, madame Trosske », dis-je. Elle s'accroche à ces paroles et commence à me raconter l'enfance d'Albert. Elle ne peut plus y résister, il faut qu'elle parle !... Des voisins sont venus, des relations, et même deux professeurs, personne ne comprend...

« Ils n'ont qu'à fermer leur bec, ceux-là, dis-je, ils ont tous leur part de responsabilité... »

Elle me regarde, sans avoir compris. Puis, elle continue à raconter... comment Albert a appris à marcher, qu'il ne pleurait pas comme les autres, qu'il était même trop tranquille pour un enfant ; et maintenant, voilà ce qui est arrivé. Comment a-t-il pu ?

Je la regarde avec étonnement. Elle ne connaît vraiment rien d'Albert. Peut-être en serait-il ainsi de ma propre mère, si elle parlait de moi. Les mères ne savent sans doute qu'aimer, c'est leur seule façon de comprendre...

« Mais, pensez donc, madame Trosske, dis-je avec ménagement. Albert a tout de même fait la guerre.

— Oui, répond-elle, oui... oui... » Mais elle ne saisit pas le rapport. « Ce Bartscher devait être un mauvais homme, n'est-ce pas ? demande-t-elle alors, doucement.

— C'était une crapule », affirmé-je sans plus ; qu'à cela ne tienne après tout.

Elle approuve, dans ses larmes. « Autrement, je ne pourrais pas me l'expliquer, non plus... Il n'a jamais fait de mal à une mouche. Hans, lui, leur arrachait les ailes ; Albert, jamais. Qu'est-ce qu'ils vont bien faire de lui maintenant ? »

Je la tranquillise. « Il ne peut pas lui arriver grand-chose ; il était surexcité, c'est pour ainsi dire comme de la légitime défense.

— Dieu soit loué, soupire-t-elle. Le tailleur, au-dessus de chez nous, a dit qu'il serait exécuté.

— Le tailleur est fou, répliqué-je.

— Oui, il a dit aussi qu'Albert était un assassin. » Elle fond en larmes. « Et ce n'est pas vrai, ce n'est pas un assassin, jamais, jamais, au grand jamais !

— Il aura affaire à moi, ce tailleur, déclaré-je, furieux.

— Je n'ose plus sortir, fait-elle en sanglotant, il est toujours là, à la porte.

— Je vais vous accompagner, maman Trosske », dis-je.

Nous approchons de sa maison. « Vous voyez, le voilà encore », chuchote la vieille femme, effrayée, en indiquant la porte d'entrée. Je me raidis. S'il a le malheur de dire un mot, j'en fais de la bouillie, dût-il m'en coûter dix ans de prison. Mais il s'écarte de notre chemin, ainsi que deux femmes qui rôdent auprès de lui.

Dans l'appartement, la mère d'Albert me montre encore une photo d'enfance de son frère Hans et de lui. Puis elle recommence à pleurer, mais s'arrête aussitôt, comme honteuse. Les vieilles femmes, en cette matière, ressemblent aux enfants ; les pleurs montent vite à leurs yeux, mais tarissent aussi vite. Dans le couloir elle me demande : « Croyez-vous qu'il ait assez à manger ?

— Bien sûr, répliqué-je, Karl Bröger va s'en occuper. Il ne manque de rien celui-là.

— J'ai encore quelques crêpes, il les aime tant... Est-ce que j'aurai le droit de lui en apporter ?

— Essayez toujours, riposté-je, et si on vous le permet, dites-lui simplement : Albert, je sais que tu n'es pas coupable. Rien de plus. »

Elle acquiesce. « Peut-être ne me suis-je pas assez occupée de lui. Mais, tout de même, Hans n'a plus de pieds... »

Je la console. « Le pauvre petit, dit-elle, il est maintenant tout seul. »

Je lui tends la main. « Je vais dire deux mots au tailleur, à présent. Je vous garantis qu'il vous laissera bientôt tranquille. »

L'homme est toujours devant la porte d'entrée. Une figure de petit bourgeois, épatée, stupide. Il me lorgne sournoisement, la gueule déjà prête à gloser, après mon passage. Je l'attrape par la veste. « Vous, espèce de bouc du diable, si vous adressez encore la parole à la vieille dame, là-haut, je vous mets en purée ; tenez-vous-le pour dit, hein ? Champion du fil à coudre, bougre de vieux bavard !... » Je le secoue comme un sac de chiffons et je lui cogne les reins contre le marteau de la porte. « Je reviendrai et je te démolirai les abattis, espèce de pouilleux, foireux de planche à repasser, sale individu ! » Et je lui applique une solide paire de gifles.

Je suis déjà loin qu'il glapit derrière moi : « Nous irons devant la justice ! Ça vous coûtera cent marks au moins. » Je me retourne, je reviens. Mais il disparaît.

Georg Rahe est installé dans la chambre de Ludwig ; il est crasseux, on voit qu'il n'a pas dormi de la nuit. Ayant appris l'affaire d'Albert par le journal, il est accouru aussitôt.

« Il nous faut le tirer de là », dit-il.

Ludwig lève les yeux.

« Si nous avions une automobile et une demi-douzaine de gars de sang-froid, continue Rahe, ça irait tout seul. Le meilleur moment serait quand on le conduira au tribunal. Nous entrons là-dedans, nous créons du tumulte et deux d'entre nous enlèvent Albert avec l'auto. »

Ludwig l'a écouté un instant. Puis il secoue la tête.

« Ça ne va pas, Georg. Nous ne réussirions qu'à faire du tort à Albert, en cas d'échec. À l'heure actuelle, il a au moins l'espoir de s'en tirer à bon marché. Encore serait-ce le moindre souci, et je serais des vôtres immédiatement, mais Albert ? Nous ne pourrions pas décider Albert à se sauver. Il ne veut pas.

— Alors, il n'y a qu'à employer la force, déclare Rahe au bout d'un instant, il faut qu'il en sorte, même si je risque d'y passer... »

Ludwig ne répond rien.

« Je crois aussi que cela ne servirait de rien, Georg, dis-je, même si nous réussissions à l'en tirer, il y retournerait tout de suite. Pense qu'il a failli tirer sur Willy, quand celui-ci a voulu le faire fuir. »

Rahe laisse tomber sa tête dans ses mains. La figure de Ludwig paraît grise et défaite.

« Je crois que nous sommes tous perdus », dit-il désespérément.

Aucun de nous ne répond. Un silence et un souci mortels sont suspendus dans la chambre...

Longtemps encore, je reste seul près de Ludwig. Il tient sa tête dans ses mains. « Tout est inutile, Ernst. Nous sommes fichus. Mais le monde continue à marcher, comme si la guerre n'avait pas eu lieu. Dans peu de temps, nos successeurs sur les bancs de la classe écouteront, l'œil avide, des récits de la guerre et l'ennui de l'école aidant, regretteront de ne pas y avoir été... Ils courent déjà aux corps francs ! À peine âgés de dix-sept ans, ils commettent des crimes politiques... Je suis si las...

— Ludwig... » Je m'assieds près de lui et je pose mon bras sur ses épaules étroites.

Il a un sourire désolé et me dit doucement : « Autrefois, Ernst, avant la guerre, j'ai eu un amour de jeunesse. Il y a quelques semaines, j'ai retrouvé la jeune fille. Elle m'a paru plus belle encore. C'était comme si les temps d'autrefois étaient ressuscités dans une créature humaine. Nous nous sommes vus ensuite, assez souvent, et soudain, j'ai senti... » Il laisse tomber sa tête sur la table. Lorsqu'il la relève, ses yeux sont noyés d'un tourment mortel... « Tout cela n'est plus fait pour moi, Ernst, puisque je suis malade... »

Il se lève et va ouvrir la fenêtre. Dehors, c'est la nuit chaude, criblée d'étoiles. Accablé, je regarde devant moi fixement. Ludwig reste un long moment, les yeux dirigés au-dehors. Puis, il se retourne : « Te rappelles-tu nos promenades, la nuit, dans les bois, avec les poèmes d'Eichendorff ?

— Oui, Ludwig, dis-je vivement, heureux de voir ses pensées prendre un autre cours, c'était à la fin de l'été. Une fois, nous avions trouvé un hérisson. »

Sa figure se détend. « Et nous imaginions déjà une aventure avec des chaises de poste, des cors de chasse et des étoiles... T'en souviens-tu ? nous voulions partir pour l'Italie.

— Oui, mais la chaise de poste qui devait nous emporter ne vint pas... Et nous n'avions pas d'argent pour prendre le train... »

La figure de Ludwig s'éclaire progressivement ; elle paraît presque mystérieuse à force de sérénité. « Et puis, nous avons lu *Werther*, dit-il.

— Et bu du vin », lui rappelé-je.

Il sourit. « Et le "vert Heinrich ?..." Te rappelles-tu comme nous parlions tout bas de Judith ? »

Je fais signe que oui. « Mais ensuite, tu préférais Hölderlin à tous les autres... »

Une étrange paix est tombée sur Ludwig. Il parle tout bas, avec douceur. « Et nos projets, à cette époque !... Et comme nous voulions devenir nobles et bons. En réalité, nous sommes devenus vraiment de pauvres bougres ! Ernst ?

— Oui, remarqué-je pensif, qu'est-il advenu de tout cela ?... »

Nous sommes accoudés l'un à côté de l'autre à la fenêtre. Le vent est suspendu dans les cerisiers et les fait frissonner doucement. Une étoile filante. Minuit sonne.

« Allons nous coucher. » Ludwig me tend la main. « Bonne nuit, Ernst.

— Dors bien, Ludwig. »

Tard dans la nuit, on tambourine violemment à ma porte. Je bondis, réveillé en sursaut. « Qui est là ?

— Moi, Karl, ouvre ! »

Je saute du lit.

Il se précipite dans ma chambre : « Ludwig ! »

Je l'empoigne. « Quoi, Ludwig ?

— Mort. »

La chambre tourne ; je retombe sur mon lit. « Chercher le docteur ! »

Karl cogne une chaise sur le plancher si violemment qu'elle se brise. « Mort, Ernst, ouvert l'artère du poignet... »

Je ne sais pas comment j'ai passé mes vêtements. Je ne sais pas comment je suis arrivé. Soudain, une chambre, une lumière crue, du sang, le scintillement insupportable des quartz et des silex et devant, dans un fauteuil, une forme infiniment lasse, grêle, effondrée, un visage affreusement pâle, aminci, avec des yeux éteints, à demi clos.

Je ne me rends pas compte de ce qui se passe... Sa mère est là, Karl est là, du bruit, quelqu'un essaye de me faire comprendre, je comprends : rester ici, qu'on va aller chercher quelqu'un ; je fais signe que oui, je m'effondre dans le sofa... Des portes battent, je ne peux faire un mouvement ni prononcer une parole... et soudain je suis seul avec Ludwig et je le regarde.

Karl l'avait vu en dernier et l'avait trouvé tranquille, presque gai.

Lorsque Karl fut parti, Ludwig mit de l'ordre dans ses affaires et écrivit quelque temps. Puis, il traîna une chaise près de la fenêtre et plaça, sur la table, un bassin plein d'eau chaude. Il verrouilla la porte, s'assit sur le siège et s'ouvrit les veines du poignet dans l'eau. La douleur fut légère. Il vit le sang couler, une image à laquelle il avait souvent pensé : vider son corps de ce sang odieux et empoisonné.

Sa chambre prit une grande netteté. Il distingua chaque livre, chaque clou, chaque reflet de sa collection de pierres, le chatoiement, les couleurs, il sentit : sa chambre. Elle s'approcha, entra dans son souffle et se mêla intimement à lui. Puis, elle s'éloigna de nouveau, indistincte. Alors commença le défilé des images de sa jeunesse : Eichendorff, les forêts, la nostalgie. Un apaisement, sans souffrance. Derrière les forêts montèrent des fils de fer barbelés, des nuages blancs de shrapnels, des éclatements de gros calibres, mais atténués, presque comme des cloches. Nul effroi. Les forêts restèrent, le son des cloches s'amplifia. Elles se mirent à résonner dans sa tête, si fort, que le crâne semblait sur le point d'éclater. En même temps, l'obscurité grandit. Puis les sons s'amortirent, et le soir, par la fenêtre, envahit la chambre ; les nuages entrèrent, flottants, sous ses pieds. Il aurait bien voulu voir des flamants roses une fois dans sa vie. Maintenant, il savait : c'étaient des flamants, aux grandes ailes gris-rose, nombreux, tout un vol — est-ce que jadis, un triangle d'oies sauvages n'avait pas passé devant la lune écarlate comme le coquelicot des Flandres ? Le paysage s'étendit de plus en plus, les forêts s'enfoncèrent davantage, des rivières d'argent brillant émergèrent, et des îles ; les ailes gris-rose volaient toujours plus haut, et l'horizon s'éclaircit toujours davantage, la mer...

Pourtant soudain, un cri profond, brûlant, jaillit encore de sa gorge, une dernière pensée filtra du cerveau dans la conscience défaillante : Peur, Salut... garrotter les veines. Il tenta de se redresser en chancelant, de soulever la main. Le corps tressaillit, mais il était déjà trop faible. Un tournoiement, un autre encore, tout sombra, et l'oiseau gigantesque au plumage de nuit s'approcha très doucement, à lents coups d'ailes, et les ailes, sans bruit, se refermèrent sur lui.

Je me sens repoussé par une main. Des gens sont là, de nouveau ; ils prennent Ludwig — je bouscule le premier, que personne ne le touche... — mais sa figure apparaît brusquement lumineuse et indifférente devant moi, changée, sévère, étrangère... Je ne le reconnais plus et je titube en arrière, dehors.

Je ne sais pas comment j'ai fait pour rentrer dans ma chambre. Ma tête est vide et mes bras pendent sans force sur le dossier de la chaise.
Ludwig... je ne veux plus. Moi aussi, j'en ai assez. À quoi bon être ici, dans cette vie, à laquelle nous avons tous cessé d'appartenir ? Ô toi, déraciné, exténué, consumé, pourquoi es-tu parti tout seul ?
Je me lève, les mains brûlantes, les yeux ardents. Je sens que j'ai la fièvre et mes pensées s'égarent. Je ne sais plus ce que je fais. Je me surprends à murmurer : « Prenez-moi donc, prenez-moi donc aussi... »

Mes dents claquent de froid. Mes mains sont moites. Je titube. De grands cercles noirs voltigent devant mes yeux.

Je m'arrête, brusquement, les yeux agrandis. Une porte n'a-t-elle pas tourné sur ses gonds, n'ai-je pas entendu grincer une fenêtre ? Un frisson me parcourt. Par la porte ouverte de ma chambre, je vois dans le clair de lune, près du violon pendu au mur, ma vieille tunique de soldat. Je marche vers elle avec précaution, sur la pointe des pieds, comme si je voulais la surprendre, je glisse vers cette veste grise qui a tout mis en pièces, notre vie comme notre jeunesse, je l'arrache, je veux la jeter, loin... mais soudain je passe la main sur elle, je l'endosse et je la sens à travers la peau qui prend possession de moi ; je grelotte, mon cœur bat furieusement dans ma gorge ; puis, un son clair déchire le silence, je tressaille, je me retourne et, effrayé, je me colle contre la muraille...

Car dans la lueur blafarde de la porte ouverte une ombre se forme. Elle se balance, elle flotte et se rapproche en faisant des signes, une stature se précise, puis une figure avec des orbites noires entre lesquelles bâille une large déchirure, une bouche enfin, qui parle sans un son. Je souffle : « N'est-ce pas ?... Walter ! » Walter Willenbrock, tombé en août 17 à Paschendaele... suis-je fou... est-ce que je rêve... suis-je malade ?...

Mais derrière lui se glisse déjà un autre fantôme, blême, cassé, courbé en deux : Friedrich Tomberge, dont un éclat fracassa les reins près de Soissons, tandis qu'il était accroupi sur les marches de l'abri. Et les voilà maintenant qui s'approchent à la file avec des yeux morts, livides, fantomatiques, une légion d'ombres... les voilà revenus et ils emplissent la chambre. Franz Kemmerich, amputé à dix-huit ans, mort trois jours après ; Stanislaus Katczinsky, les pieds traînants et la tête inclinée, d'où filtre, sombre, un mince filet. Gerhard Feldkamp, déchiqueté par une torpille près d'Ypres ; Paul Baümer, tombé en octobre 1918 ; Heinrich Wessling, Anton Heinzmann, Haie Westhus, Otto Matthes, Franz Wagner, des spectres, des spectres, un cortège de spectres, un cortège sans fin... Et les voici qui entrent en flottant, qui s'accroupissent sur les livres, grimpent sur la fenêtre, garnissent la chambre...

Puis, tout d'un coup, l'horreur et la stupéfaction m'envahissent, car un autre fantôme, plus grand, s'est soulevé lentement ; il franchit le seuil en rampant, les bras appuyés au sol ; il devient vivant, retrouve sa charpente, c'est un corps qui se traîne, des dents luisent, crayeuses, dans une face noire, des yeux étincellent maintenant dans les cavités des orbites ; arqué comme un phoque, il glisse en avant, dans ma direction... le capitaine anglais, traînant ses molletières dans un froissement. D'un mouvement souple, il se relève. Le voici debout et il allonge ses mains vers moi... Je crie : « Ludwig, à moi, Ludwig ! »

Fouillant dans l'amas des livres, j'en lance vers les mains tendues, je halète : « Des grenades, Ludwig ! » J'arrache l'aquarium du support et le jette contre la porte où il vole en éclats avec fracas ; mais lui ricane, il se rapproche ; je lance la vitrine à papillons, le violon, j'empoigne une chaise et cogne sur la face grimaçante, je crie « Ludwig, Ludwig ! » Je me précipite sur lui, je vole par la porte, la chaise se brise et je m'enfuis, comme un fou. Des appels derrière moi, des appels angoissés ; mais plus fort, plus proche, j'entends le souffle haletant ; il me poursuit ; je dévale l'escalier, il dégringole derrière moi ; j'atteins la rue, je sens son haleine dévorante sur ma nuque, je cours, les maisons vacillent. « Au secours, au secours ! » Des places, des arbres, une griffe sur mon épaule, il m'attrape, je hurle, je rugis, je chancelle. Et puis des uniformes, des poings, des vociférations, des éclairs, et le tonnerre sourd des massues qui m'abattent sur le sol...

SEPTIÈME PARTIE

I

Des années se sont-elles écoulées, ou seulement des semaines ? Comme un brouillard, comme un lointain orage, le passé est suspendu à l'horizon. J'ai été longtemps malade et la figure soucieuse de ma mère ne quitta pas mon chevet jusqu'au jour où la fièvre fit trêve. Mais vint ensuite une grande lassitude, qui abolit toute résistance, une sorte de veille somnolente dans laquelle toutes les pensées se fondaient, un abandon languide à la douce chanson du sang et à l'ardeur du soleil.

Les prairies brillent dans la splendeur des derniers beaux jours de l'automne. Je suis couché dans les prés ; les tiges dépassent ma figure, elles s'inclinent, elles enferment le monde ; on n'entend plus rien qu'un doux froissement dans le souffle du vent. Aux endroits où l'herbe croît seule, la brise bourdonne tout bas, comme une faux lointaine ; où pousse l'oseille sauvage, le son est plus voilé et plus grave. Il faut une longue immobilité et une grande attention pour distinguer ces nuances.

Mais ce calme devient vivant. Des mouches minuscules aux ailes noires tachetées de rouge garnissent en troupe serrée les panicules de l'oseille et se balancent avec les tiges. Des bourdons, tels des petits avions, vrombissent sur le trèfle et une coccinelle solitaire escalade avec persévérance la plus haute cime d'une bourse-à-pasteur.

Une fourmi atteint mon poignet et disparaît dans le tunnel de ma manche. Elle traîne une brindille sèche bien plus longue que son corps. Je sens le chatouillement léger sur ma peau et je ne puis discerner si c'est la fourmi ou le brin d'herbe qui fait courir sa tendre et vivante caresse le long de mon bras, une caresse qui s'exacerbe en légers frissons. Mais la brise souffle ensuite dans ma manche et je songe que toutes les tendresses de l'amour doivent paraître grossières à côté de cette haleine sur la peau.

Des papillons volettent vers moi, si abandonnés au vent qu'ils semblent nager sur ses vagues, voiles blanches et dorées dans l'air tiède. Ils s'attardent sur les floraisons et, soudain, relevant les yeux, j'en aperçois deux, tranquillement posés sur ma poitrine ; l'un, feuille citron marquée de points rouges ; l'autre, ailes étendues tachées d'yeux de paon violets sur un fond de velours brun sombre. Vivantes décorations de l'été... Je respire très doucement, lentement et pourtant mon haleine fait trembler leurs voiles, mais ils restent sur moi. Le ciel lumineux palpite derrière les herbes. Une libellule, les ailes grésillantes, se maintient au-dessus de mes souliers.

Dans l'air flottent de blancs fils de la Vierge, des toiles d'araignées, filandres soyeuses. Elles pendent aux tiges et aux feuilles ; puis le vent les entraîne, elles s'accrochent à mes mains, à mes vêtements, et, se posant sur ma figure, sur mes yeux, me recouvrent bientôt. Mon corps, qui, à l'instant, était encore à moi, s'amalgame maintenant à la prairie. Ses formes s'évanouissent, il n'est plus nettement délimité, la lumière estompe ses contours et il commence, sur les bords, à devenir indécis...

Le cuir des chaussures est noyé par l'haleine des herbes, dans les pores laineux des habits s'insinue le souffle de la terre, mes cheveux sont traversés de ciel en mouvement, de vent ; et le sang bat contre la peau, montant à la rencontre du flux qui me pénètre. Les fibres nerveuses se dressent et vibrent, je sens déjà les pattes des papillons sur ma poitrine et le pas des fourmis résonne dans la concavité de mes artères ; puis, l'onde s'amplifie, la dernière résistance s'évanouit et je ne suis plus qu'un monticule sans nom : un peu de prairie, un peu de sol...

Les courants silencieux de la terre s'enfoncent et remontent et mon sang les accompagne dans leur circuit. Emporté par eux, il participe à la vie universelle. S'écoulant à travers la nuit chaude du sol, il est avec les tintements des cristaux et des quartz, il est dans le mystérieux murmure des gouttelettes que la pesanteur oblige à filtrer entre les racines et à s'assembler en minces filets pour chercher le chemin des sources. Avec elles, le voici qui jaillit du sol à nouveau, il est dans les ruisseaux et les fleuves, dans la splendeur des rives, dans l'immensité de la mer et dans la vapeur moite et argentée que le soleil aspire vers les nuées. Tournant et tournant encore, il entraîne toujours plus de ma substance et la baigne dans la terre et les courants souterrains ; lentement, sans souffrance, le corps disparaît. Il est parti ; il n'y a plus que des étoffes et une dépouille. Il est devenu la filtration des sources souterraines, le murmure des herbes, le souffle du vent, le bruissement des feuilles, le ciel muet et sonore. La prairie se rapproche, des fleurs poussent à travers, des floraisons se balancent au-dessus ; je suis englouti, oublié, noyé sous les coquelicots et les renoncules que survolent des papillons et des libellules...

Un mouvement à peine sensible, un tremblement imperceptible. Est-ce le dernier frisson avant la fin ? Sont-ce les coquelicots et les herbes ? N'est-ce que le ruissellement entre les racines des arbres ?

Mais l'intensité du mouvement augmente. Il gagne en régularité, il se change en haleine et en pouls, onde après onde, il revient, comme une marée montante ; retour des fleuves, des arbres, du feuillage et de la terre. La circulation recommence, mais elle n'emporte plus, elle ramène et se stabilise ; elle devient frémissement, sentiment, sensation, mains, corps. La dépouille n'est plus vide. La terre, délivrée, légère, ailée, baigne à nouveau mon corps. J'ouvre les yeux...

Où suis-je ? Où étais-je ? Ai-je dormi ? La mystérieuse communion dure toujours ; je reste attentif sans oser faire un mouvement. Mais elle demeure ; le bonheur, la légèreté grandissent et avec eux le flottement et le rayonnement ; je suis couché dans la prairie, les papillons sont partis, ils sont plus loin, l'oseille sauvage se balance et la coccinelle a atteint sa cime ; les fils de la

Vierge pendent à mes vêtements. L'ondulation persiste, elle monte dans ma poitrine, dans mes yeux, je remue les mains. Ô joie ! Je ramène mon genou, je m'assieds, mon visage est humide, et je me rends compte, à présent seulement, que je pleure, que je pleure désespérément, comme si bien des choses s'étaient évanouies pour toujours...

Je me repose un moment. Puis, je me lève et prends la direction du cimetière. Jusqu'à présent, je n'y suis pas encore allé, car depuis la mort de Ludwig, c'est la première fois que j'ai pu sortir seul.

Une vieille femme m'accompagne pour m'indiquer la tombe de Ludwig. Elle est située derrière une haie de hêtres et plantée de pervenches. La terre, encore meuble, forme un petit tertre auquel s'adossent des couronnes fanées. Les lettres d'or des rubans sont déjà presque effacées, illisibles.

Je craignais un peu de venir ici. Mais ce calme n'a rien d'effrayant. Le vent souffle sur les tombes, le ciel doré de septembre est derrière les croix, un merle siffle dans le feuillage des platanes de l'allée.

Ah ! Ludwig, c'est aujourd'hui que j'ai éprouvé pour la première fois ce que signifient peut-être le Pays et la Paix ; et tu n'es plus là. J'ose à peine croire, d'ailleurs, craignant encore que ce ne soit faiblesse et lassitude. Peut-être en aurai-je un jour l'entière révélation ? Et suffit-il d'attendre et de se taire pour qu'elle vienne d'elle-même jusqu'à nous ? Peut-être notre corps et la terre sont-ils les seuls éléments qui nous soient restés fidèles. Peut-être suffirait-il de leur obéir et de les suivre ?

Ah ! Ludwig, nous avons cherché sans trêve, nous avons fait fausse route et nous sommes tombés, nous entendions avoir des buts et nous avons trébuché sur nous-mêmes. En définitive, nous n'avons pas trouvé et toi, tu as succombé. Et maintenant, est-ce l'haleine du vent dans les herbes ou le sifflet d'un merle dans le soir qui doivent nous émouvoir et suffire à nous mettre dans le bon chemin ? Un nuage au lointain, un arbre dans l'été sont-ils donc plus puissants que tant de volonté ?

Je n'en sais rien, Ludwig. Je ne puis encore le croire, car l'espoir était déjà mort en moi. Après tout, nous ignorons ce qu'est le don de soi-même et nous ne savons rien de sa puissance. Nous ne connaissons que la force.

Et même si c'était cela, l'issue, Ludwig, quelle valeur aurait-elle pour moi, puisque tu n'es plus là...

Le soir monte lentement derrière les arbres, ramenant avec lui l'inquiétude et la tristesse. Je regarde fixement la tombe.

Des pas crissent, sur le gravier. Je lève les yeux : c'est Georg Rahe. Il me regarde, soucieux, et me conseille de rentrer.

« Il y a longtemps que je ne t'ai vu, Georg, dis-je en chemin, où étais-tu donc ? »

Il fait un geste vague. « J'ai essayé un tas de métiers...

— Tu n'es donc plus soldat ? demandé-je.

— Non », répond-il durement.

Deux femmes en deuil s'approchent le long de l'allée des platanes. Elles portent à la main de petits arrosoirs verts et se mettent en devoir d'arroser les fleurs d'une tombe ancienne. Un doux parfum de giroflée et de réséda nous parvient.

Rahe lève les yeux.

« Je pensais trouver là-bas un reste de camaraderie, Ernst. Mais il n'y a plus qu'un sentiment brutal de cohésion et une sorte de fantôme de la guerre, une caricature... Des gens qui croient pouvoir sauver la patrie en cachant quelques douzaines de fusils ; des officiers sans pain incapables de faire autre chose que de prendre part à tous les troubles ; des reîtres éternels ayant perdu toute attache et craignant, de ce fait, d'être obligés de rentrer dans la vie civile ; les dernières scories de la guerre, quoi — et les plus dures. Ajoutes-y encore une poignée d'idéalistes et un tas de jeunes gens attirés par la curiosité et l'esprit d'aventure. Tous excités, aigris, désespérés et suspects les uns aux autres. Oui, et alors... »

Il se tait un moment, le regard immobile. De côté, j'observe son visage. Il est nerveux, ravagé et les yeux sont entourés d'ombre profonde. Il fait alors un mouvement brusque.

« Pourquoi te le cacherais-je, Ernst... Il y a assez longtemps que je me creuse la tête à ce sujet. Un jour, nous nous sommes battus contre des communistes, paraît-il. Mais après, lorsque j'ai vu les morts, des travailleurs, quelques-uns portant encore leurs vieux uniformes et leurs bottes de soldats — d'anciens camarades — quelque chose s'est déchiré en moi. Il m'est arrivé, avec mon avion, de nettoyer une demi-compagnie d'Anglais, mais cela ne m'a rien fait ; la guerre, c'était la guerre. Mais ces camarades morts, en Allemagne, abattus à coups de fusil par leurs anciens camarades, pas de ça, Ernst ! »

J'approuve de la tête, en pensant à Weil et à Heel.

Au-dessus de nous, un pinson commence à chanter. Le soleil se dore et prend ses teintes du soir. Rahe mordille une cigarette.

« Oui, alors… un peu après, il nous manqua subitement deux hommes. Ils avaient, soi-disant, formé le projet de trahir le secret d'un dépôt d'armes. Leurs camarades les avaient assommés la nuit dans la forêt, à coups de crosse, sans autre forme de procès. On appelle ça la "Sainte-Vehme". J'avais eu l'une des victimes comme caporal au front, un type merveilleux… Alors, j'ai tout balancé… »

Il me regarde.

« Voilà ce que c'est devenu, Ernst ; et autrefois, quand nous sommes partis, quelle volonté, quel élan ! »

Il jette sa cigarette.

« Nom de Dieu, où donc est resté tout cela ! »

Puis il ajoute tout bas au bout d'un instant : « Je voudrais tout de même savoir, Ernst, comment cela a pu changer à ce point… »

Nous nous levons et gagnons la sortie par l'allée des platanes. Le soleil joue dans les feuilles et sur nos visages. Tout cela est tellement irréel, ce dont nous parlons, comparé à la chaude et tendre atmosphère de l'automne ; les merles à côté de l'haleine froide du souvenir.

« Qu'est-ce que tu fais donc maintenant, Georg ? » demandé-je.

En marchant, il abat de sa canne les têtes feutrées des chardons. « J'ai tout examiné, Ernst : situations, idéaux, politique ; mais je ne cadre plus avec ce genre d'occupations. Partout, là-dedans, il n'y a que du mercantilisme, de la défiance, de l'indifférence et de l'égoïsme sans limites... »

Je suis un peu fatigué par la marche et nous nous asseyons sur un banc du Klosterberg.

Les tours verdies miroitent sur la ville et la fumée des toits monte, argentée, des cheminées. Georg désigne la ville. « Ils sont là aux aguets, comme des araignées, dans leurs bureaux, dans leurs magasins, dans leurs professions, tous prêts à sucer le sang du voisin. Et tout ce qui s'étend au-dessus d'eux : la famille, les associations, les autorités, les lois, l'État ! Ce ne sont que toiles d'araignées les unes sur les autres ! Évidemment, on peut appeler ça l'existence et être fier de ramper là-dessous pendant quarante ans. Mais j'ai appris au front que le temps ne peut servir de mesure à la Vie. Alors, à quoi bon descendre la pente pendant quarante ans ? Durant des années, j'ai tout "ponté" sur une seule carte, et ma vie était toujours l'enjeu. Il m'est impossible, aujourd'hui, de jouer des pfennigs et des petits avantages.

— La dernière année, Georg, dis-je, tu n'étais plus dans les tranchées. C'était peut-être différent chez les aviateurs, mais nous, nous sommes restés souvent des mois sans voir un ennemi. Nous n'étions que de la chair à canon. Et nous n'avions pas à "ponter". Il n'y avait qu'à attendre, jusqu'à ce qu'on soit touchés.

— Sans parler de la guerre, Ernst... Je parle de la jeunesse et de la camaraderie.

— Oui, ça, c'est fini, dis-je.

— Nous avons vécu en serre chaude, dit encore Georg, pensif. Aujourd'hui, nous sommes vieux. Mais il est bon de voir les choses comme elles sont. Je ne regrette rien. Je fais simplement le bilan. Tous les chemins me sont fermés. Il ne me resterait qu'à végéter, mais je ne le veux pas. Je veux demeurer libre. »

Je m'écrie : « Mais, Georg, ce que tu dis là, c'est déjà une fin ! Il faut tout de même que pour nous aussi, il y ait un commencement. Je l'ai pressenti aujourd'hui. Ludwig le savait lui, mais il était trop malade... »

Il me met le bras sur les épaules : « Eh bien, alors, rends-toi... utile, Ernst. »

Je me penche vers lui : « Comme tu le dis, c'est désagréable et pénible à entendre. Mais il doit y avoir, là aussi, une camaraderie, dont nous ignorons tout encore. »

Je voudrais bien lui parler de ce que j'ai éprouvé tout à l'heure dans la prairie, mais je ne puis trouver de mots pour l'exprimer.

Nous restons, l'un près de l'autre, silencieux. « Quelles sont maintenant tes intentions, Georg ? » continué-je après un moment.

Il répond, pensif : « Moi, Ernst ? C'est par pur hasard que je n'ai pas été tué, cela me rend un peu ridicule... »

Je repousse sa main et je le regarde avec anxiété. Il me tranquillise : « Prochainement, on fera de nouveau un petit voyage. »

Il joue avec sa canne, ses yeux restent un long moment fixés droit devant lui.

« Te rappelles-tu encore ce que Giesecke a dit, un jour, à l'asile, là-haut ? Il voulait retourner...

à Fleury, tu sais. Il croyait que cela pourrait lui faire du bien. »

Je fais signe que oui.

« Il est toujours là-haut. Karl a été le voir dernièrement... »

La brise se lève, légère. Nous regardons la ville et la longue rangée des peupliers sous lesquels nous avons autrefois planté des tentes et joué aux Peaux-Rouges. Georg était toujours le chef, et je l'ai aimé comme seuls peuvent aimer des petits garçons qui ne savent rien de la vie.

Nos yeux se rencontrent. « Le Loup Noir..., dit Georg doucement, en souriant.

— La Longue Carabine », remarqué-je, moi-même, tout aussi doucement.

II

Plus l'audience se rapproche et plus je pense à Albert. Un beau jour je vois, soudain, claire et distincte devant moi, une paroi de terre, un créneau, un fusil pourvu d'une lunette-viseur et derrière, une figure impassible et tendue de guetteur : Bruno Mückenhaupt, le meilleur tireur d'élite du bataillon, celui qui ne manquait jamais le but.

Je me lève. Il faut que j'aille voir ce qu'il fait, et comment il a résolu, lui, le problème...

Une grande maison avec de nombreux logements. L'escalier est ruisselant d'eau. C'est samedi, tout est encombré de seaux, de balais-brosses et de femmes aux jupes retroussées.

Une sonnette retentissante, dont le timbre est bien trop puissant pour la porte. On m'ouvre avec hésitation et je demande Bruno. La femme me fait entrer. Mückenhaupt, en manches de chemise, est assis sur le plancher et joue avec sa petite fille, une enfant de cinq ans à peu près, blonde comme les blés, un large ruban bleu dans les cheveux. Bruno lui a dessiné, sur le tapis, une rivière en papier d'étain sur laquelle flottent des petits bateaux de papier. Quelques navires ont des touffes d'ouate au sommet : ce sont les vapeurs, et ils portent comme passagers de petites poupées en celluloïd. Bruno fume, tout à son aise, une pipe de longueur raisonnable. Le fourneau de porcelaine est décoré d'une image représentant un soldat dans la position du tireur à genou, entouré de l'inscription :

« Exerce ton œil et ta main pour la Patrie. »

« Tiens, Ernst ! » dit Bruno en donnant une petite tape amicale à l'enfant et en la laissant jouer seule. Nous allons dans la « belle chambre ». Le sofa et les chaises sont en peluche rouge, les dossiers portent des housses, et le plancher est ciré avec une telle conscience que je glisse. Tout est propre et tout est à sa place. Des coquillages, des bibelots et des photographies ornent la commode, et, au milieu, sur un coussin de velours rouge recouvert d'un globe, la décoration de Bruno.

Nous parlons de ces temps-là... et je lui demande : « As-tu toujours ton carnet de tir ?

— Mais, mon vieux, répond Bruno, d'un ton de reproche, il est à la place d'honneur ! »

Il va le chercher dans la commode et le feuillette, en savourant les pages : « Naturellement, c'était l'été la meilleure époque, parce que la nuit tombait tard, et que le soir on pouvait voir longtemps. Ici, tiens, attends, juin, le 18, quatre "mouches" à la tête ; le 19, trois ; le 20, une ; le 21, deux ; le 22, une ; le 23, rien, bredouille. C'est le jour où ces salauds-là avaient remarqué quelque chose et étaient devenus prudents... Mais ici, fais attention, le 26. Là, il y avait eu relève et les nouveaux n'avaient pas encore eu vent de Bruno : neuf "mouches" ! Qu'est-ce que tu en dis, hein ? »

Il me regarde, radieux. « En deux heures ! C'était

comique... je ne sais pas si cela venait de ce que je les attrapais peut-être sous le menton, mais, chaque fois, l'un après l'autre, ils sautaient en l'air comme des cabris, la poitrine hors de la tranchée ; mais... regarde un peu ça : le 29 juin, à dix heures deux minutes du soir, un but. Ce n'est pas une blague, Ernst, tu vois, j'ai eu des témoins, regarde, c'est écrit ici : *"Certifié exact, vice-feldwebel Schlie"*. Dix heures du soir, presque dans l'obscurité ! Ça, c'est travailler, hein ? Ah ! vieux, quels temps c'étaient !

— Mais... dis-moi... Bruno, demandé-je. C'était du travail superbe, oui... mais maintenant, je veux dire... est-ce que tu n'as pas un peu pitié de ces pauvres bougres...

— Comment ? » fait-il, stupéfait.

Je répète ce que j'ai dit. « À ce moment-là, Bruno, nous étions en plein dedans... mais aujourd'hui, tout a pourtant changé... »

Il recule sa chaise : « Oh ! toi, mon vieux, tu dois être bolchevik, hein ? C'était le devoir, tout de même. C'était la consigne ! Comment ?... »

Froissé, il reprend son carnet, l'enveloppe dans le papier de soie et le replace dans le tiroir de la commode.

Je l'apaise à l'aide d'un bon cigare. Réconcilié, il tire quelques bouffées et se met à parler de sa société de tir, qui se réunit tous les samedis. « Dernièrement, nous avons donné un bal. Chic, tu peux me croire ! Et bientôt, un concours de quilles. Tu devrais bien venir une fois, Ernst ; il y a une bière, là-bas... j'en ai rarement bu d'aussi soignée... Et le pot, dix pfennigs moins cher que partout ailleurs. Ça fait des économies au bout d'une soirée ! Ça marche rondement, là-bas, mais on est très à l'aise quand même. » Il me montre une chaîne dorée. « Je suis roi du tir, Bruno Ier. C'est quelque chose, hein ? »

L'enfant entre. L'un des bateaux de papier s'est déplié. Bruno le refait soigneusement et caresse les cheveux de la petite fille, le ruban bleu crisse.

Puis, il me conduit devant le buffet surchargé de tous les objets imaginables. Il les a gagnés aux baraques de tir de la fête. Trois coups pour quelques groschens, et avec un certain nombre de points, on peut choisir un prix. De toute la journée, il ne fallait pas songer à arracher Bruno à ces tirs de foire. Il a gagné à coups de fusil des monceaux de teddy-bears, de coupes de cristal, de bocaux, de pots à bière, de cafetières, de cendriers, de balles et même deux fauteuils d'osier. « À la fin, dit-il en riant avec satisfaction, ils ne me laissaient plus entrer nulle part. Je les aurais tous mis en faillite. Oui, ce qu'on a appris, on le sait bien !... »

Je m'en vais, par la rue obscure. La lumière et l'eau de savon coulent des seuils des maisons. Bruno doit jouer de nouveau avec sa fillette. Puis, la femme arrivera, avec le dîner. Ensuite, il ira à sa soirée et boira de la bière. Dimanche, il fera une promenade avec sa famille. C'est un homme posé, un bon père, un bourgeois estimé. Rien à dire à cela.

Rien à dire à cela...

Et Albert ? Et nous ?

Une heure avant l'ouverture du procès d'Albert, nous sommes dans le vestibule du Palais de Justice. Les témoins sont enfin appelés et nous entrons, le cœur battant. Pâle, Albert s'appuie au banc des accusés et regarde droit devant lui. Nous voudrions lui crier des yeux : « Courage, Albert ! Nous ne te laissons pas tomber. » Mais il ne nous regarde pas.

Après l'appel de nos noms, il nous faut quitter la salle. En sortant, nous apercevons, au premier rang, dans l'enceinte du public, Tjaden et Valentin. Ils nous font un signe des yeux.

Successivement, les témoins sont appelés à la barre. Pour Willy, c'est particulièrement long. Puis, c'est mon tour. Un regard rapide à Valentin, un signe de tête imperceptible. Jusqu'ici, Albert s'est donc refusé à toute déclaration. Je l'avais bien pensé. Il est assis, l'air absent, à côté de son défenseur. Quant à Willy, il a la figure écarlate. Vigilant comme un molosse, il observe l'avocat général. Il semble bien qu'ils aient déjà été aux prises.

Je prête serment. Puis, le président commence à m'interroger. Il veut savoir si Albert avait déjà parlé auparavant de faire un jour son affaire à Bartscher. Comme je réponds négativement, il souligne que différents témoins ont été frappés du fait qu'Albert était étonnamment calme et réfléchi.

« Il l'est toujours, dis-je.

— Réfléchi ? jette à ce moment l'avocat général.

— Calme », riposté-je.

Le président se penche en avant. « Même en pareille occasion ?

— Naturellement, dis-je, il est resté calme en bien d'autres occasions.

— Et lesquelles ? demande l'avocat général, pointant vivement le doigt vers moi.

— Sous le bombardement... »

Le doigt se retire. Willy pousse un grognement de satisfaction. L'avocat général lui jette un regard furieux.

« Alors, il était donc calme ? demande encore une fois le président.

— Aussi calme que maintenant, dis-je avec irritation. Vous ne voyez donc pas que malgré son calme tout est déchaîné et bouillonne en lui ? Il a été soldat ! Il a appris, dans les situations critiques, à ne pas courir dans tous les sens et à ne pas lever les bras au ciel avec désespoir. Il y a beau temps qu'il n'aurait plus de bras sans cela ! »

Le défenseur prend des notes. Le président me regarde un instant.

« Mais pourquoi donc a-t-il tiré, comme ça, tout de suite ? demande-t-il. Ce n'est pas si terrible, après tout, que la jeune femme soit allée au café avec quelqu'un d'autre.

— Pour lui, c'était beaucoup plus grave qu'une blessure au ventre, dis-je.

— Pourquoi ?

— Parce que cette jeune femme était tout pour lui.

— Mais il avait encore sa mère, cependant, lance l'avocat général.

— Il ne pouvait tout de même pas épouser sa mère ! répliqué-je.

— Mais pourquoi était-il essentiel qu'il se mariât, demande le président, n'est-il pas encore trop jeune ?

— Il n'était pas trop jeune pour faire un soldat, remarqué-je, et il voulait se marier parce que, après la guerre, il ne parvenait pas à se ressaisir ; parce qu'il avait peur de lui-même et de ses souvenirs, et qu'il cherchait un appui. Cette femme était cet appui, pour lui. »

Le président se tourne vers Albert : « Accusé, ne voulez-vous pas enfin répondre ? Les déclarations du témoin sont-elles exactes ? »

Albert hésite un instant. Willy et moi, nous le dévorons des yeux.

« Oui, dit-il enfin de mauvaise grâce.

— Voulez-vous nous dire aussi pour quel motif vous aviez un revolver sur vous ? »

Albert se tait.

« Il l'avait toujours sur lui, dis-je.

— Toujours ? » dit le président.

Je réponds : « Mais, bien sûr, exactement comme son mouchoir et sa montre. »

Le président me regarde avec étonnement. « Un revolver, ce n'est tout de même pas un mouchoir de poche ?

— C'est juste, dis-je, son mouchoir ne lui était pas aussi nécessaire ; parfois, du reste, il n'en avait même pas.

— Et le revolver… ?

— Son revolver lui a sauvé plusieurs fois la vie. Il le portait sur lui depuis trois ans. Il a conservé une habitude du front.

— Mais il n'en a plus besoin maintenant ? Nous sommes en temps de paix ! »

Je hausse les épaules. « Nous ne nous en sommes pas encore bien rendu compte… »

Le président se tourne de nouveau vers Albert : « Accusé, n'avez-vous pas le désir de soulager enfin votre conscience. Ne regrettez-vous pas votre acte ?

— Non », dit Albert d'une voix sourde.

Le silence s'établit. Les jurés sont attentifs.

L'avocat général se penche en avant. On dirait, à la tête de Willy, qu'il va se précipiter sur Albert. Je le regarde avec désespoir.

« Mais vous avez pourtant tué un homme ! insiste le président.

— J'ai déjà tué bien des hommes », répond Albert avec indifférence.

L'avocat général sursaute. Le juré le plus rapproché de la porte cesse de se ronger les ongles : « Qu'avez-vous dit ? » demande le président, suffoqué.

Je lance vivement : « Pendant la guerre.

— Ce n'est pas du tout la même chose », fait l'avocat général déçu.

Alors, Albert lève la tête : « Comment n'est-ce pas du tout la même chose ? »

L'avocat général se lève : « Oseriez-vous faire la moindre comparaison entre votre acte et le combat pour la patrie ?

— Non, répond Albert, les gens que j'ai tués à cette époque ne m'avaient rien fait...

— Inouï, fait l'avocat général avec dégoût, et se tournant vers le président : Je vous en prie... »

Mais le président est plus calme. « Où irions-nous, si tous les soldats avaient la même mentalité ! dit-il.

— C'est vrai, dis-je, mais nous n'en sommes pas responsables. Si on ne l'avait pas dressé — je montre Albert — à tirer sur des hommes, il n'aurait pas tiré non plus cette fois-ci. »

L'avocat général est cramoisi. « Réellement, il est inadmissible que des témoins, de leur propre autorité... sans être questionnés... »

Le président l'apaise : « Je crois que dans le cas

qui nous occupe, nous pouvons nous écarter un peu de la règle... »

Mais ma déposition est terminée et la jeune femme est appelée à son tour à la barre. Albert tressaille et serre les lèvres. Elle porte une robe de soie noire et l'ondulation de ses cheveux est toute récente. Elle s'avance, d'un pas assuré ; on voit à quel point elle a conscience de son importance.

Le juge la questionne sur ses relations avec Albert et Bartscher. Elle dépeint Albert comme insociable mais Bartscher, par contre, comme un homme fort aimable. Elle n'aurait jamais songé à se marier avec Albert ; au contraire, elle était pour ainsi dire fiancée avec Bartscher. « M. Trosske est beaucoup trop jeune », fait-elle avec un mouvement des hanches.

La sueur inonde le front d'Albert, mais il ne bouge pas. Willy se tord les mains. Nous pouvons à peine nous contenir.

Le président continue à la questionner sur ses relations avec Albert.

« Tout à fait innocentes, répond-elle ; nous n'étions que de simples connaissances...

— Est-ce que, à ce moment, l'accusé était... agité ?

— Naturellement, répond-elle avec empressement. Cela semble la flatter.

« Et... d'où cela provenait-il ?

— Eh bien... — elle sourit et se tourne légèrement... — parce que... il était très épris de moi... »

Willy pousse un gémissement sourd. L'avocat général l'observe à travers son lorgnon.

Brusquement, une injure résonne dans la salle :

« Salope ! »

Tout sursaute. « Qui a crié ? » demande le président.

Tjaden se lève fièrement.

Il est condamné sur-le-champ à cinquante marks d'amende.

« Pas cher, dit-il en tirant son portefeuille. Est-ce que je paye tout de suite ? »

Cette facétie lui vaut cinquante marks d'amende supplémentaires et il est expulsé de la salle.

Mais la jeune femme est visiblement devenue plus modeste.

« Que s'était-il passé entre vous et Bartscher, ce soir-là ? continue à questionner le président.

— Rien, répond-elle, d'un ton mal assuré. Nous étions assis ensemble, simplement. »

Le juge se tourne vers Albert. « Avez-vous une remarque à faire à ce sujet ? »

Je le mange des yeux. Mais il dit tout bas : « Non.

— Les déclarations du témoin sont donc exactes ? »

Albert sourit avec amertume, son visage est livide. La jeune femme regarde fixement le christ accroché au mur au-dessus du président.

« Il est possible qu'elles soient exactes, dit Albert, je les entends aujourd'hui pour la première fois. Alors, c'est que je me suis trompé. »

La jeune femme pousse un soupir de soulagement, mais trop tôt. Car Willy éclate : « Mensonge ! crie-t-il, elle ment ignoblement ! Elle s'est conduite avec cet individu comme la dernière des putains, elle était encore à moitié nue, quand elle est sortie de là ! »

Tumulte. L'avocat général s'égosille. Le président admoneste Willy. Mais celui-ci est déchaîné, bien qu'Albert le regarde d'un air désespéré. « Et même si tu te mettais à genoux devant moi, faut que ça sorte ! » crie-t-il à Albert. « Elle s'est conduite comme une putain, et quand Albert s'est trouvé devant elle, elle lui a dit que Bartscher l'avait saoulée ; c'est alors qu'il a vu rouge et qu'il a tiré. Il me l'a dit lui-même, en allant se constituer prisonnier ! »

Le défenseur griffonne, la jeune femme piaille comme une égarée : « C'est vrai qu'il m'a saoulée ! c'est vrai !... » L'avocat général manœuvre ses bras : « La dignité de la Justice exige... »

Willy se tourne vers lui comme un taureau furieux : « Ne montez donc pas sur vos grands chevaux, espèce de "chat-fourré" ! Est-ce que vous vous figurez que nous allons "la fermer" devant votre robe de singe ? Essayez donc, par curiosité, de nous fiche dehors ! Qu'est-ce que vous savez de nous, au fait ? Le petit, là, il était doux et tranquille, vous n'avez qu'à le demander à sa mère ! Mais aujourd'hui, il tire au revolver comme autrefois il jetait des cailloux. Des regrets, des regrets ? Comment voulez-vous qu'il en ait pour avoir abattu quelqu'un qui lui a tout détruit ? Son seul tort a été de se tromper de cible ! C'est la femme qu'il aurait dû descendre. Est-ce que vous croyez qu'on peut effacer du cerveau quatre ans de tuerie, avec votre stupide mot de paix, comme avec une éponge humide ? Nous savons fichtre bien que nous n'avons pas le droit de supprimer à cœur joie nos ennemis personnels, mais quand la colère nous prend, que tout bouillonne et que nous ne sommes plus maîtres de nous, rendez-vous compte d'où cela vient ! »

Un tumulte sauvage. Le président s'agite en vain pour rétablir le calme.

Nous sommes serrés l'un près de l'autre, Willy, l'air effrayant, Kosole les poings serrés. Pour le moment, ils n'ont aucun moyen d'action, nous sommes trop dangereux. L'unique schupo n'ose s'aventurer vers nous. Je saute devant le banc des jurés : « C'est notre camarade, crié-je, ne le condamnez pas ! Il ne tenait pas à devenir indifférent à la Mort et à la Vie, pas plus qu'aucun de nous d'ailleurs ; mais au front nous avons perdu toute mesure et personne n'est venu à notre aide ! Patriotisme, Devoir, Patrie, voilà les mots que nous répétions sans cesse pour "tenir le coup" et pour nous justifier ! Mais ce n'étaient que des conceptions, il y avait trop de sang, là-bas, et le torrent les a balayées ! »

Willy est à côté de moi, brusquement : « Il y a à peine un an, celui-ci — il désigne Albert — celui-ci était avec deux camarades seulement dans un nid de mitrailleuse — c'était l'unique du secteur — lorsqu'une attaque se déclencha. Mais tous trois demeurèrent parfaitement calmes, ils pointèrent et attendirent, se gardant bien de tirer trop tôt. Ils visèrent exactement à hauteur du ventre et lorsque les colonnes, pensant déjà que la voie était libre, partirent à l'assaut, — mais alors seulement — ils ouvrirent le feu et ils continuèrent à tirer. Ce n'est que bien plus tard qu'ils purent recevoir du renfort. L'attaque fut repoussée. Nous avons pu, ensuite, ramasser ceux que la mitrailleuse avait fauchés ; rien qu'au ventre nous comptâmes vingt-sept blessures — irréprochables — aussi précises les unes que les autres, aussi également mortelles, sans compter les blessures aux jambes, aux parties, à l'estomac, aux poumons ou à la tête. Celui-ci — il désigne de nouveau Albert — celui-ci avait travaillé avec ses deux camarades pour tout un hôpital ; sans doute, la plupart des blessés au ventre n'y parvinrent-ils même pas ! On lui a décerné la Croix de Fer de première classe et il a reçu les félicitations du colonel. Comprenez-vous maintenant pourquoi cet homme ne relève pas de vos textes et de vos tribunaux de civils ? Vous n'avez nullement à le juger ! C'est un soldat, il nous appartient et nous l'acquittons ! »

Mais, l'avocat général réussit enfin à recouvrer la parole :

« Dangereuse barbarie... ! » hoquette-t-il. Et il crie au schupo d'arrêter Willy.

Nouveau tapage. Willy les tient tous en échec. Je reprends à mon tour :

« Barbarie ? Et à qui la faute ? À vous ! Vous tous, c'est vous qui relevez de notre justice ! C'est vous qui avez fait de nous ce que nous sommes, avec votre guerre ! Mettez-nous en prison, tout de suite, alors, c'est ce qu'il y a de mieux à faire ! Qu'avez-vous fait pour nous, quand nous sommes revenus ? Rien, rien ! Vous vous êtes disputés au sujet des victoires, vous avez inauguré des monuments aux morts, vous avez parlé d'héroïsme et vous vous êtes "défilés" devant les responsabilités ! Vous auriez dû nous aider. Au lieu de cela, vous nous avez abandonnés à nous-mêmes au moment le plus difficile, quand il s'agissait pour nous de nous retrouver ! Voici ce que vous auriez dû prêcher du haut de toutes les chaires, voici ce que vous auriez dû nous dire à notre démobilisation et nous répéter, encore et toujours : "Nous nous sommes tous effroyablement trompés ! Il nous faut maintenant retrouver le chemin tous ensemble ! Ayez du courage ! C'est pour vous que ce sera le plus pénible, parce que vous n'avez rien laissé derrière vous qui puisse vous recueillir ! Ayez de la patience !" Vous auriez dû nous montrer à nouveau ce qu'est la vie et nous réapprendre à vivre ! Mais vous nous avez laissés en panne, vous nous avez laissés dans le pétrin. Vous auriez dû nous enseigner à croire de nouveau à la Bonté, à l'Ordre, à la Reconstruction et à l'Amour ! Au lieu de cela, vous avez repris vos méthodes de falsification, d'excitation et remis vos textes en route ! L'un de nous a déjà succombé là-dessous. Et voici le second ! »

Nous sommes hors de nous. Toute la colère, l'amertume et la déception débordent. Un tohu-bohu sauvage règne dans la salle. Un long moment est nécessaire pour rétablir un calme relatif. Nous recevons tous en bloc un jour de prison pour attitude inconvenante devant le tribunal et nous devons partir immédiatement. Nous pourrions très bien nous échapper en bousculant l'unique schupo de garde, mais ce n'est pas ce qu'il nous faut, nous entendons aller en prison avec Albert et nous passons très près, devant lui, pour lui montrer que nous sommes tous avec lui...

Plus tard, nous apprenons qu'il a été condamné à trois ans de prison et qu'il a accueilli le verdict sans dire un mot.

III

Georg Rahe a pris un parti. Il veut encore une fois se mesurer, les yeux dans les yeux, avec son passé.

Il réussit à se procurer un passeport étranger, franchit la frontière, traverse des villes, puis des villages, rôde dans des gares, grandes et petites. Et au soir, il atteint enfin son but.

Sans prendre de repos, il suit les rues qui conduisent hors la ville... vers les hauteurs, croisant des travailleurs rentrant au logis... Des enfants jouent dans la clarté des réverbères. Quelques autos le dépassent en ronflant. Puis, c'est le silence.

Le crépuscule est encore assez lumineux pour permettre d'y voir : d'ailleurs, les yeux de Rahe sont habitués à l'obscurité. Il abandonne la route et s'engage à travers champs. Quelques enjambées et déjà il trébuche : une pointe rouillée a accroché son pantalon, déchirant un coin. Il se baisse pour se dégager. C'est le barbelé d'un réseau qui s'étend le long d'une tranchée éventrée... Rahe se redresse ; là, sous ses yeux, la désolation du champ de bataille.

Le champ de bataille... Dans le crépuscule

incertain, c'est une sorte d'océan convulsé et subitement figé, quelque chose comme une tempête pétrifiée. Et l'odeur fade du sang, de la poudre, de la terre monte à ses narines, relent sauvage de la mort qui règne toujours, puissant, dans ce terrain.

Instinctivement, il rentre la tête, remonte les épaules et ses bras pendent en avant, les mains relevées, prêtes à la chute. La démarche du citadin a fait place à l'allure prudente et furtive de l'animal, celle du soldat aux aguets, prêt à se couvrir...

Immobile, il observe le terrain qui tout à l'heure lui était encore étranger. Il le reconnaît à présent ; chaque bosse, chaque pli, chaque vallon lui sont de nouveau familiers.

Non... ce cadre... il ne l'a jamais quitté. Dans le retour de flamme du souvenir, les mois se tordent comme des feuillets, flambent et s'évanouissent en fumée. Non... il n'y a rien eu entre-temps. Le sous-lieutenant Rahe est encore de patrouille ce soir... il rampe...

Autour de lui rien qu'un vent faible faisant onduler les herbes dans le silence du soir ; mais la bataille rugit à nouveau dans ses oreilles et ses yeux voient encore. Ils voient..., les explosions font rage, les fusées à parachute se balancent, gigantesques lampes à arc au plafond de cet anéantissement, le ciel bouillonne, noir de feu, la terre, qui tonne d'un bout à l'autre de l'horizon, vomit des geysers et des volcans de soufre.

Rahe serre les dents. Il n'est pas un visionnaire, mais c'est plus fort que lui, le souvenir l'emporte comme un ouragan. Ce n'est pas encore la paix ici, pas même l'apparence de paix qui flotte sur le reste du monde ! Ici règnent encore la bataille, la guerre et se déchaîne encore le spectre de la destruction, dont les tourbillons se précipitent jusqu'aux nues.

La Terre le reprend, elle l'agrippe, comme avec des mains. La boue jaune, épaisse, colle aux semelles et alourdit le pas, comme si les morts, dans un murmure de voix assourdies, tentaient d'attirer à eux le survivant.

Il court à travers les entonnoirs sombres. Le vent augmente et les nuages roulent, démasquant parfois la lumière livide de la lune... À chaque clarté, Rahe s'arrête, le cœur serré, s'abat sur la terre et s'y cramponne, immobile. Il n'y a plus de risque, il le sait, mais la fois suivante, il saute encore avec terreur dans un entonnoir. L'œil ouvert et conscient, il se soumet à la loi de ce sol que nul ne peut fouler debout...

La lune est devenue une gigantesque fusée à parachute. Les troncs déchiquetés du boqueteau tranchent, noirs, sur la clarté blonde. Là-bas, derrière les ruines de la ferme, c'est le ravin dont jamais une attaque n'a débouché. Rahe est accroupi dans une tranchée. Des morceaux de ceinturon, des gamelles, une cuillère, des grenades boueuses, des cartouchières et tout près... une sorte de torchon effiloché, humide, verdâtre, déjà presque fondu à l'humus... ce qui reste d'un soldat...

Il se couche de tout son long, la face contre terre. Et le silence commence à parler... Des profondeurs monte une effervescence prodigieuse... coupée de souffles saccadés, d'ébranlements... puis une effervescence encore, des craquements, des cliquetis...

De sa tête, il presse la terre et la griffe de ses

ongles... Il croit entendre des voix..., des appels ; il voudrait parler, demander, crier... Il guette..., il attend une réponse... Une réponse à sa Vie.

Mais il n'y a que le vent qui redouble et les nuées qui filent, plus bas et plus vite ; les ombres chassent les ombres sur les champs...

Rahe se lève et continue, au hasard, un long moment, jusqu'à ce qu'il arrive devant les croix noires... Les unes derrière les autres, en longues rangées, Compagnie..., Bataillon..., Régiment..., Armée...

Et brusquement, il comprend tout. Devant les croix s'écroule tout l'édifice des grandes phrases et des grands concepts.

La guerre est ici, rien qu'ici, et non plus dans les cerveaux et les souvenirs déformés de ceux qui en sont revenus.

C'est ici que les années perdues, inemployées, planent sur les tombes comme un brouillard fantôme ; c'est ici que toute la vie qui restait à vivre, et qui ne trouve pas le repos, clame vers le ciel dans un silence lourd de menace ; c'est ici que bouillonnent, comme une plainte immense qui perce la nuit, la force et la volonté d'une jeunesse morte avant d'avoir pu commencer à vivre.

Des frissons le parcourent. Il découvre soudain clairement son héroïque erreur et l'abîme dévorant dans lequel la foi, la bravoure et la vie d'une génération entière ont été englouties. Sa gorge se serre et l'émotion l'étreint, jusqu'au fond de l'être.

« Camarades ! crie-t-il dans le vent et la nuit. Camarades ! nous avons été trahis ! Il nous faut marcher encore une fois ! En avant ! sus à tout cela, camarades ! »

Il est debout devant les croix, et la lune apparaît ; il les voit briller. Voici qu'elles sortent de terre, les bras étendus et que déjà résonne le bruit de leurs pas... Devant elles, il se place à son poste, marque le pas, et commande, levant le bras : « Camarades !... Marche ! »

Puis, fouillant dans sa poche, il lève à nouveau le poing. Une seule détonation..., fatiguée, que le souffle du vent happe et emporte au loin...

Chancelant, il tombe sur les genoux. Ses bras s'arcboutent... ; dans un dernier effort, il se tourne vers les croix.

Il les voit marcher. Elles piétinent, elles se meuvent, elles progressent lentement..., elles ont bien du chemin à parcourir... ce sera long, mais la marche en avant a commencé..., elles arriveront et livreront leur dernière bataille... La bataille pour la vie... L'armée des ténèbres s'avance, muette, sur la route la plus longue : *à travers les cœurs*... ; il faudra bien des années, mais le temps compte-t-il pour elle ?... Les croix sont parties..., elles marchent..., elles viennent...

La tête de Rahe s'incline, l'ombre descend sur lui, il s'écroule en avant..., il a pris sa place dans le cortège...

Comme s'il avait enfin retrouvé les siens, il gît sur le sol, les bras étendus, les yeux déjà vides, un genoux replié. Le corps tressaille une dernière fois et tout redevient sommeil.

Plus rien que le vent dans la sombre désolation de l'espace, le vent qui souffle sans trêve dans les nuages et dans le ciel, par-dessus la plaine et les étendues infinies peuplées de tranchées, d'entonnoirs et de croix...

Épilogue

I

La terre sent mars et la violette. Des primevères pointent à travers le feuillage humide. Les sillons des champs jettent des lueurs mauves.

Nous marchons le long d'un sentier sous bois. Willy et Kosole sont en avant, Valentin et moi nous suivons. Nous sommes de nouveau réunis pour la première fois depuis longtemps, car nous ne nous voyons que rarement.

Karl a mis à notre disposition sa nouvelle voiture pour toute la journée. Lui-même n'est pas venu ; il n'a pas le temps. Il gagne beaucoup d'argent depuis quelques mois, car la baisse du mark favorise ses affaires. C'est son chauffeur qui nous a conduits.

« Qu'est-ce que tu fais donc, exactement, Valentin ? demandé-je.

— Je fais les foires un peu partout, répond-il, avec une nacelle volante. »

Je le regarde, étonné : « Mais depuis quand ?

— Depuis pas mal de temps. Ma partenaire

d'autrefois m'a vite plaqué. Elle danse maintenant dans un bar. Le fox-trot et le tango. Aujourd'hui, c'est beaucoup plus demandé. Hé oui... et pour ça, un vieux débris de l'armée comme moi n'est pas assez élégant.

— Est-ce que ta balançoire te rapporte ? » demandé-je.

Il fait un geste négatif de la main. « Tais-toi donc !... pas assez pour vivre et trop pour mourir. Et cette perpétuelle balade ! demain encore, en avant la musique ! pour Krefeld. On est rudement à la côte, Ernst !... et Jupp, où niche-t-il exactement, celui-là ? »

Je hausse les épaules. « Parti. Et Adolf aussi, on n'a plus entendu parler d'eux.

— Et Arthur ?

— Celui-là, il sera bientôt millionnaire, remarqué-je.

— Oui... il s'y entend », fait Valentin, amer.

Kosole s'arrête en étirant les bras. « Mes enfants, c'est magnifique de se promener, si seulement on n'était pas sans travail !

— Tu ne crois pas que tu retrouveras bientôt quelque chose ? » demande Willy.

Ferdinand secoue la tête. « Ça ne sera pas facile. Je suis sur la liste noire. Je ne suis pas assez souple. Oh ! du moment qu'on se porte bien... et, de temps en temps, je vais "taper" Tjaden. Il ne manque de rien, lui... »

Nous nous arrêtons dans une clairière. Willy fait passer une boîte de cigarettes que Karl lui a donnée. La figure de Valentin s'éclaire. Nous nous asseyons et nous fumons.

Le sommet des arbres bruisse légèrement. Des mésanges gazouillent. L'ardeur du soleil est déjà vive. Willy bâille de tout son cœur et s'étend sur son manteau. Kosole se fait un oreiller de mousse et s'allonge également. Valentin, pensif, est adossé au tronc d'un hêtre et observe un carabe vert.

Je contemple ces visages familiers et pendant un instant tout vacille étrangement... Nous voici de nouveau ensemble, comme si souvent autrefois — réduits à un bien petit nombre — mais sommes-nous encore vraiment les uns près des autres ?

Kosole dresse soudain l'oreille. D'une certaine distance, des voix nous parviennent. Des voix jeunes. Ce sont sans doute des *Wandervögel*, de jeunes excursionnistes, qui, en ce jour drapé d'argent, font leur première promenade avec leurs guitares et leurs rubans. Avant la guerre, nous faisions de même, Ludwig Breyer, Georg Rahe et moi...

Je m'appuie en arrière et songe à ces temps d'autrefois..., aux soirées près du feu de camp, aux airs populaires, aux chants des guitares et aux nuits merveilleuses devant la tente... C'était notre jeunesse. Au cours des années qui précédèrent la guerre, le romantisme des *Wandervögel* animait l'enthousiasme pour un avenir neuf et libre, cet enthousiasme qui s'exalta encore un certain temps dans les tranchées et s'écroula, en 1917, dans l'horreur de la bataille du matériel.

Les voix se rapprochent. Des bras, je m'appuie au sol et je lève la tête pour voir passer la troupe. Extraordinaire... il y a quelques années, nous étions encore des leurs et on dirait maintenant que c'est une génération toute nouvelle, une génération faisant suite à la nôtre, qui peut reprendre ce que nous dûmes abandonner...

Des appels retentissent. Puis, tout un ensemble de voix, presque un chœur. Maintenant, on n'en perçoit plus qu'une, indistincte, encore incompréhensible. On entend un bruit de branches cassées et des pas nombreux font trembler sourdement le sol. De nouveau, un appel. Puis encore des pas, des craquements, le silence.

Alors, clair et distinct, un ordre :

« Cavalerie à droite ! Par groupes, face à droite. Pas gymnastique ! Marche ! »

Kosole se lève d'un bond. Moi de même. Nous nous regardons. Est-ce un fantôme qui nous nargue ? Qu'est-ce que cela signifie ?

Mais des craquements retentissent devant nous, sous le couvert ; on entend courir en bordure de la plaine et l'on perçoit des chutes sur le sol... « Hausse à 400 mètres ! » lance la voix stridente de tout à l'heure. « Feu à volonté. Commencez le feu ! »

Une sorte de crépitement se fait entendre. Une longue rangée de jeunes gens de 15 à 17 ans est couchée en tirailleurs à la lisière du bois. Ils portent des casaques imperméables serrées par des ceintures de cuir comme par des ceinturons. Tous sont pareillement habillés de gris, avec des bandes molletières et des casquettes portant des insignes, un souci visible d'uniformité militaire dans la tenue. Chacun porte une canne ferrée, avec laquelle il tape contre les arbres pour simuler des coups de fusil.

Cependant, sous les casquettes guerrières, se lèvent des visages d'enfants, tout jeunes, les joues rouges. Attentifs et excités, ils observent la cavalerie qui doit venir de droite. Ils ne voient pas le tendre miracle des violettes dans les feuilles mortes ; ils ne voient pas les buées violacées de la vie renaissante qui traînent sur les labours ; ils ne voient pas la fourrure duveteuse du jeune lièvre qui bondit à travers les sillons. Ah, si... ils voient le levraut, mais ils font seulement le geste de viser avec leurs bâtons et le tac-tac retentit plus fort contre les troncs d'arbre. Derrière eux se tient un homme vigoureux, légèrement bedonnant, qui porte, lui aussi, la casaque et les molletières. Il lance des ordres énergiques : « Tirez plus lentement ! Hausse à 200 mètres ! » et de ses jumelles de campagne, il observe l'ennemi.

« Grand Dieu ! » dis-je, tout ému.

Kosole est revenu de son ahurissement. « Qu'est-ce que signifie cette sombre idiotie ? » grogne-t-il, furieux.

Mais il tombe mal. Le chef, bientôt rejoint par deux acolytes, tonne et lance des éclairs. La brise printanière frémit de paroles vigoureuses :

« Fermez vos gueules, tire-au-flanc ! ennemis de la patrie ! sale bande de traîtres ! »

Les voix des adolescents se joignent maintenant au concert. L'un d'eux agite son poing frêle : « On devrait vous passer à la "couverte !" crie-t-il de sa voix claire. « Bande de lâches ! » crie un autre. « Tas de pacifistes ! » hurle un troisième. Un quatrième débite rapidement cette phrase qu'il doit avoir apprise par cœur : « L'Allemagne ne pourra être libérée que lorsque tous ces bolcheviks auront été exterminés !

— C'est très bien ! » Le chef lui tape sur l'épaule et s'avance d'un pas. « Balayez-moi ça, jeunes gens ! »

Au même instant, Willy se réveille. Il a dormi jusqu'ici ; en cela, il est resté un vieux militaire : quand il s'allonge, c'est pour s'endormir aussitôt.

Le voici debout, Le chef s'arrête aussitôt. Willy jette un regard autour de lui, ouvre de grands yeux et part d'un éclat de rire. « Non ?... C'est le mardi gras ? » demande-t-il. Puis, il saisit la situation.

« Oh ! très bien, gronde-t-il en s'adressant au chef, il y avait vraiment longtemps que vous nous manquiez, vous autres ! Oui, oui, la Patrie, c'est votre apanage exclusif, hein ? Les autres sont tous des traîtres, n'est-ce pas ? C'est vraiment curieux que les trois quarts de l'armée allemande aient été composés de traîtres ! Faites-moi le plaisir de disparaître, espèces de revenants ! Est-ce que vous ne pouvez pas laisser ces enfants profiter des quelques années où ils ne savent encore rien de tout cela ? »

Le chef a battu en retraite avec son armée. Mais cela nous a gâté la forêt et nous retournons vers le village. Derrière nous rythmique et saccadé retentit le cri :

« Frontheil[1] ! Frontheil ! Frontheil ! »

« Frontheil ! » Willy s'empoigne les cheveux. « Si on avait dit cela au front à un troufion !

— Oui, dit Kosole avec colère, voilà que ça recommence... »

À l'entrée du village, nous découvrons une petite auberge avec un jardinet où quelques

---

1. Salut guerrier des organisations d'extrême droite en manœuvres.

tables sont déjà dressées. Bien que Valentin doive rejoindre sa balançoire d'ici une heure, nous nous dépêchons de nous asseoir encore un peu pour profiter du temps qui nous reste... Qui sait quand nous serons de nouveau ensemble...

Un couchant pâle colore le ciel. Je songe toujours à la scène de tout à l'heure, dans la forêt.

« Bon Dieu, Willy, dis-je, quand on pense qu'on est tous encore vivants et qu'on vient à peine de s'en tirer... Comment est-il possible qu'on retrouve déjà des individus capables de faire des choses pareilles...

— Il y en aura toujours, répond Willy, avec un air de sérieuse réflexion qui ne lui est pas familier. Mais nous sommes encore là, nous autres. Et des tas de gens pensent comme nous. La grande majorité, croyez-moi. Beaucoup d'idées m'ont passé par la tête depuis ce qui est arrivé ; vous savez ce que je veux dire, depuis Ludwig et Albert, et je suis persuadé que chacun, à sa manière, peut faire quelque chose, si borné soit-il. Mes vacances se terminent la semaine prochaine et je vais retourner au village, comme maître d'école. Je m'en réjouis d'une manière particulière. Je veux faire comprendre à mes petits élèves ce qu'est réellement leur patrie. Et vraiment leur pays, pas un parti politique. Mais leur pays, ce sont les arbres, les champs, la terre et non pas de grands mots qu'on braille. J'ai bien réfléchi, j'ai bien retourné la chose et je crois que nous sommes assez âgés maintenant pour nous donner un Devoir. Ce sera le mien. Il n'est pas grand, d'accord, mais il est à ma taille. Je ne suis pas un Goethe, moi. »

J'approuve d'un signe de tête et je l'observe longuement. Puis nous nous mettons en route.

Le chauffeur nous attend. La voiture glisse à petit bruit dans le crépuscule qui tombe lentement. Nous sommes près de la ville et les premières lueurs se montrent déjà lorsqu'un son prolongé, guttural et rauque, se mêle au bruit de meule et au crissement des pneus... Un coin triangulaire vole vers l'ouest à travers le ciel du soir... une bande d'oies sauvages...

Nous nous regardons. Kosole veut dire quelque chose... puis il se tait. Nous avons tous la même pensée. Ensuite, c'est la ville, avec ses rues et son bruit. Valentin descend. Puis Willy. Puis Kosole...

II

J'ai marché tout le jour en forêt. Et maintenant, fatigué, je suis entré dans une petite auberge de campagne où je me suis fait donner une chambre pour la nuit. Le lit est déjà fait, mais je n'ai pas encore envie de dormir. Je m'assieds à la fenêtre, prêtant l'oreille aux rumeurs de cette nuit de printemps.

Des ombres glissent entre les arbres et des appels montent, comme si, dans la forêt, des blessés étaient étendus. J'observe l'ombre, tranquille et maître de moi, car je ne crains plus le passé. Je peux fixer ses yeux vitreux, sans détourner la tête. Je vais même à sa rencontre, et quand je renvoie mes pensées dans les abris et dans les trous d'obus, elles n'en reviennent plus chargées d'angoisse ni d'épouvante, mais au contraire de force et de volonté.

Je m'attendais à une tempête, qui m'eût délivré et emporté ; mais le salut est arrivé tout doucement sans que je m'en aperçoive. Et il est là.

Alors que je désespérais et que je croyais tout perdu, ses forces grandissaient sans bruit, Je pensais qu'une séparation était toujours une fin. Aujourd'hui, je sais : une lente croissance, c'est aussi une séparation, une évolution, c'est aussi un départ. Et il n'y a pas de fin...

Une partie de mon existence a été au service de la destruction ; elle a été consacrée à l'hostilité, à la haine, à la mort. Mais la vie m'est restée. C'en est assez pour me montrer le devoir et la route. Je veux me perfectionner, être prêt, me servir de mes mains et de mes pensées ; je ne me ferai pas une trop haute idée de moi-même et je persévérerai, même si parfois me vient l'envie de m'arrêter. Il y a beaucoup à construire et presque tout à réparer ; il s'agit de travailler et de remettre au jour ce qu'ont enterré les années d'obus et de mitrailleuses. Il n'est pas nécessaire que tout le monde soit un rude pionnier, les mains débiles et les faibles forces trouveront à s'employer. C'est là que je chercherai ma place. Alors, les morts finiront par se taire, et le passé, cessant de me persécuter, viendra au contraire à mon secours.

Comme tout cela est simple, mais comme il a fallu longtemps pour en arriver là ! Et peut-être me serais-je encore égaré sur le champ de bataille et serais-je tombé victime des réseaux et des détonateurs, si la mort de Ludwig n'avait pas jailli devant nous comme une fusée pour nous montrer le chemin.

Nous avions désespéré en constatant que le puissant courant de nos sentiments communs, cette volonté d'une vie nouvelle, simple et forte, reconquise aux frontières de la mort, ne balayait pas les vieux usages survivants d'hypocrisie et d'égoïsme, et n'arrivait pas à se creuser un nouveau lit. Nous avions désespéré en le voyant, au contraire, se perdre dans les marécages de l'oubli, se laisser absorber par le bourbier des phrases et s'éparpiller en minces filets dans les ornières des relations sociales, des soucis et des professions.

Je sais aujourd'hui que tout, dans la vie, n'est peut-être qu'une préparation et que l'activité y est divisée en petits domaines indépendants, en nombreuses cellules, en nombreux canaux, chacun pour soi. Lors même que les cellules et les vaisseaux des arbres se bornent à aspirer et à transmettre la sève montante, leur travail n'en a pas moins un jour pour résultat des bruissements, des feuillages ensoleillés, des cimes et de la liberté... Je veux m'y mettre.

Certes, ce ne sera pas la satisfaction complète dont avait rêvé notre jeunesse et que nous attendions après les années passées là-bas. Ce sera une route comme les autres, avec des pierres, des passages faciles et d'autres bouleversés, des villages et des champs : la voie du Travail. Je serai seul. Peut-être trouverai-je parfois un compagnon pour faire un bout de chemin, mais guère pour toute la route.

Peut-être devrai-je souvent encore relever mon sac d'un coup d'épaule, lors même que mes épaules seront déjà lasses ; hésiter aux carrefours et aux barrières ; peut-être devrai-je encore abandonner quelque chose, trébucher et tomber... Mais j'aurai la volonté de me relever, je ne resterai pas sur place, je continuerai de l'avant et je ne retournerai point sur mes pas.

Peut-être ne pourrai-je plus jamais être complètement heureux ; peut-être la guerre en a-t-elle détruit la possibilité et serai-je toujours un peu absent, nulle part tout à fait chez moi... Mais je ne serai pas non plus entièrement malheureux, car quelque chose me soutiendra toujours, ne serait-ce que mes mains, un arbre, ou la terre qui respire.

La sève monte dans les troncs, les bourgeons éclatent avec un bruit léger et l'ombre est peuplée des rumeurs de la vie renaissante. La nuit est dans la chambre, et la lune avec elle. Et la vie aussi. On entend craquer les meubles, grincer la table, gémir l'armoire. Pourtant, le bois dont ils sont faits a été abattu et coupé depuis de longues années, il a été raboté et façonné en objets domestiques, en chaises et en lits... Mais à chaque printemps, pendant les nuits où monte la sève, la vie frémit encore en eux, ils se réveillent, ils s'étirent ; ce ne sont plus des meubles asservis, utilitaires, ils participent de nouveau aux mouvements et aux courants de la vie du dehors. Sous mes pieds, les lames du parquet grincent et remuent, sous mes mains vibre l'appui de la fenêtre et près du chemin, devant la porte, le tilleul même au tronc fendu et vermoulu commence à pousser de gros bourgeons bruns. Dans peu de semaines, il aura des petites feuilles de soie verte, tout comme les branches largement étendues du platane qui le couvre de son ombre.

Prologue	9
Première partie	31
Deuxième partie	75
Troisième partie	157
Quatrième partie	193
Cinquième partie	257
Sixième partie	301
Septième partie	355
Épilogue	387

DU MÊME AUTEUR

Aux Éditions Gallimard

APRÈS (Folio n° 5710)
LES CAMARADES (Folio n° 5711)

Aux Éditions Stock

À L'OUEST RIEN DE NOUVEAU
LA FEMME DE JOSEPH
ARC DE TRIOMPHE
DIS-MOI QUE TU M'AIMES : TÉMOIGNAGE D'UNE PASSION, *avec Marlene Dietrich*

Aux Éditions Mémoire du livre

UN TEMPS POUR VIVRE, UN TEMPS POUR MOURIR (Folio n° 4403).
L'OBÉLISQUE NOIR (Folio n° 4404).

*Composition Nord Compo.
Impression Grafica Veneta
à Trebaseleghe, le 6 janvier 2014
Dépôt légal : janvier 2014*

ISBN : 978-2-07-045466-2./Imprimé en Italie

255499